江苏省作家协会“重点扶持文学创作与评论工程”文学项目
连云港市重点文艺创作资助项目

大水晶

DA
SHUI
JING

李建军 著

江苏凤凰文艺出版社
JIANGSU PHOENIX LITERATURE AND ART PUBLISHING

图书在版编目（CIP）数据
大水晶 / 李建军著. -- 南京 : 江苏凤凰文艺出版社, 2025. 6. -- ISBN 978-7-5594-9783-3
Ⅰ. I247.5
中国国家版本馆CIP数据核字第2025QM8502号

大水晶

李建军　著

责任编辑　汪玉玲
责任印制　杨　丹
出版发行　江苏凤凰文艺出版社
　　　　　南京市中央路 165 号，邮编：210009
出版社网址　http://www.jswenyi.com
印　　刷　三河市华东印刷有限公司
开　　本　880 毫米 × 1230 毫米　1/32
印　　张　10
字　　数　206 千字
版　　次　2025 年 6 月第 1 版
印　　次　2025 年 6 月第 1 次印刷
标准书号　ISBN 978-7-5594-9783-3
定　　价　68.00 元

目录

第一章

1

一九七八年暮春的一天清晨，天刚麻麻亮，年过半百的湖塘大队社员金传贵就走下四五里路，来到西大岭他家的自留地。这块地不仅位置偏僻，离村子远，当初分给他家时，还很是贫瘠，差不多就是一片乱石坑，金传贵只能捏着鼻子接受，鼻子实际上都不敢当面捏，谁让他家成分不好呢，能把自留地分给他家一块就算天高地厚了。不过，七八年下来，经过他家的勤耕细作，这块地竟成了一处肥田，四周的乱石坑也被他家扩整了一大圈。

站在东边地头上的金传贵忽然有些慌乱，他的目光盯着自留地北边那个玉米秸垛，看到了不同往常的异样：那些玉米秸显然被人挪动过，根本不像他原先码放得那样齐整，有一些还散落在地上；靠近玉米秸垛的麦苗也被人踩倒或被重物碾压过，看上去一片狼藉……他踉跄着跑过去，急切地把一大堆杂乱的玉米秸扒开，露出了一个能容两人上下的洞口。

洞口下面黑咕隆咚，有四五米长的陡坡，上面凿了台阶。金传贵没走台阶，而是手扶洞壁，一骨碌滑了下去，甫一站稳，就猫着腰往里紧跑几步，这十几米深的地洞便到了头。他的眼睛一时没有适应黑暗，不过，他对这里太熟悉了，就像对自己的身体一样熟悉。他心里咯噔一声，并没有伸手去摸索，他就知道，他的“宝物”不见了，从这个地洞里消失了！

他像当头遭受了一记闷棍，瘫软在地上……

那是五年前，秋收之后，金传贵和老婆丁云枝到西大岭去拾掇自留地，并朝北边的乱石堆扩整，哪怕整出个两三分地，就意味着一季二百来斤的收成。家里两个正长身体的毛头小子，太能吃了，队里分的口粮，只够一家人对付大半年的，幸亏这块自留地救命了。他俩刨着刨着，发现了不少火花石，有大有小，像在这里做了窝。两口子一阵惊喜，这火花石是可以卖钱的，城里的地质大队就设点收购，一斤三毛钱，比粮食还值钱，一斤玉米才一毛五，能买两斤玉米；听说还有人跑到马陵山西边邻市的阿湖镇去卖，能卖到五毛钱一斤。那一天，他们一共刨到三四十斤火花石，还有几块拳头大小的水晶石。水晶石要是晶莹剔透，能做眼镜料，切割出几副眼镜片，这拳头大一块就能卖七八块钱。不过这几块水晶有些“绵”，就是晶体里有绵絮状物，这就不值钱了，只能当火花石卖了。

自那天起，他们一有工夫就去拾掇那片乱石坑，坑挖得越来越深，收获也越来越多，他们开始意识到，这片乱石坑就是火花石“蓬子”，这“蓬子”下面，或许就是传说中的一条水晶“龙脉”。他们既感到惊喜，又十分紧张，此后的行动就变得十分警惕。他们在火花石“蓬子”的位置堆上玉米秸和麦秸，掩住开挖的洞口；为了不引起注意，他们把刨出来的火花石和水晶带到三十里外的阿湖镇去卖。有一些较大的水晶，他们不敢拿出去卖，又舍不得上交，就弄到自家的山芋窖里埋起来。

三年前，一场意外几乎把金传贵击垮，也几乎把他深挖水晶“龙脉”的信心击溃。

那是秋天的一场大雨之后，他们挖了七八米深的地洞塌方了，丁云枝被石头砸中了后脑，当场昏死过去，还没等金传贵把她背到家，就没了呼吸。金传贵悲伤欲绝，却又不敢声张，甚至都不敢把真相告诉两个儿子，只说丁云枝是在西大岭的涧沟边不小心滑倒了，后脑勺着地，当场就没了命。村里村外常有人在夜晚看到西大岭一带蓝光紫光闪烁，说那地方闹鬼，那是鬼火，丁云枝的死更平添了这里的神秘色彩。

面对塌方的地洞，金传贵想过放弃，却又总是想起老婆出事前几天说的一段话：“传贵，我做了个梦，梦见我们挖到了大水晶，像个大肥猪，不，像个小牯牛似的……”还恍惚听到老婆在催促他：“传贵啊，你可不能半截拉拉地停了呀！我们这几年吃了多少辛苦啊，这眼看就要成了，你要是撂挑子了，我可不让你！海庆海亮还没成人，往后就靠你了……”后来，金传贵更像着了魔怔，更加拼了命地挖。长期在阴暗潮湿的地洞里干活，他的四肢关节出毛病了，还患上了严重的哮喘。

前年秋天，也是收秋之后，地洞挖到十多米深，终于“见龙”了：这是一块半人高的超大水晶，发出淡淡的紫色光泽，形似一头奔跑的牯牛，分量足有七八百斤！

这么大的水晶，金传贵只听过，从未见过！听说邻近的张湾公社挖水库时挖出过一块，后来送到北京去了。听说几十年前，房山那边出过一块大水晶，引发两村争斗，死了十几口人，最后两个村谁也没弄到，大水晶被驻守朐阳城的军阀派了一队人马硬给拖走了，再后来，又听说被外国鬼子弄走了。金传贵对着这块“水晶牛”跪了下来，磕了三个头。他是给上天赐给他的“宝物”磕头，也是给为此送了命的亡妻磕头。

2

去年冬天，国家恢复了中断十年的高考。金海庆准备不足，没有参加去年的高考，不过，他的学习成绩不错，如果再努把力，参加今年夏天的高考，还是有希望的。但是，二十一岁的金海庆打算放弃参加高考，在家务农。一来家境困难，父亲身体不好，得有人撑起家庭的重担；二来弟弟海亮也已经高中毕业，还是让他去考大学，安心读书。

开春后的一天，当海庆把自己的想法告诉父亲之后，金传贵勃然大怒：“你说什么？不想考大学了？”

海庆垂着头，对父亲说，不是不想去考大学，主要是家里穷，就是考上了，家里也拿不出钱来，怎么去上学？再说海亮也高中毕业了，也要考学，这要是考上了，拿什么供他上学？

大儿子的孝顺懂事，让金传贵很是欣慰，他抑制不住内心的激动，兴奋地告诉儿子：“咱家要翻身了，发大财了！你和海亮尽管去读书，上大学，咱供得起！”

海庆估计父亲和村里的其他人一样，捡了些火花石卖了，挣了点油盐钱，就说：“我家发什么财？你不就是卖点火花石嘛，能够派啥用场？”

金传贵瞅了儿子一眼，神秘兮兮地说：“你跟我走。”

说罢，他领着儿子走了几里路，来到西大岭的自留地，掀开那一堆玉米秸，露出一个洞口。他带着儿子顺着台阶下到地洞中，在一个拐角处，摸索出一盏马灯，用火柴点亮，举在前头，向地洞深处走去。地洞尽头的空间宽敞了许多，在马灯的光照下，那头“水晶牛”呈现在海庆面前。

海庆惊呆了，这块形似牯牛的水晶不但体积巨大，还是罕见的紫水晶，非常通透明彻。凭他对水晶粗浅的了解，这绝对是一块稀世宝物。但是，他也知道，老百姓是禁止挖水晶的呀，湖塘大队的大广播里经常播放市里《关于严禁非法开采水晶的公告》，这么大的水晶，不管是谁发现的，都要上交给集体。惊喜之余，他对父亲说：“爸，这么大的水晶，不交公，怕是要坐牢的呀。”

金传贵说：“这是我和你妈拼了命挖出来的，是老天爷送给咱家的宝贝！有了这个大水晶，你还愁什么呀，弄一块下来卖卖，就够你上大学了，我这老病也有钱治了。”说罢，他又用脚踢一下另一块水晶，“这里还有一块小的，跟大水晶一前一后挖出来的，是‘怀中抱子’，这块小的也足有一百斤吧。”

海庆被父亲的情绪感染了，跟着激动起来：咱家真要发财啦！继而，他忽然伤感地问：“爸，我妈见过这块大水晶吗？”

金传贵叹了口气，说：“你妈没有这福分啊。不过，咱家有了这宝物，她在那边也放心了。”又说，“咱家成分不好，不盖三间大瓦房，你和海亮怕是连媳妇都找不到。往后，你们盖瓦房、娶媳妇，上学的钱，还有我这老病，什么都不用愁了。”

海庆说：“那就让海亮抓紧上个补习班吧，让他今年就参加高考。”

金传贵想了想，说：“你是老大，你先带个头，给海亮做个榜样。大水晶的事暂时也别让他知道。”

金海庆有了底气，精神抖擞地赶到城里，报了高考补习班。

进城上学那天，他走到村口的小树林边，遇到了打扮入时的女同学舒曼丽。

二十岁的舒曼丽偷偷喜欢着海庆。她长了一双媚眼，皮肤细腻，身材曼妙，今天又穿上一件的确良花衬衣，特意把自己打扮了一番，到村口来等海庆。

曼丽明知故问：“海庆，你干什么去啊？”

海庆说：“我在城里报了补习班，准备拼一拼，参加今年的高考。”

曼丽遗憾地说：“可惜我成绩不好，不然和你一起去，该有多好。”接着她不无伤感地说，“你就要成金凤凰了，飞出了穷山沟，以后就难得见到你了。”

海庆也有些感伤，但更多的是一种对未来的自信。他对曼丽的感情表露并没有给予安抚，只是木木讷讷、自以为是地鼓励她：不要放弃，争取明年再考。

曼丽本以为自己的一番打扮能让海庆怦然心动，能跟她亲亲热热地说几句体己话，没想到他还是那么呆板木讷，不解风情，甚至有点漫不经心。他凭什么呀！曼丽有些失落，有些生气。

3

望着金海庆远行的身影，舒曼丽站在路边若有所失，暗自神伤，仿佛金海庆已经成了城里人，自己与他已然云泥之别。

这时，丁二宝不知从什么地方冒了出来。丁二宝从来都是神出鬼没，像个幽灵一样在村里晃荡。他家是贫农成分，父母早几年就没了，他又没有兄弟姐妹。大队革委会主任罗广山对他不薄，让他做湖塘大队民兵连的一个小排长，实际上也是把他当条狗使唤。

丁二宝比海庆、曼丽这一茬青年稍大几岁，他一直在打曼丽的主意，可以说是垂涎已久。曼丽觉得他是个二流子，癞蛤蟆想吃天鹅肉，对他爱搭不理。

丁二宝挨近曼丽，嬉皮笑脸地说：“看看，人家马上就要上大学了，成了城里人，你可别热脸贴他的冷屁股，收收心吧，好好在湖塘扎根一辈子。”

曼丽像被击中了要害，心里一酸，眼泪夺眶而出。

丁二宝趁机安慰她，说城里也没什么好，乡下至少有鱼有虾有螃蟹吃，有山楂山樱桃山梨山栗子吃。

曼丽鄙视地说："你除了知道吃吃吃，你还知道什么？"说罢，就要回头往村里走。

丁二宝跟着曼丽，像个甩不掉的刺挠狗。他说："我可不是光知道吃，跟我去西大岭，我带你去找水晶，一找一个准，我从没有空手过！"

曼丽说："你以为我是曼华呀，像我爸一样，喜欢捣鼓那些破石头，我才不稀罕呢。"

丁二宝说，公社收购站的水晶涨价了，一块巴掌大的眼镜料能卖十几块钱！找到水晶石，卖了钱，给她买香胰子和雪花膏。

曼丽禁不住丁二宝的软磨硬泡，有点动心了，和他一起去了西大岭。

西大岭到处是大大小小的坑塘，都是这些年人们挖水晶留下的。这些坑塘里裸露着黄土和乱石，早就无法种植庄稼，每逢雨水冲刷后，总能在沟沟坎坎里找到一些火花石和水晶。他们穿过西大岭无数个坑塘，看到有几个人在遮遮掩掩地挖坑。丁二宝不时停下来，问人家，出水晶啦？对方说，哪有啊，没挖到呢。丁二宝牛哄哄地说，见眼有一份啊。对方说那是那是。

曼丽问丁二宝："什么叫见眼有一份？"

丁二宝说："这是老辈人留下来的规矩，凡是挖到水晶，要是被别人看到了，就要分一份（十分之一）给看到的人。"

曼丽说："这不是不劳而获嘛，我可不要讨这种小便宜。"

丁二宝说："这是一个人的财气运气，咋叫讨小便宜？"

正说话间，丁二宝突然睁大眼睛，盯着前边不远处的一个坑塘，对曼丽说："快跟我来，莫要说话，我看到一块水晶。"说罢，拉着她朝前奔去。

丁二宝跳到一个坑塘里，用脚在泥土里乱踢了一气，又寻了片长条状石块，作为挖掘工具，在脚下的泥土里挖了一通，果然现出一块手臂粗细、足有一拃长的柱形水晶，通体透明，一看就是块眼镜料。

丁二宝得意地说："怎么样？我这双眼是火眼金睛，还是透视眼，要说找水晶，全大队没人能跟我比！"

曼丽确实听人说过，丁二宝鬼精得很，挖水晶是一挖一个准，这次算是见识了一回，但她还是故意瞅了他一眼，说："让你凑巧了，吃了个巧食。"又说，"见眼有一份，你怎么分给我？"

丁二宝慷慨地说："分什么分？这块水晶就是你的了，给你了！"

曼丽说："我可不要，我拿回去干吗？"

丁二宝说："那好，改天我拿到收购站卖了，给你买雪花膏和香胰子。对了，再给你买件的确良花褂子，跟你身上这件换着穿。"

曼丽的脸上飞出一片红晕，说："丁二宝，你说话可算数？"

丁二宝急忙说："算数，当然算数！"

回村的路上，他们经过西大岭下边的水库边，丁二宝脱了上衣和长裤，扔了鞋子，下水摸鱼摸虾。丁二宝是逮鱼高手，他从水库边的河汊里摸了十几条巴掌宽的大刀鱼，不时扔给岸上的曼丽，惹得曼丽发出一阵阵快乐的惊叫声。

后来，在水库边的小树林里，丁二宝把曼丽压到了身下。舒曼丽推了他几下，没有推动他，反而更激起他的蛮劲。

曼丽只好任由他动作。她没有感到快乐，心里有的是不甘和无奈，泪水突然涌了出来。

4

在舒家院子里的石台上，舒敬亭的二女儿舒曼华打开表哥从部队寄来的包裹，不无炫耀地拿出包裹里的军装。围在一旁的金海亮和罗大彪、罗小雪兄妹露出羡慕的神情。

这四个小青年都是云山公社中学的高中毕业生，大彪二十岁，海亮十九岁，曼华和小雪十八岁。他们正值青春年华，虽然生活在偏僻的农村，但他们每一个人都怀揣着梦想。海亮身材挺拔，他头发剪得短短的，眼神里透着坚定和勇敢，显得干净利落。他从小就崇拜解放军，梦想长大了当一名军人。不知从什么时候起，他便梦寐以求地想得到一件黄军装。看到这么崭新的军装，他十分眼馋，试探地问曼华，能不能给他一件穿穿。

四个小青年里，曼华最机灵。她身材匀称，皮肤白皙，扎了个马尾辫，说话干干脆脆："你想得美，这是表哥寄给他舅舅——咱爸的。"

其实，表哥先前来了封信，说这身军装可以给舅舅穿，也可以让表妹拿去改一改，穿到身上那一定英姿飒爽。

海亮说："你爸都老头子了，还穿什么军装？"

曼华说："那我也不敢当家，反正不能给你。"

海亮有些失望，拿着黄军帽，爱不释手地看着。

曼华故意叹了口气，说："军装我不敢当家送你，这顶帽子嘛，我可以做主，送给你了。"

海亮高兴地把黄军帽戴到了头上。

罗大彪的个头比海亮略高，没有海亮猛壮，但他仗着自己是罗广山的儿子，在村里的小青年面前，自觉高人一头，处处霸道"卡人"。他看曼华把黄军帽送给了海亮，后悔自己没有下手，让海亮得了便宜。他故意把包裹拿过来乱翻一气，自然什么也没找到。他瞅着海亮说："这军帽你戴着不合适。"

海亮说："咋的啦，你眼馋了吧！"

"你让我戴一下试试。"大彪伸手就去抢帽子。

海亮一闪身，躲过大彪。

罗小雪是个心地善良、温婉可人的女孩，做人做事跟她哥哥正好相反。她梳着垂肩的双辫，面庞如新月般柔美。对哥哥的举动，她很是反感："你讲不讲理，怎么什么都要争呀？军帽是曼华送给海亮哥的，你凭什么抢？"

正在这时，金传贵脸色铁青地走进舒家院子，不问青红皂白，拉着海亮就往外走。曼华、小雪见状，不知发生了什么，都感到奇怪。大彪趁海亮不备，跑上去抢了海亮戴在头上的黄军帽，撒腿就跑。海亮骂了他一句，就要去追，被父亲一把拖住。

金传贵压低声音跟海亮说："快跟我回家，家里出大事了！"

回到家后，金传贵把西大岭地洞里"水晶牛"失踪的事跟海亮说了。海亮愤愤地望着父亲，感觉他是大白天做梦，魔怔了，害得自己一愣神，黄军帽叫大彪抢走了。

金传贵没想到小儿子这么不懂事，说家里的天都塌了，你还跟我犟驴。气得他想找根棍子，把海亮揍一顿。

金传贵又气又急，老毛病哮喘又发作了。海亮只好留在家里煎中草药给父亲喝。不过他还是心不在焉，心里还在惦记着那顶黄军帽。

5

晚上，金传贵的哮喘稍有好转，就一个人悄悄地出去了。他思来想去，谁会偷他的大水晶呢？在湖塘大队，丁二宝的手脚不干净，一向小偷小摸，他最有可能。

金传贵摸黑来到丁二宝家。此时，丁二宝家黑灯瞎火，没有动静。他正要离开，却看到有个人打着手电筒走过来，他赶紧闪身躲到一边。来人正是丁二宝，他脚步匆匆地走过来，往自家的猪圈墙头放下一个石块，又慌里慌张地走了。金传贵过去一看，发现丁二宝放在猪圈上的，竟是一块形似小枕头的水晶石。

金传贵更加感觉丁二宝可疑，赶紧上去跟踪他。没想到丁二宝径直来到舒敬亭家。

舒敬亭正在家捣鼓几块水晶，有茶晶、紫晶，还有蓝水晶。他手里拿着放大镜，又从床底搬出偷藏着的显微镜，把一块紫水晶放在显微镜下观察。丁二宝突然敲门，吓得老舒赶快把水晶和仪器都藏了起来。

原来，丁二宝是送大刀鱼给老舒吃的。老舒喜欢喝两杯，就是两毛钱一斤的地瓜干酒，能有大刀鱼下酒，当然是最好不过了。但民兵排长丁二宝晚上送鱼过来，还是让他大吃一惊。老舒不知丁二宝安的什么心，说他这一阵身上起痒，吃不得腥物。正在推让中，曼丽从房间里出来了。她劝爸爸道："二宝好不容易逮的鱼，你就留着下酒呗。"说完，她给丁二宝使了个眼色。丁二宝心领神会，赶紧满脸堆笑地走了。

丁二宝刚走，曼丽就偷偷溜出了小院，跟他幽会去了。

舒敬亭又从床底翻出水晶和仪器，捣鼓他的宝贝。

再说金传贵看丁二宝从舒家走出来，禁不住联想起来：一定是丁二宝偷了大水晶，请舒敬亭鉴定一下水晶的成色。甚至有可能，是他和老舒合伙作案！

知人知面不知心啊！舒敬亭夫妇多年前到湖塘大队劳动改造，老舒原先在城里的研究所搞地矿研究，把水晶矿石看得跟命似的。金传贵的成分不好，两人惺惺相惜，这几年，他私下里给过老舒不少水晶。

金传贵想，难道老舒真的不顾多年的患难之交、朋友情分，干出了见不得人的勾当？他一时气郁难忍，敲开了舒家的院门。

他原打算一不做二不休，当面锣对面鼓，跟老舒问个究竟。但坐到老舒面前，他又多了个心眼，拐弯抹角地说，听说邻近公社有个人挖到一块几百斤重的大水晶，藏在家里没有上交，后来却不翼而飞。

老舒看他说话吞吞吐吐，觉得他话里有话。于是说，要是真有这么大的水晶，那可是国宝级的呀，这要是弄没有了，怕是担待不起啊。

金传贵听了这话，不光心疼失踪的大水晶，还担心自己挖到“国宝”，没有及时上交而被抓起来。他的成分不好，罗广山要是知道这事，又要把他吊起来了。几年前，他因为偷卖几块水晶，就被罗广山吊在大队部门口的大树上。当时正值寒冬腊月，大雪纷飞，他差点被冻僵了。罗广山的心狠着呢！

老舒看金传贵心神不定，脸色很难看，问他是不是哮喘病犯了。金传贵忐忑不安，含含糊糊地应着，准备起身告辞。

舒敬亭的老婆夏兴月是云山中学的代课老师，从学校放学夜归，快到家门口的时候，见到自家的院墙上贴着一个黑影，吓了她一大跳。她本能地大喊一声：“谁？”黑影撒腿就跑。夏兴月也不敢追过去，赶紧回了家。

夏兴月进了家门，看到老舒坐在桌前，桌上放了几块平时常拿出来摆弄的水晶，而金传贵也坐在那里，神色沮丧。她感到气氛不对，问他俩刚才说了什么？门口还有人偷听。老舒掩饰着说，没什么，就拉拉闲篇。但是，金传贵听说门外有人偷听，感到事出有因，心里恐惧异常。

夏兴月想到家里两个如花似玉的女儿，她俩才是最让人惦记的。她先到小女儿的房间，看到曼华正在把玩几个花花绿绿的小块水晶，并无异常；她又到大女儿的房间，却没有看到曼丽。

夏兴月焦急地问：“曼华，你姐呢？”

曼华说：“不知道呀，刚才好像丁二宝来过，我姐是不是跟他出去了？”

夏兴月一听，脸色大变。

6

罗大彪戴着黄军帽，正在堂兄罗大军家炫耀，金海亮找过来了。

海亮指着大彪说：“罗大彪，这顶军帽是你的吗？你还好意思到处谝脸！”

大彪说：“谝脸怎么啦？谁抢到就是谁的！”

海亮说：“看来你还真不知羞耻，真是强盗啊！”

大彪说：“金海亮，你嘴巴放干净点，骂谁强盗！”

海亮说：“不跟你扯淡了！是你说的吧，谁抢到就是谁的！”说罢，就动手去抢大彪头上的军帽。

海亮跟本村的散打高手丁老黑学过拳脚。罗大彪知道，如果动武的话，自己肯定吃亏。他把黄军帽拿在手里，说：“帽子给你可以，你得把那块宝贝水晶拿来跟我换。”

海亮嗤之以鼻：“凭什么呀，凭什么要我拿水晶换？”

大彪说："那帽子现在在我手里，凭什么就要给你呢？"

海亮说："少废话，不给，我还要动手！"

大彪突然把黄军帽塞到罗大军手里说："你拿着，这军帽给你了。"

海亮没想到大彪会来这一手，他现在要到罗大军手里夺下黄军帽，显然说不过去。再说罗大军比他大几岁，要是和大彪联手对付他，那就好汉也不敌双拳了。

海亮气得咬牙，一把揪住大彪。大彪仗着这里是他堂兄家，嘴里骂骂咧咧，一拳就朝海亮打来。海亮一闪身，晃过这一拳。大彪不依不饶，又朝海亮扑过来。两人拳脚相向，扭打在一起。很快，大彪就被海亮按倒在地上。

罗大军眼看自己的堂弟就要吃亏，赶紧过来拉住金海亮，说："哎呀，你俩这么大人了，怎么说动手就动手，有什么不好商量的？"

海亮不想把事情闹大，松开手，站了起来，冷冷瞅着大彪。大彪从地上爬起来，瞪着眼恨恨地看着海亮。

罗大军继续打圆场："我说你俩怎么跟邪头公鸡似的，不就是一顶黄军帽，一块水晶石嘛，换就换呗。"

接着，他对海亮说："咱湖塘村别的没有，水晶还不到处都是啊，一脚能踢出好几块，黄军帽可不好找。海亮，你那什么宝贝水晶呀，换给他。"

他又掉过脸，对大彪说："唉，你就这点出息，要那破水晶干吗？"

大彪哼了一声："谁没出息呀，把一块破水晶当个宝。我才不稀罕了，要不是……"话说了半截，他突然又不说了。

罗大军打着哈哈说："这样啊，那我做主了，黄军帽还给海亮。海亮，你也别小家子气，那块水晶就给大彪吧。"

说罢，罗大军把黄军帽戴到海亮头上。海亮和大彪虽然各有不服、各有心事，但事已至此，再纠缠下去就没意思了。

海亮戴着黄军帽，叫大彪跟他一起回家，把自己珍爱的一块拳头大的水胆水晶给了大彪。

大彪拿到这块水晶，才知道海亮为什么把它视为宝贝。原来这块拳头大的水晶形似一个大水滴，颜色也是少见的淡淡幽幽的浅绿色；灯光下，这块晶莹通透的晶体内，可见三个黄豆粒大的水滴，呈"心"状排列。这可是千万年前的几滴水呀！大彪早就听说，这块水晶是海亮在西大岭自留地里刨地时捡到的，但一直没见他拿出来。"哈哈，有什么了不起，现在它到我手里了！"

夏兴月打着手电筒去找大女儿。村里就这么大的地方，找了一大圈也没有找到。她听说过丁二宝常到西大岭去挖水晶，心想曼丽是不是也跟着跑去了，但她一个人又不敢往西大岭方向去，便沮丧地回到家。看到老舒还在摆弄那几块水晶，她气不打一处来："老舒啊老舒，你是个做父亲的吗？你不知道丁二宝是个什么东西，你让曼丽跟他跑出去？"

"这孩子，哪看得住呀……这孩子不省心啊！"老舒自知失责，却又无奈，嘴里嚅嗫着说。

“你呀，指望你，什么也指望不上，你自己也不让人省心……”夏兴月一肚子牢骚无处发泄，只好进了房间，关上房门，谁也不睬。

第二章

1

一大早，金传贵失魂落魄地在自家院落里徘徊。

村口的大喇叭里响起罗广山的声音：“下面传达上级通知，最近，朐阳市出现一股偷采水晶的歪风，这是严重破坏抓革命促生产、破坏农业学大寨的犯罪行为，是资本主义的歪风邪气，我们要坚决抵制……据大队革委会掌握的情况，我们云山公社湖塘大队也有一些坏分子，狗胆包天，顶风作案，偷偷开采水晶。希望广大社员检举揭发，把暗藏在湖塘大队还在兴风作浪的坏分子揪出来。另外，也给这些顶风作案的坏分子提个醒，如果主动交出水晶，特别是百十斤以上的大水晶，可以从轻处罚，否则，大队革委会绝不手软。”

金传贵听了，吓得冷汗直冒。他本来还想出去找找他的“水晶牛”，现在，哪还敢轻举妄动。

金海庆兴高采烈、脚下生风，从城里的高考补习班回来，走到村口的时候，天已经蒙蒙黑了。他停下脚步，想起之前在这里碰到舒曼丽的情形，心里不免有些怅然。

正在这时，他看到两个黑影往西大岭跑去，好像是一男一女。那个女的看着像是舒曼丽……

海庆心里一沉，忽然有种不祥的感觉，匆匆回到家。他没想到的是，父亲与两个月前判若两人，此刻正呆若木鸡、愁眉苦脸地蹲在家里。

海庆看到屋里煎药的药罐，闻到一股浓浓的中药味道，知道父亲的哮喘病发了，便走上前体贴地询问父亲的病情。

金传贵唉声叹气，说自己的病是小事，家里的天塌了才是大事。

海庆问家里出了什么事。

金传贵告诉儿子，西大岭那个地洞里的大小两块水晶没有了！尤其是那个“水晶牛”，那可是宝贝啊，是用命换来的！

海庆一听，也顿时蒙了。大水晶没了，父亲的精神支柱垮了，也意味着他的大学梦破灭了。

金传贵还把大队的广播通知告诉海庆。大水晶是从他家丢失的，这要是被刨根究底追查出来，那也是犯了大罪。

父子俩一筹莫展，不知道如何是好。是谁把地洞里的大水晶偷走的？是一个人干的吗？湖塘村谁有这个本事？……海庆的猜测跟父亲一样，最有可能的就是丁二宝。但是，几百斤重的大水晶，从几米深的地洞里弄出来，丁二宝一个人有这个本事吗？如果不是一个人，那还有谁帮他一起干呢?

金传贵说："我找过舒敬亭了，不可能是他，他也没有那个胆。"

海庆按捺不住，马上要去找丁二宝。父亲不让他去，说你没有证据，人家不但不承认，还会倒打一耙，说不定把自家偷挖水晶的事暴露了，那可不得了。

海庆想了想，觉得父亲的话有道理，但他还是决定出去探探情况。他想起刚才走到村口时，看到有人鬼鬼祟祟地向西大岭方向跑去。他忽然觉得，那个男的很像是丁二宝，而那个女的像是曼丽……他不愿往下想，便快步朝西大岭跑去。

不一会儿工夫，海庆就到了西大岭。这里地形复杂，坑塘密布，他不知道刚才那两个人会躲在哪里，便一个坑塘一个坑塘去寻找。后来，他又蹲在坑塘边，静静地辨听着忽远忽近传来的声音，有虫鸣、蛙鸣，有猫头鹰和乌鸦的叫声，还有从村里远远传来的狗吠声。

突然，他隐约听到男女混杂的怪异的声音，便循着声音找过去。

这男女混杂、不堪入耳的声音来自一个坑塘。海庆的手电筒一照，看到了他不愿看到的一幕：果然是丁二宝和舒曼丽，他俩衣冠不整，慌慌张张，想避开手电筒光。

海庆吃惊而痛苦地喊道："曼丽，你怎么在这里？"

丁二宝听出是金海庆的声音，冷笑一声，摸起手电筒，一束光照在海庆脸上，厉声喝道："金海庆，你想死啊，照什么照！”

海庆结巴道：“你……你们……这是干什么？”

曼丽很是尴尬，捂着脸不说话。

丁二宝凶狠地说：“我们来找水晶的，你来干什么？离我们远点，当心我砸断你的鼻梁骨！”

2

这天晚上，罗小雪正在舒家，和曼华在一起。

曼华跟别的女孩不一样，她的宝贝是一抽屉色彩斑斓的水晶石。这时，她把自己珍爱的几块水晶拿了出来，摆在桌面上，让小雪欣赏。

小雪看到一块淡绿色的、形似大水滴的水胆水晶也在其中，心里咯噔一下：这不是海亮哥那块宝贝水晶吗？这世上可没有一模一样的水晶原石！它怎么会到了曼华这里？

曼华没有注意到小雪表情的变化，她恰好拿起这块水晶，兴奋地告诉小雪：“这块水晶我让爸爸看了，他说这可是个宝贝，这里面的水胆是千万年前的几滴水，洁净无瑕，真的很神奇啊！”

小雪对水晶并不那么在意，但是，对海亮哥的东西，她还是特别上心的。记得去年春天的一天傍晚，她和海亮等几个湖塘大队的学生从云山中学放学，一起走回家。那天，走到西大岭山脚下时，海亮的手里就拿着这块水晶。他说这块水胆水晶就是在西大岭挖出来的，他有一次专门跑到公社收购站，想把水晶卖掉换钱，买一双渴望已久的黄军鞋。可收购站的人说，他这块水晶里有几个水滴，还有些“绵”，做不成眼镜料，只能当一级花石料收购，也就七八毛钱一斤。他气不过，拿起水晶就走，“咱不卖了！”收购站的人跟在后面喊道：“你回来，回来！再给你估估价。你私藏在家里，哪天叫公社‘打投办’的人查到，把它没收了，你还吃不了兜着走！”听了这话，他更是撒腿就跑。他在心里想：我还就自己玩了，不卖了！

那天，海亮痛快地把水胆水晶让大家挨个传看。小雪把水晶拿在手里，对着夕阳的余晖，那三个水胆折射着奇异的光芒，煞是好看。后来，小雪就再也没有看见海亮把这块水晶拿出来过。她想，海亮也许是真的怕别人惦记他这块水晶吧。她是罗广山的女儿，海亮说的公社“打投办”她是知道的。这是云山公社“打击投机倒把办公室”的简称，是抽调派出所、工商所、税务所、水晶管理所和“多种经营办公室”的骨干力量组成的。这些人经常到各大队明察暗访，行动快，下手重，抓到偷采水晶和私自加工水晶的，水晶和工具一律没收，作案人抓进公社派出所，视情节轻重进行处理。

小雪心里很不是滋味，海亮这么珍惜他的水胆水晶，却大方地送给了曼华。这让她突然感到心里空落落的，她的脸色也冷下来，趁曼华还沉浸于欣赏水晶、自我陶醉的时候，她不辞而别。

小雪心里过不去，径直去找海亮。

今天父亲和哥哥两人神神秘秘、悲悲戚戚地凑在一起，把海亮的心情也弄得很是糟糕。他实在想不通，他们家真的挖出过那么大的水晶吗？那么大的水晶能藏得住吗？要把这么大的水晶送到公社收购站去卖，你不是自投罗网、当场被抓吗？这也太不靠谱了，有必要愁苦得像天塌了似的吗？

小雪晚上单独一个人找到海亮家里，这还是第一次吧。海亮记得，刚上公社中学那会儿，小雪和曼华等一拨女学生大清早会来喊他一起上学；晚上放学迟了，他会挨个把村里的女同学送到家。上高中之后，男女同学好像突然间有了明显的界线。不过，他始终把小雪当妹妹看待，他觉得小雪跟她的家庭还有她的哥哥罗大彪都不一样，小雪从来没有因为他家成分不好，对他另眼看待。

这时候，小雪的突然到来，让海亮还是有些尴尬。从她脸上的神情看出来，她不高兴。她好像有什么事要责问他。

果然，小雪绷着脸问："你那块水胆水晶呢？能让我看看吗？"

海亮心想糟了，是不是自己用水胆水晶跟她哥哥换回黄军帽让她知道了？那他也太丢面子了。不过，大彪趁他不备，把黄军帽抢走，又下作地把他的水胆水晶讹去，这也并不光彩吧，他难道还有脸在妹妹跟前显摆？

"哦，那块水胆水晶呀，好久的事情啦，不知道丢哪里去了。"海亮一时不知如何回答，敷衍道。

海亮敷衍的态度让小雪很伤心。她觉得海亮明摆着对曼华好，对自己不好，甚至还想骗她。她希望海亮能跟她说出实情，哪怕安慰她一下。

她决定让海亮难堪，说：“你现在就找一找，把水胆水晶找出来！”

海亮胡乱找了一气，当然没有找到。他还想搪塞：“那块水晶不知道丢哪去了，你要是喜欢，等我以后重找一块，一定送给你！”

“我不要了，你还是送给别人吧！”小雪真的生气了，心里有说不出的幽怨，头也不回地走了。

3

又一个早晨，太阳从东边的山嘴缓缓升起，晨雾尚未完全消散，湖塘村的田野和房屋若隐若现，仿佛披着一层神秘的面纱。

罗广山带着侄儿罗大军等几个基干民兵，突然到舒敬亭家进行搜查。

看到舒敬亭的桌子上摆着几块水晶矿石，罗广山责问道：“这些水晶哪里来的？一定是在生产队地里偷挖的吧，为什么不交到大队部？”

舒敬亭说：“咱村里谁家没有几块水晶啊，我不过捡了几块小水晶，放在家里玩玩。”

罗广山厉声警告：“你算什么东西，湖塘大队的水晶是你这种人能捡的吗？带走！”

他们当场没收了舒家的几块水晶矿石，并把舒敬亭带到大队部关了起来。

接着，罗广山又带着民兵赶到金传贵家。但是，他们在金家并没有搜出一块像样的水晶。

罗广山突然说："据群众举报，金传贵天天往西大岭的自留地里跑，他家的自留地里是不是有鬼？"

罗广山的话当然得到了一片附和。于是，他带着民兵火速赶到西大岭金传贵家的自留地。那堆玉米秸秆是明显的目标，很快被民兵扒开，原先藏水晶的洞口被发现。

金传贵被罗大军等民兵押在前头，打着手电筒，进了地洞。地洞里，还有一堆火花石和几块小小的水晶矿石。

罗广山十分兴奋，说："这么大的地洞，不是一年两年能够挖出来的，一定挖出过大水晶！"

他逼问金传贵："你赶快交代，把大水晶藏到哪里了？坦白从宽，抗拒从严，你不是不知道，老实交代，才有出路！"

金传贵心惊胆战，唯唯诺诺，说不出个所以然来，随后也被绑到了大队部。

金传贵跟舒敬亭关在一起。因为那天跟踪丁二宝一直跟到舒敬亭家，金传贵总觉得老舒跟"水晶牛"的失踪脱不了干系，他对老舒不理不睬。

老舒感到纳闷，他和金传贵都是队里的"坏分子"，以前没少在一起挨斗，两人一直惺惺相惜、同病相怜，金传贵的反常让他不解，联想到几天前的晚上金传贵到他家时神色慌乱、欲言又止的样子，他想金传贵一定遇到了什么事情。这到底是什么样的秘密呢？

老舒问：“老金啊，你最近折腾什么，让罗主任盯上了？”

金传贵哪有心思跟他绕迷魂阵，十分恼怒地说：“老舒，我有你能折腾吗？你都跟丁二宝厮混到一起了，真会装！”

舒敬亭感到莫名其妙，他怎么会跟丁二宝厮混呢？那小子明摆着黄鼠狼给鸡拜年——没安好心！是在打曼丽的主意，他还能不知道！而金传贵的反常，还让罗广山盯上了，看来他真的遇到大事情了，而且与水晶有关。出于对老金的关心和对水晶秘密的追究，他想搞清楚老金家到底发生了什么。

“老金，你说我跟丁二宝、罗广山是一路人吗？丁二宝那是没安好心，他想打我家曼丽的主意……我那大闺女是昏了头了，她原先不是跟你家海庆处得好吗？怎么又被丁二宝三花两绕地绕昏头了？唉！孩子的事咱不说了，那天晚上你到我家，肯定还有别的事……对，你说邻近公社有人挖出大水晶的事，你是听谁说的？我怎么一点都不知道？”

听了老舒这番话，金传贵思忖了一会儿，觉得是自己误解了老舒。他消除了对老舒的戒备。这些天，他心里窝着天大的秘密，他实在憋不住了。

他告诉老舒：“咱家一块几百斤重的大水晶被人偷走了！”

老舒大吃一惊：“啊！你说的那个人……就是你自己……”

两人正要细说，罗大军带着几个民兵进了屋，把他俩带到大队部门前的队场上。

队场上已经聚集了一些社员。罗广山命令罗大军把金传贵和舒敬亭绑起来，还说要把他俩吊到树上，接受贫下中农的批斗。

罗大军笨手笨脚，绑了半天还是绑得松松垮垮，被罗广山呵斥到一边。罗广山来到大队部，用大喇叭呼叫丁二宝，让他立即赶到大队部来。

丁二宝还在家里，赖床睡回笼觉，听到罗广山喊他到大队部执行重要任务，便莫名地兴奋起来，穿上衣服就往大队部跑。到了大队部，才知道罗广山叫他来绑人的。吊人和绑人是丁二宝的拿手戏，但这会儿一看，要绑的人中有舒敬亭，他犹豫了一下，下意识地看到了人群中的舒曼丽。曼丽也正盯着他看。

罗广山看出他的犹豫，大声说："丁二宝，考验你的时候到了！"

丁二宝听了，一个箭步冲到老舒面前，把他绑了个结结实实。

丁二宝的举动让曼丽深感羞辱，她眼含泪水，从人群中跑开了。

看到曼丽跑走了，金海庆悄然跟着离开了队场。

金传贵也被丁二宝绑了起来，正要朝树上吊。

金海亮冲到树下，不管三七二十一，要解父亲身上的绳子。

丁二宝一棍子朝海亮砸过去。海亮未及躲闪，被打在腰上，疼得弯下了腰，但他又立刻站直起来。他练过拳脚，两三个回合，就占了上风，把丁二宝一脚踹翻在地。

罗广山见情形不妙，一声断喝："把这个小兔崽子也给我绑起来。”

罗大军等民兵一拥而上，将海亮按倒在地。

金传贵挣扎着跑过来，向罗广山求情道：“罗主任，海亮还是个孩子，千错万错都是我的错，把孩子放了吧。”

罗广山理都不理，把金传贵推到一边。

人群中，夏兴月挤上前来，她眼看自己的学生金海亮就要吃亏，连忙阻止道：“罗主任，你大人有大量，别跟一个孩子计较。”

罗广山说：“不行，这个小兔崽子，不教训教训他，反天了！”

罗小雪看到罗大军、丁二宝要绑海亮，不顾一切地冲上去，责问道：“你们凭什么绑人？凭什么绑人?！”

不等他们说话，小雪直接扇了丁二宝一个大耳光。

丁二宝愣住了。下边的群众先是一愣，跟着哄堂大笑。

小雪又要解开绑在金传贵身上的绳子。

丁二宝愣怔了一下，举起棍子想打小雪，抬眼看到罗广山正盯着他，便赶紧把木棍子收起来。

小雪对丁二宝不依不饶：“你敢打我？你还敢打我？有种你打呀打呀……”

队场上的社员一下子乱了营，不时发出起哄声。

罗广山一看会场大乱，带头喊起口号：“不忘阶级苦，牢记血泪仇！打倒……”

然后，他气急败坏地宣布，批斗会到此结束。

金传贵和舒敬亭被释放回家。

4

村头的小树林边上，海庆告诉曼丽：“我不去考大学了。”

曼丽一听，愣住了，过了半晌，百感交集地责怪道：“你怎么不早说啊？”

海庆不理解曼丽的悲伤，还以为共同的家庭遭遇让她伤感，正要安慰她，曼丽扭身走了。

海庆追上曼丽，看到她已经泪流满面，问她怎么啦？

曼丽看着海庆，喃喃地说：“你真的……不考大学啦？”

海庆看着远处，说：“不考了！……你看，批斗会散了，你爸和我爸都没事了。”

曼丽仿佛没有听见似的，还沉浸在个人的情绪里，突然又怨艾地呵斥道：“你考不考关我什么事，离我远点！”说完，她掩面跑走了。

舒曼华气鼓鼓地找到罗大彪，把那块水滴状的水胆水晶扔给了他，转身就走。

大彪捡起水晶，喊了几声曼华。曼华没理他。

大彪深感失落，曼华一定是因为父亲被批斗，心里受了很大的伤害，才迁怒于他。他担心曼华从此不理他了，便去责问父亲，湖塘大队两三年没开过批斗会了，怎么突然开什么批斗会，还把舒敬亭抓起来？

罗广山说：“这是斗争形势需要，你不懂这些。”

大彪反问道："我什么不懂？你以为我还是小孩子啊？"

这时候，罗小雪从屋里出来，指责父亲没有人性，都什么时候了，还干这种丢人现眼的事。

罗广山气得要打大彪和小雪，老婆许莲花拉住他，也抱怨他做事有些过了头，说舒敬亭一家人都挺好的，夏兴月还是俩孩子的老师呢；又说金传贵是个病号，老婆也早死了，够可怜的了，你还绑他吊他干吗？

罗广山瞪着许莲花，狠狠地说："你们懂个屁！"然后拂袖而去。

第三章

1

那场半截拉拉的批斗会，让舒曼华迁怒于罗大彪，她连自己喜爱的水胆水晶都不要了，退还给了大彪。

这阵子，大彪对父亲很是反感，情绪也很反常。

罗广山觉得儿子对他一点不理解，决定带儿子去看个稀罕。

大彪还是不理他，不跟他去。

罗广山突然对大彪说："你听说过地下工厂吗？"

大彪对这个有点兴趣，斜眼看着父亲，说："早就听说村里有几家地下工厂。"

罗广山说："我带你去参观参观。"

大彪不解道："这是资本主义尾巴，你不是天天要割掉这些黑尾巴吗？"

罗广山语重心长地说："大彪，你长大了，有些事情，你真要动动脑子了。走，看完你就知道爸爸的苦心了。"

大彪既好奇又纳闷，跟着父亲来到丁老黑家门口。

丁老黑家住在村子东头，盖了两层小楼，还拉起高高的院墙，搞得家里密不透风。

大彪疑惑地问父亲：“你天天抓别人偷挖水晶，怎么不抓丁老黑？”

罗广山示意儿子不要乱说话，上去敲丁老黑家的大门。好一会儿，院里才响起一个警觉的声音：“谁？”

罗广山说：“是我。”

开门的正是丁老黑，这是个身体壮实、黑脸膛的中年汉子，一看就是不好惹的角色。他脸上堆着笑说：“罗主任啊，屋里请屋里请。”

丁老黑把罗家父子引进客厅。

罗广山问：“弟妹不在家？”

丁老黑说：“老婆带着孩子回娘家了。”

丁老黑家客厅的摆设在当下的农村可谓少之又少，有收音机、大挂钟、缝纫机……客厅里还有一辆更稀罕的永久牌自行车。

丁老黑给罗家父子泡茶，问罗主任有何指示。

罗广山说没有指示，就是让大彪来看看稀罕，参观参观他的水晶工厂。

丁老黑犹豫了一下，还是带大彪到了他家的地下室。

此时，丁老黑的相好孙寡妇正在地下室。她趁着丁老黑老婆不在家，跑来和他幽会。刚才听到敲门声，丁老黑于慌乱中让她到地下室躲一躲。

丁老黑刚进地下室入口，就大声地让大彪走路要小心一点，其实是在提醒孙寡妇躲起来。

丁老黑家的地下室把大彪看呆了，这里不光有各种加工水晶的机器，还堆着许多水晶，大多是些晶体透明的好水晶。

丁老黑指着几台机器，向大彪介绍："这是切割机，这是打磨机，这是抛光机，这是打孔机……"

大彪随手拿起工作台上一块切割一半的水晶，仔细端详起来。

丁老黑说："这块水晶是丁二宝拿来的，我给了他十二块钱。"

大彪大吃一惊："多少？这么一点能值十二块？"

丁老黑一笑，说这算什么呀，又从柜子里拿出一个纸包，说这是眼镜片，知道这一副镜片值多少钱吗？

大彪摇摇头。

丁老黑说："在广州，这副镜片至少值一百二十块钱。你说的这块水晶能开六副这样的眼镜片，你算算，值多少钱？"

大彪脱口而出，七百二！说完，倒吸一口气，天啦，这块破水晶十二块钱就够贵的了，经你一加工，能卖七百二十块，太神了！

从丁老黑家出来，罗广山问儿子："感受如何？"

大彪感叹一声，说："丁老黑太厉害了！"

这时候，天已经上了黑影，罗广山带着儿子走到自家的猪圈旁边。猪圈里已经多年没养猪了，围墙也砌得比较高，老早就被罗广山堆了一个草垛。

罗广山把猪圈门打开，领着儿子到草垛跟前，扯开几个草捆子，又揭开一片草帘，露出一个洞口。

大彪吃惊地问："咱家这里有个地窖？"

罗广山没吭声，在洞口站了一阵，这才打开手电筒，示意儿子跟他进到地窖。地窖并不大，有一两米宽，三四米深，但清爽干净。罗广山揭开一张草席，露出一块小牯牛状的大水晶。在手电筒光下，大水晶发出紫光，熠熠生辉，把大彪惊呆了。

罗广山得意地对儿子说："看清楚了吗，这才是宝贝！丁老黑那些玩意算什么？都拿来跟我换，都不值我这零头！"

大彪还在惊讶："爸，咱家咋会有这么大的水晶？"

罗广山说："当然是我挖的，就在这挖地窖挖出来的。"

大彪对父亲陡生钦佩，但他又不解地问："这是什么时候挖的呀？怎么我一点都不知道？"

罗广山说："挖了好几年了。我是大队主任，这事情哪能让别人知道。"

大彪想了想，说："怪不得我家门口的菜园和院子里常有新土，原来是你在挖水晶呀。"

罗广山告诉儿子，其实湖塘大队许多人家都在偷挖水晶，他只要在村子里走一圈，看看门口或院子里的土，就知道谁家挖水晶了。

大彪抚摸着大水晶，沉思了一会儿，对父亲说："我知道你为什么让我去看丁老黑的地下工厂和这块大水晶了。”

罗广山赞许地点点头：“儿子，你长大了。”又说，“我当了十几年大队干部，还住着土院子、破房子，你看丁老黑，小洋楼多气派，要是不搞水晶，还要穷下去，连房子都盖不起，会影响你将来前途的。”

大彪觉得父亲今天一反常态，已经把他当大人看了，他的心里很有些感慨。

但是，回到家后，大彪的脑子里又一下子满满的都是舒曼华。他拿出那块水胆水晶，朝曼华家走去……

罗广山父子俩走后，孙寡妇从丁老黑家的地下室上来，心里还在直打战。她问丁老黑：“是不是罗广山知道我在你家呀？”

丁老黑哼了一声，答非所问：“他呀，指不定打什么歪主意了！”

2

湖塘村的夜晚，神秘而宁静。黑暗如同一张巨大的黑色绒布，悄然降临到这个山村；星星如同闪烁的水晶，镶嵌在夜空中；一轮弯月则如同一把银色的镰刀，高悬在夜空，照亮了夜色。

金传贵的心病越来越重，他对大儿子海庆说，那块大水晶是他的命，找不到他的“水晶牛”，他就是死也合不上眼啊！这天晚上，他硬拉着海庆去找他的大水晶。

金传贵并没有新的目标，还是和海庆来到丁二宝家，想找到一点蛛丝马迹。此时，他们正好看到丁二宝扛着一个冬瓜状的东西往丁老黑家走。父子俩悄悄跟了上去，一直跟到丁老黑家门口。

丁二宝敲开门进去后，不一会儿就出来了。他把那个“冬瓜”扔到丁老黑家的菜地里，骂了一句：“真他妈晦气，一块死石头。”

丁二宝走后，金传贵和海庆捡起那个“冬瓜”，用手电筒一照，原来是一块内里长了“绵”的水晶矿石。看来，这块矿石被丁老黑判定为不值钱的“死石头”，丁二宝很是恼火，气得都不朝家里扛，直接扔了。

金传贵忽然冒出一个新的疑窦：很可能是丁二宝和丁老黑合伙，偷了他的“水晶牛”！那块七八百斤重的大水晶，丁二宝一个人弄不动，肯定是和丁老黑联了手；而且，他早就听到风传，丁老黑家开了个水晶地下工厂……

金传贵望着丁老黑家紧闭的大门，没有勇气上去敲门。他叹了口气，扛起丁二宝扔掉的那块“死石头”，和海庆一起往家里走去。

金海亮拿了几块不大不小的水晶，来找舒曼华。

夏兴月正在抱怨女儿：“你都十八九岁了，不是小孩子了，让你好好学习考大学，你却天天捣鼓这些破石头，你爸一辈子和矿石打交道，吃的亏还少吗？”

曼华调皮地说：“我这辈子要是有爸爸的学问，就能火眼金睛辨别水晶了。”

夏兴月看海亮来了，关心地问起他爸哮喘病好些没有。

海亮告诉她，给他煎了中药吃，好多了。

夏兴月让海亮劝劝曼华，让她多花些工夫学习考大学，还鼓励海亮也去考大学。

海亮说自己脑子笨，不是那块料。

夏兴月叹了口气，走开了。

海亮从黄布包里掏出几块水晶，摆在桌上，让曼华看。曼华用手电筒挨个对着这些水晶照，她还跟父亲要了一个放大镜，这会儿也派上了用场。她从五六块水晶石里勉强挑了两块，剩下的她让海亮当火花石卖，没什么价值。

海亮不好意思地笑笑，说：“曼华，你现在是小专家了，看来我得向你学习。”

曼华说：“你金海亮的本事大着哩，向我学习个啥？你说，你这安的是什么心，怎么想起来送水晶给我？”

海亮打着哈哈说了实话，他还惦记着她表哥寄来的那身军装。他只有一顶黄军帽，没有军装搭配……不管是上装还是军裤，能有一件搭配就够威风的。

曼华笑道：“我说你怎么这么好心，原来是别有用心啊。好吧，看你表现不错，我把黄军裤送给你吧。”

海亮喜滋滋地把黄军裤拿回家。到家后，他就迫不及待地把黄军裤朝身上穿，但黄军裤可能被曼华改过了，又瘦又小，根本穿不上。他拿着黄军裤又去曼华家，想换那件军上装。

碰巧，罗大彪这时也来找曼华，他还是想把水胆水晶送给曼华，以此消除曼华对他的误解。在舒家院门口，他和海亮撞了个对面。

大彪和海亮一起到了曼华的房间。

曼华还是不理睬大彪，她问海亮："黄军裤拿回去试了吗？被我改过了，是不是穿上有点紧？"

海亮说："正要跟你说，军裤被你改小了，我不能穿。"

曼华说："还真是，你这五大三粗的，怎么能穿我改过的军裤。这样吧，那件军上装我爸说他穿了不合适，就送给你吧。"说着，找出那件军上装，"你现在就穿上试试！"

海亮接过军上装，当场就穿到身上。曼华夸海亮穿上军装后很是威风，故意刺激大彪。海亮穿着军装，开心地走了。

大彪磨磨蹭蹭地没有走。曼华说："你怎么还不走？天都这么晚了。"

大彪掏出水胆水晶，说："你这么喜欢水晶，还是给你收藏吧。"

曼华瞅了瞅大彪手里的水胆水晶，心里当然是喜欢的，但还是硬邦邦地对他说："你们家的东西，再好我也不要。"

大彪说："什么'你们家的东西'？我归我，我爸……他……归他。不瞒你说，我现在对水晶也着迷了，当然，也是受你感染的……往后，我要做件大事给你瞧瞧！"

曼华瞥了他一眼，说：“你罗大彪本事大着了，你爱做不做，管我什么事？”

大彪死皮赖脸，把水胆水晶放在桌上。

曼华沉着脸说：“你拿走，不然我拿去扔了！”

大彪心里不是个滋味，又酸溜溜地说：“你给了军帽，这又把军装给了海亮，是不是应该给我一件呀？”

曼华坚决地说：“凭什么呀，我爱给谁给谁！”

大彪无奈之下，迁怒于海亮。他狠狠地说：“好，你不给我，我把海亮身上的扒下来！”说罢，他拿起那块水胆水晶，气冲冲地追海亮去了。

3

这些天，罗广山一直在想，如何让金传贵闭嘴。金传贵和他两个儿子如果要闹腾下去，对他极为不利。

这个初夏之夜，蛙声和虫鸣鼓噪一片，让人越发烦躁。罗广山想起春天那个晚上，心里仍然感到悸动燥热。他盯上金传贵已经许久了，半年前，他就发现了金传贵家自留地里的秘密。那天晚上，他扒开玉米秸垛，打着手电筒，钻进那十几米深的地道，他震惊，他愤怒……继而又有种捕获猎物的快感。金传贵这个坏分子，居然在他眼皮子底下挖了这么深的地道，这是要干什么？这是要为翻天做准备吗？当他进到地道最深处，看到小牯牛似的大水晶时，他更是一阵狂喜。他从未见过这么大这么晶莹剔透的水晶，他这才恍然大悟，金传贵挖这么深的地道，就是为了挖到这个“大家伙”啊！这绝非一年两年，甚至三年四年所能办到的！当年金传贵的老婆丁云枝死得蹊跷，村里村外传说西大岭又是闹鬼又是晶光闪烁，看来都跟这块大水晶有关。

罗广山出了地道，当时就想带领民兵把金传贵抓起来，然后把这个惊天秘密上报公社。然而，回来的路上，因为走得急，他不小心摔了一跤，跌到一个坑塘里。虽然坑塘不深，摔得并不严重，他也是好一阵动弹不得。这一摔一下子让他的脑壳清亮了许多。这两年的形势已经不同以往，村里许多人偷挖水晶，卖到收购站甚至邻近的徐州、山东等地，手头有了点零花钱，胆大包天的丁老黑更是靠加工水晶盖起了小楼……他要是把这块几百斤重的大水晶弄到手，岂不是一下子就超过丁老黑了！这水晶要是上交到公社，他罗广山又能有什么好处？公社顶多给他戴个大红花，口头表扬一番，恐怕连百把块钱的彩头都没有。这两年，公社的头头已经换了一茬，他隐隐地预感到，自己大队主任这个角色，也可能干不长久。

回到家，罗广山翻来覆去想了许多，终于铁下心要把大水晶弄到手。他家猪圈里那个地窖是“深挖洞、广积粮”时挖的，存过山芋，放过一些杂物，已经多年不用了，可以把大水晶藏在里边……但是，七八百斤重的水晶怎么弄出地洞，怎么神不知鬼不觉地运回家，着实让他挠头。他想过找侄儿罗大军或者丁二宝帮个手，也想过找堂弟罗广志帮忙，但很快又打消了这些念头。这种事找谁都不可靠，绝对不能走漏风声！罗广山年轻时在公社采石场做过石匠，对付过小山似的大石头。他最后想出了个办法……

那天夜里，罗广山拉了平板车，悄悄出了村。车上有一把铁锨，一捆粗绳，一块带轱辘的木板，一个带滑轮的三脚架；为了防止搬运时损坏了水晶，他还特意抱了床棉被放在车上……差不多折腾了一个通宵，他把几百斤重的“小牯牛”连同那个百十斤重的“怀中抱子”水晶，全都完好无损地拉到家，放进猪圈里的地窖……

罗广山心神不宁地打着手电筒，走到罗大军家，喊上大军，说这几天老是看见金传贵在村里鬼鬼祟祟地转悠，这个老家伙一定有问题。

两人到了金传贵家门口，在对面的一片树丛里藏了起来。不一会儿，他们看到罗大彪快步朝金家走来。

罗广山从黑暗处闪出来，拦住大彪，低沉着声音喝道：“你上他家干什么？滚回家去！”

大彪惊讶道：“爸，大军……你们怎么在这里？”

罗广山说：“金传贵可能偷挖水晶去了，我们在这里蹲守，抓他个现行。”

大彪说：“那……那我也在这蹲守吧。”

罗广山说：“你别掺和这事，回家去！”接着他又叮嘱大彪，以后少和海亮来往。

大彪刚走，金传贵和海庆回来了。金传贵果然扛着一块冬瓜状水晶石回来，被罗广山和大军抓了个现行。

金传贵大声争辩说：“水晶不是我挖的，是在路边捡的。”

罗广山喝道：“你他妈胡说八道！路边能捡到水晶？你再捡一块试试！”接着喝令大军绑了金传贵。

海亮听到家门外的吵吵声，从家里冲出来，一看罗大军要绑父亲，便和哥哥一起护住父亲。

吵吵嚷嚷的声音引来许多社员，刚从丁老黑家回到家的丁二宝也跑来了。

罗广山命令丁二宝，立即集合民兵，抓获偷挖水晶的犯罪分子金传贵和金海庆。

罗广山把水晶踩在脚下，对金家父子说：“看你们还敢狡辩，水晶就扛在你金传贵的肩上，人赃俱获，没什么可说的，带走！”

金传贵大喊冤枉。听到丁二宝呼叫赶来的民兵们一拥而上，把金传贵和海庆的双臂反扭住。金传贵又气又急又怕，大声呼喊着，却喊不出声来，一口气没上来，昏倒在地。

海亮扑上去，摇晃着父亲。

丁二宝隔着海亮，踢了金传贵一脚，说这老家伙装得还挺像的。

金传贵被这一脚踢醒，两眼直勾勾地望着罗广山，突然哈哈大笑，说：“老子就偷了水晶，天天偷水晶，偷了好多好多水晶，还有一头水晶牛，看你狗日的能把老子怎么样。”说完又哈哈大笑，还爬起来打了罗广山一拳。

罗广山说这家伙装疯卖傻，贫下中农一万个不答应，“带走！”

金传贵父子被关进了大队部。罗广山指派罗大军和丁二宝看守，自己却心血来潮，来到孙寡妇家。

罗广山敲了半天窗户，不见动静。他皱起眉头，狠狠地骂了一句，随后消失在黑暗中。

此时，孙寡妇正和丁老黑在一起。一番云雨后，两人躺在床上说话。

丁老黑说：“你干脆来我家干工吧，这样我们在一起的时间就多了，你也能挣一份工钱。”

孙寡妇说：“我不敢，罗广山已经起疑心了。”

4

第二天，金海亮到大队部，去找被关在这里的父亲和大哥。负责看守的丁二宝和罗大军把他拦住了。

丁二宝在上次批斗会上失了脸面，耿耿于怀。他指着海亮说：“你还敢来捣乱，就把你也抓了，和你爸你哥一起送交到公社，让你一家都去坐牢。”

海亮说：“你神气什么？有本事我们单挑！”

丁二宝冲上去要用棍子打他，海亮机智地一闪，丁二宝一个踉跄差点摔倒，引得罗大军哈哈大笑。

海亮朝丁二宝呸了一口，不再和他纠缠。

海亮回到家，推开院门，见到罗小雪正在院子里晾衣服。海亮一愣。

小雪说：“海亮哥你回来啦，我等你一阵子了，正好把这几件衣服洗了。”小雪说着，从一个黄布包里拿出两块鸡蛋饼给海亮，“你还没吃东西吧，把这鸡蛋饼吃了。”

海亮摇摇头，心事重重地坐到一个石凳上。

小雪把鸡蛋饼塞到他手里，说趁热吃了吧。

海亮的确饿极了，拿起饼咬了一大口，又把另一块饼递给小雪，“这一块你吃吧。”

小雪嗔怪道：“你一块饼怎么够，我在家刚吃过。”

海亮吃了两口又吃不下去了，对小雪说：“我爸和我哥关在大队部，刚才去看他们，丁二宝不让我看，不知我爸的身体能不能撑得住。”

小雪气愤地说：“又是这个丁二宝，他简直是一条恶狗。”

海亮摇摇头，说：“怨丁二宝没有用，没想到我爸和我哥真的做了这种事情，叫人家抓了现行。如果他们被交到公社处理，真要送去坐牢的话，我爸那身体怕顶不住了，我哥这一生也就毁了。”

小雪叫他不要着急，也许事情没有那么严重，她给他想想办法。

海亮说：“你跟你爸说说，要不让我把我爸替回来。”

小雪说：“你瞎说什么，这事情哪有顶替的！”

罗广山在家吃饭，没看到小雪，也没有看到大彪，就问老婆许莲花，两个孩子怎么都不在家。

许莲花说，最近这两个孩子各怀心事，神神秘秘的不知在干什么。正说着，小雪进了门。

许莲花叫小雪上桌吃饭，小雪睬都没睬就进了自己的房间。许莲花跟着女儿进了房。

小雪对妈妈说："我看着我爸就来气，不愿跟他同桌吃饭。"

许莲花说："你这小祖宗，你爸这么疼你，你这是为什么？"

小雪说："海亮他爸人都疯了，我爸还要把他逮去坐牢，这不是要人家的命吗！"

许莲花说："你一个姑娘家，大队里的事情你不要去管。"

小雪说："我爸就是不讲道理，这件事我就是要管！"

许莲花盯了女儿一会儿，说："是不是海亮找你了？唉，这孩子也够可怜的。"

许莲花回到饭桌上，问罗广山打算怎么处理金传贵父子俩。

罗广山有意提高声音说："这两人偷采水晶，是顶风作案，明天就交到公社，谁也救不了他们！"

小雪从房间里出来，对着父亲说："你就是有私心，全村人都知道丁老黑家搞水晶都发财了，你管都不管，为什么偏偏揪住金家不放？"

罗广山呵斥道："你小孩子懂什么，丁老黑根正苗红，金传贵家算什么东西？以后你不要搭理他家那个海亮，犟驴脾气，没有好下场的。"

小雪委屈得眼泪在眼里打转，扭头回自己房间去了。

许莲花埋怨丈夫，说孩子的话有道理，冤家宜解不宜结，金传贵够可怜的了，能放就放人家一马吧。

罗广山骂道："你头发长见识短，懂个屁！"

这时，大彪从外面兴冲冲地回来了。罗广山问他到哪里去了。大彪说他在丁老黑家的地下工厂玩到现在。罗广山不想让老婆知道自己和丁老黑之间的事情，叫大彪先吃饭，一会儿有话对他说。

饭后，罗广山把儿子叫到房间，问他到丁老黑家干什么去的。

大彪说："丁老黑真有本事，我也想跟他一样，开一个水晶加工厂。"

罗广山说儿子真的开窍了，有出息。接着又严肃地说："你经常跟丁老黑接触，这个人鬼点子太多，你得提防着，不能把家里藏着大水晶的事透露出去。"

大彪说："我也不是毛头小孩了，这样大的事不可能对别人说。"大彪反过来问他："你挖出这么大的水晶，这么多年了，难道村里没有一个人知道？"

罗广山皱了下眉头，一摆手说："没有没有，这事就咱爷俩知道。"

大彪说："刚才在丁老黑家，听他说，海庆和他爸挖了块稀罕水晶，让大队抓住了，他要去看看那块稀罕货。"

罗广山说："这个丁老黑，馋猫鼻子尖，哪里有腥荤他都能嗅得到，太能钻了。”

大彪说：“丁老黑真是太神了，他说他站在东山嘴朝村里望望，村里谁家在挖水晶，谁家藏了水晶，他一目了然。爸，他会不会猜到咱家挖了大水晶呀？”

罗广山听了这话，脸色突变。

5

丁老黑来到大队部，看到负责看守金传贵父子的罗大军，讨好地递上卷烟。

罗大军接过一看，啧啧嘴说，是“大前门”呀。

丁老黑把大半包烟都塞到罗大军手里，凑上前，“听说金传贵挖了块大水晶，我想开开眼。”

罗大军不屑道：“什么大水晶，就这玩意儿。”说着用脚从桌底踹出一块水晶矿石。

丁老黑拿过来一看，吃了一惊，说：“不对呀，是这块吗？这哪里是金传贵挖的，这不是丁二宝那块‘死石头’嘛！”

丁老黑找到罗广山，告诉他金传贵父子那块水晶不是新挖出来的，丁二宝拿这块水晶找他掌过眼，是块没有什么用处的“死石头”。

罗广山问：“你看清楚没有，怎么又扯上丁二宝了？”

丁老黑说这块水晶怎么到丁二宝手里的，他也不清楚。不过自己倒腾水晶这么多年，不会看走眼的，只有通体透明的水晶适合磨成眼镜片，这块水晶里面棉棉絮絮的，根本就不是眼镜料。这种“老绵体”水晶开不出眼镜片，就不值什么钱了，只能当火花石卖。

罗广山说，老黑你反映的情况非常及时，幸亏没把这块“死石头”上交到公社。这要是让上级领导知道，还以为咱湖塘大队是糊弄上级哩。既然这样，再去审审金传贵，让他把水晶的来历交代清楚。

丁老黑说，听说金传贵关在那疯言疯语，不做主了，这要是送到了公社，他口无遮挡一通乱说，动静闹大了，上面下来调查，对家里的水晶工厂极为不利。

罗广山用手指点着他说：“你这个老黑，心眼用到家了，这一回我帮你一把，你给我记牢实了。”

丁老黑嘿嘿一笑，说：“别的帮不了你，大彪这孩子蛮聪明的，我把他带一带，会有出息的。”

罗广山赶到大队部，审问金传贵父子。

金传贵神志不清，说话颠三倒四：“水晶，大水晶……水晶牛……我就是挖了个大水晶……大牯牛……不知被哪个王八蛋偷走了。”

海庆说，那块水晶确实是在路边捡到的。他哭着央求罗广山把他和父亲放掉。

罗广山叫罗大军把那块冬瓜状水晶搬过来，装模作样地看了一会儿，说这水晶不像刚挖出来的。他责骂海庆没有早点交代清楚，就是路边捡到的水晶，也应当交到大队；又说这一次是因为金传贵犯病，放他们一马。

最后，罗广山敲着桌子对海庆说：“回到家，把老家伙看好，不许他出来乱说乱动！”

第四章

1

湖塘大队广播通知，云山公社的社办企业石英厂和石粉厂招工，十八岁以上适龄青年可以到大队报名。

丁二宝、舒曼丽、罗大军等人都赶来报名。丁二宝兴冲冲地跟曼丽打招呼，曼丽却没有搭理他。

丁二宝把曼丽拉到一边，说："我知道你会来报名，专门在这等你。这次招工，我们大队一共两个名额，我都要搞到手，到时候我们两人一起去上班。"

曼丽甩开他的手，说："你爱找谁找谁去，我才不跟你一起了！"

丁二宝追着她说："你还在生气呀，那天批斗会，是罗主任点名让我绑人。我绑你爸根本就没用劲，绑得可松了，不信你回去问你爸。"

曼丽停下脚步，指着丁二宝说："哈巴狗，滚远点！"

丁二宝还不死心，追着曼丽，一直到了她家门口，被夏兴月看到了。

夏兴月把丁二宝挡在门外说：“我们家惹不起你，你不要来纠缠曼丽。”

丁二宝说这次招工曼丽去报名了，不过没有他的帮忙，曼丽要想进厂上班比登天还难。

夏兴月说：“你狗拿耗子多管闲事，曼丽能不能上班不用你操心。”

丁二宝悻悻而去。他自言自语地说：“你家闺女睡都让我睡了，还装什么假正经。”

夏兴月想到几个月前那天晚上，在院子外面看到的那个鬼鬼鬼祟祟的黑影，那人八成就是丁二宝。回到家，她责怪曼丽早就跟丁二宝来往，刺棵子粘到裤腿上——甩也甩不掉了。

曼丽此刻心情复杂，母亲的话戳到了她的痛处。她冲着母亲发起脾气，说：“丁二宝算个什么东西，我跟他什么关系都没有！”

女儿的反常态度让夏兴月迷惑不解。

曼丽来找海庆，说公社石英厂招工，她已经报名，要海庆也去大队部去报名。

海庆和父亲前些天被抓到大队部，至今心有余悸，惊魂未定。他叹口气说：“我家这种成分，招工哪里有我的份呀。”

曼丽说：“招工通知也没有说成分不好的就不许报名，只要年龄适中就行。你是高中毕业生，成绩又那么好，工厂里就需要有知识的人。”

海庆眼睛一亮，说：“人家真的要招高中学历的吗？”

曼丽说：“反正高中生总比二流子强吧，你不去报名怎么知道自己不行呢？”她边说边拉着海庆的手，“要是咱俩一起到石英厂上班，那就太好了。”

海庆禁不住曼丽劝说，到大队部报名。

在大队部，他们碰到了丁二宝。

丁二宝不让海庆报名，说：“刚把你放了几天，就不老实了，你来凑什么热闹，你没有资格报名！”

曼丽跟他争吵起来，说：“你算什么东西，凭什么不让海庆报名？”

丁二宝恼羞成怒，说在湖塘大队，跟他丁二宝作对绝没有好果子吃，不仅海庆报不了名，你舒曼丽报了名也是白搭。

2

丁老黑送了一台抛光机给罗大彪。

大彪非常兴奋，到曼华跟前炫耀，说他家有个神奇机器，水晶经过机器打磨抛光，会变得更加光滑闪亮。他让曼华给他几块水晶，他回去帮她打打磨、抛抛光。

曼华仍然不理他，一块水晶也没有给他。

大彪空手而返。回家的路上，他碰到堂哥罗大军。大军问他为什么怏怏不乐，大彪说跟曼华要几块水晶拿回去抛光，曼华不给。大军告诉他，大队部有一块没收的水晶，让他去拿。

大彪到大队部拿走金传贵父子捡到的那块冬瓜状“老绵体”水晶，回到家，又把曼华退他的那块水胆水晶拿出来，准备放到抛光机上打磨抛光。

这时，曼华闯了进来，把几块水晶石丢到大彪面前，说：“我猜到你要折腾这块水胆水晶，我拿这些跟你换了。”

大彪说：“我上次放在你桌上，你让我拿走，还要把它扔了，我以为你生气了，也不喜欢这块水晶了。”

曼华嗔怪地瞅了他一眼，忽然注意到摆在抛光机前的那块“老绵体”水晶，她好奇地举起来仔细端详。她发觉这块“老绵体”里面有些异常的东西，像是朦朦胧胧、烟雨飘渺的立体山水画，又像是隐隐绰绰、变幻莫测的海底世界，她一时看不准。

大彪讨好地说：“你要是喜欢，这块我也送给你。”

金海亮觉得小雪几次三番帮自己和家人，自己对小雪却很不公平。想到那天小雪跟他要那块水胆水晶，他却故意搪塞她，甚至骗她，他心里就特别后悔。

海亮决定把水胆水晶从大彪那里要回来，送给小雪。他不想让小雪知道他和她哥哥曾做过交换，他想大彪也不会把水胆水晶讹到手的事跟妹妹说的。男孩子之间的秘密，什么争斗呀，什么面子呀，还是不要让女孩子知道。不过，硬朝大彪要，肯定是要不回的，只有忍痛割爱，用黄军帽换回水胆水晶。

这天傍晚，海亮把大彪从家里喊出来，跟大彪说：“跟你商量个事，你把我那块水胆水晶还给我，这顶黄军帽给你。”

大彪说：“海亮你什么意思，怎么跟个三岁小孩似的，颠三倒四烦不烦呀！水胆水晶我早就弄没有了，说好了交换的，不许反悔！”

海亮说：“水胆水晶怎么就弄没有了？我才不信你的鬼话！黄军帽是怎么到你手里的，又怎么交换的，你自己心里不清楚？扯这些有意思吗？”

两人说不到一起，眼看又要动起手来。

正在这时，小雪从外面回家，看到他俩站在院外，好像在争执什么。她赶紧走上前，问是怎么回事。

大彪不理小雪，冲着海亮说：“什么水胆水晶，谁稀罕，早给我砸了！”

小雪感到纳闷，她亲眼见到水胆水晶在曼华那里，怎么他们两人又纠缠起来了？她问海亮：“是你那块水胆水晶吗？现在到底在谁手里？”

海亮没想到这个时候让小雪撞见，他很丢面子，很是尴尬，也很是窝火：“那块水胆水晶就在你哥手里！这顶军帽也给他了！”说完，海亮把黄军帽交到小雪手里，转身就走。

小雪愣怔在那，一时不知如何是好。大彪趁机从她手里拿走黄军帽。

小雪茫然自语：“水胆水晶是在曼华手里的呀，这到底怎么回事？……”

大彪没好气地说，是的，是他把水胆水晶送给曼华的。

小雪发觉自己误解了海亮。此时，她也才清楚，哥哥喜欢曼华。

3

这天，生产队女社员集体锄玉米田里的杂草。傍晚，收工回村途中，舒曼丽、孙寡妇等人走在一起。曼丽借故在村头小树林边等金海庆，却没想到等来了丁二宝。

丁二宝拎着一鱼篓鱼虾来讨好曼丽，还厚着脸皮提起他们在水库边和西大岭发生的事情，当然是想重温好梦。

曼丽不但无动于衷，还一语双关地说，她不喜欢吃鱼了，一吃鱼就犯恶心。

曼丽这些天的反常让丁二宝十分愤怒，责问她是怎么回事，是不是海庆搞的鬼？说着拉拉扯扯就要把曼丽按倒。

恰巧海庆从田里收工回来，看到了这一幕，上去把丁二宝拉开。

丁二宝见海庆坏了他的好事，恼羞成怒，破口大骂海庆是狗崽子，是偷水晶的贼，趁早滚远远的。

海庆不跟他纠缠，拉着曼丽要走。

丁二宝拦住海庆，恶狠狠地说："我早就知道是你勾引了我的女人，今天要跟你有个了断。"说着就动手打海庆。

曼丽上前护住海庆："丁二宝，你凭什么打人！"

丁二宝气得暴跳，咒骂道："舒曼丽，你这个骚货！你早跟这个狗崽子勾搭上了吧，看我怎么收拾你！”

海庆听不下去，把曼丽拉到一边，自己上前和丁二宝争辩。

丁二宝气势汹汹地抄起一把锄头，照着海庆的胳膊狠狠打过去。只听咔嚓一声，海庆捂着胳膊惨叫不止，他显然伤得很重。丁二宝惹祸后，扔下锄头跑了。

曼丽急忙把海庆扶到路边坐下，又跑去找大队开手扶拖拉机的罗广志，求他开车把海庆送到公社卫生院。罗广志是罗广山的堂弟，却和堂哥的秉性截然不同，他为人和善，肯帮忙，是全大队出了名的老好人。他听了曼丽的哭诉，骂道：“这个丁二宝，简直无法无天！把人打伤了，还溜之大吉，不管不问！”他赶紧发动“小手扶”，开到村头，将海庆和曼丽一起送往公社卫生院。

海庆在卫生院拍了片子，胳膊骨折，外皮严重挫伤。医生给他做了外伤处理，打了石膏，在卫生院住院观察。海庆让曼丽回家，说自己能对付。曼丽执意留下来，在病房里照顾海庆，卫生院的医生和同病房的人都以为她是海庆的媳妇。海庆住了两天院，出院后，曼丽又一直跟到他家。此后一段时间，她在金家进进出出，全然不顾村里人的闲言碎语。

夏兴月在家唉声叹气，说曼丽真的不省心，跟丁二宝说不清道不明，又把海庆扯进去挨了一锄头，往后可咋办。

丁二宝把人打伤后，躲了起来。金海亮要为哥哥讨个说法，到处找他，怎么也找不到。就连罗广山也不知道他藏在哪里。

一天傍晚，海亮到丁二宝家门口转了一圈，又往村口方向一路找人。忽然，他看到丁二宝从西大岭那边朝村口疯了似的跑来。

海亮跑过去拦住丁二宝，说：“终于找到你了，看你往哪里跑！”

丁二宝灰头土脸，抱着胳膊，看上去非常狼狈。他哀声服软道：“海亮，咱们好兄弟明算账，我现在有难了，你看我这胳膊被汪塘汪家三兄弟用铁锨砍伤了。他们下手狠啊，想把我的胳膊卸下来。知道为什么吗？西大岭出大水晶了，一大窝啊，汪家三兄弟坏了规矩，见眼有一份是老祖宗传下的啊，可那三个狗日的看我一个人，不但不讲规矩，还打了我。海亮，就算是汪家兄弟替你哥报了仇……”

海亮见他脸上和身上血迹斑斑，不像是撒谎，就问他：“你这是要干什么？”

丁二宝说：“赶紧找人啊，找人去抢水晶！”

丁二宝跑到罗大军家，让大军带人去西大岭抢水晶。

罗大军听了丁二宝一惊一乍的讲述，立即吆喝了十几个社员，带着铁锨等工具，就往西大岭赶去。

海亮也想跟着众人一起去西大岭，却被闻声赶来的罗小雪叫住了。

小雪对海亮说：“你和他们不一样，这种争争抢抢的事你别掺和！”

海亮疑惑地看着小雪：“我怎么了呢？”

小雪说：“也没啥……你还是别去了好。”她本来想说，他们把水晶抢回来了，也不会说他的好；抢不回来，说不定还怪他没出力；要是打打斗斗中海亮受了伤，更不值得。

海亮望着众人已经走远，心想这事是因丁二宝而起，不去也罢。

小雪看着海亮有些懵懂的神情，越发对他心生柔情。她突然说：“海亮哥，你知道那块水胆水晶如今在谁手里吗？”

海亮摇了摇头，没吱声。他心想，你不是知道那块水胆水晶在你哥那儿吗？难道被你要过来了？

小雪说：“你不知道吧，水胆水晶在曼华那里，是我哥送给她的。”

海亮有些吃惊，神情有些落寞，有些尴尬：“哦……是吗？”

小雪说：“这阵子我哥也迷上水晶了，常跟曼华一起捣鼓水晶。”

海亮听了，神色更加怅然。

小雪忽然又有点不忍心了，安慰道：“其实，曼华对你也挺好的，不是还送军装给你吗。”接着，她小声说，“可惜我没有东西送你……”

4

罗大军带人来到西大岭的一大片坑塘，没有找到汪家三兄弟。

丁二宝失望地说："这下亏大了，汪家三兄弟肯定带着水晶跑了。"

西大岭往西，山脚下有座小水库，再往西，就是汪塘大队。他们朝水库里望去，果然看到水库中有条小船，正朝汪塘方向划去。丁二宝还要去追。罗大军说算了，追到他们汪塘村，他们就吃亏了；再说天色已晚，追到汪塘，也根本找不到人。

这一切，都被罗大彪看在眼里。原来大彪是来西大岭找几块水晶做实验用的，他在坑塘里寻寻觅觅的时候，发现有人在附近争吵，便爬上坑塘边沿望了望，看到丁二宝和三个陌生人正在争执，进而大打出手。大彪怕人家说他也来偷挖水晶，就没有现身。后来他看到丁二宝被打跑后，那三个男人把两抬筐大大小小的水晶转移到另一个坑塘里埋起来，慌慌张张跑了，好像说赶快上船走人，水晶找机会再来挖走。接着，他又看到罗大军带着人来了。天很快黑了，大彪这才悄悄跑回家。

丁老黑听孙寡妇说，罗大军、丁二宝带着人去西大岭抢水晶，没有抢到，丁二宝还被人打伤了。他觉得汪塘人这次挖出的水晶质地不会差，也想去看个究竟。不管是谁弄到水晶，只要他丁老黑看好了，出价合适，都可以买回来加工水晶眼镜。丁老黑便和孙寡妇一起，也趁着月色，深一脚浅一脚地来到西大岭。

让丁老黑吃惊的是，黑暗中，他听到有两个人在悄悄说话，听那声音竟然是罗广山和儿子大彪。丁老黑和孙寡妇吓得赶紧躲到路边的坑塘里，动也不敢动。过了一阵，他俩看到罗家父子每人挑着一副担子，紧赶紧地走了。

孙寡妇小声问丁老黑："他们挑的是什么？"

丁老黑说："还能是什么，水晶啊！"

孙寡妇疑惑地嘟囔道："这么多水晶是哪来的？……"

丁老黑摆摆手，示意她别作声。

直到罗家父子挑着担子走远，丁老黑才冒出一句话："鹬蚌相争，渔翁得利！"

丁老黑看到罗广山家刚刚得到一批水晶，正好他的地下工厂原料紧缺，便找到罗广山，想买他家的水晶。

丁老黑唉声叹气装可怜："罗主任，最近我那边料子紧缺，订单完不成，快到手的票子拿不到，还要挨罚款，你得要帮帮我呀。"

"怎么帮你？我这里啥也没有，拿屁股给人家踹呀？"没想到罗广山滴水不漏，不接他的茬。

丁老黑继续迂回，说："不对啊，老早以前，我就发现你家的家前屋后，常常有'晶气'冒出来，你怎么不偷偷挖点？卖给我还有什么不放心的吗？"

罗广山再次想到他家猪圈下面藏着的大水晶，怕露出破绽，更加坚决地告诉丁老黑，家里没有水晶。他有些来气："丁老黑，你说的是什么话，少在我面前装神弄鬼，我对你咋样，你心里没数吗？"

丁老黑的计划没有成功，很是不甘。回家后，他就进了地下室。他老婆卢明珠和孙寡妇正在机器上加工水晶。丁老黑跟她们说，刚刚看过地理天象，罗主任家有好水晶。

卢明珠说：“看看，你又神神道道了。”

孙寡妇却敬佩地说：“老丁就是神人，这眼睛就是火眼金睛，哪里有水晶，看得真准。”

丁老黑叹气道：“罗广山家的水晶不想卖呀，磨了半天都不开价，还一口咬定没有水晶。这个罗主任啊，当干部当糊涂了。”接着，他开孙寡妇的玩笑，说她跟罗主任能说得上话，让她从侧面说说，把水晶拿一些出来卖给他。

夜晚，罗广山到孙寡妇家幽会。

罗广山半真半假地说：“你不会是为了几个钱，才到丁老黑家的地下工厂干活的吧？”

孙寡妇说：“还能为什么？天天和丁老黑老婆在一起磨镜片，就是想干什么也没机会啊。再说了，你对我这么好，我哪敢三心二意啊？”

罗广山狐疑地看着孙寡妇，半开玩笑半认真地说：“你要是敢跟别人乱来，我就把你跟你的死鬼男人合葬了，也埋在西大岭的那些坑塘里。”

孙寡妇咯咯笑了，说要能跟我那死鬼男人合葬，也算我修得福了。不过我家闺女你可要给拉扯大啊。

说话时，她的闺女正从房里的墙缝里偷看。

孙寡妇到厨房里拾掇一阵，端来酒菜，还有一瓶汤沟大曲，跟罗广山喝酒。几杯酒下肚，孙寡妇拐弯抹角地跟罗广山打听起水晶的事。

孙寡妇的话引起罗广山的警觉。

5

罗大彪的房间里堆着一大堆水晶。

罗广山对大彪说："这下你有资本了。"

大彪牛气冲天地说："要不了多久，我要和丁老黑掰掰手腕。"

罗广山说："你还差得远着了，还要好好向丁老黑学艺，哪天我带你去正式拜师。"

大彪说："不用，丁老黑对我挺好的，他说还要送我一台切割机和一台打磨机哩。"

罗广山很满意儿子的表现。

父亲走后，大彪把水晶归归类，先是大小分类，后又按质量分类。大彪根据曼华的喜好，挑了一些里面带些色彩或杂质的水晶，准备送给曼华。这时候，小雪在门外喊他，说："你天天鬼鬼祟祟干什么啊？"

大彪放开一条门缝，不让小雪进来，问小雪有什么事。

小雪让大彪找块好水晶，去把曼华的水胆水晶换来。

大彪说："那是曼华的宝贝，我怎么能换得来？"

小雪说："得了吧，哥，你以为我看不出来，你喜欢曼华，是不是？"

大彪把挑好的水晶放在书包里，送给曼华。曼华在这些水晶里果然又挑到一些好玩的。大彪不理解她为什么喜欢这么多杂七杂八的水晶石，看她桌子上、抽屉里、窗台上，还有床底的箱子里，都是一块块要么形状怪异、要么质地复杂的晶体。他开玩笑说：“你真要接你爸的班，搞水晶研究啦？”

曼华说：“我和爸爸不一样，爸爸是研究水晶的专家，我是收集好看又好玩的水晶。”

通过这几次送水晶，曼华跟大彪又渐渐和好。她满怀憧憬地对大彪说，将来她要建一个水晶博物馆。

丁老黑出手大方，果真送给大彪一台水晶切割机。大彪在家试着开了几块水晶料，不是开斜了，就是开炸了，没有一块开成功的。他只好到丁老黑家，要跟他学习开镜片的技巧。

丁老黑说学艺可以，家里只有孬水晶了，有几块好水晶，都是眼镜料，做实验可惜了。

大彪说这个好办，我回家找些“老绵体”来。

大彪回到家，在一大堆水晶里没有找到太差的水晶，也舍不得拿好水晶去浪费，就去找曼华。曼华家的院子里有一只箩筐，里面堆着曼华淘汰下来的水晶，她让大彪随便拿。曼华的这些水晶，要么歪瓜裂枣、形状怪异，要么就是“死石头”，说白了就是普通的火花石，找了半天才找到几块稍许合适的。

正在这时候，金海亮来了。他看到大彪和曼华一起在箩筐里翻找水晶，果然像小雪说的那样亲密。他心里很难受，站在那进退两难。

曼华这时才看到海亮。她并没有觉出他的异样，招呼道："海亮你来啦，过来帮大彪一起挑几块水晶。"

大彪抬起头，打着哈哈说："海亮，你不会还跟在我屁股后边要水晶吧？来来来，这儿水晶多，随便挑。"

曼华看看海亮，又看看大彪，说："奇怪了，你们怎么都琢磨起水晶啦？"

海亮没理大彪，他径直对曼华说："那块水胆水晶是我的，你要是喜欢，我就不要了！"说罢，他看了一眼大彪，绷着脸走了。

6

金海庆被丁二宝一锄头打伤后，在家养伤一段时间。舒曼丽全然不顾村里人的闲言杂语，几乎天天到金家去照顾海庆，两人的感情潜滋暗长，渐渐得到了升华。

然而，这样的好时光并没有长久。曼丽发现，自己已经两三个月没来例假，而且时常犯恶心、吐酸水，出现了妊娠反应，可以肯定是怀孕了。曼丽感到非常恐慌，这个孩子是她和丁二宝作的孽，肯定是不能留的。怎么办？只有去打掉。她心慌意乱，不知所措，只好偷偷去找丁二宝想办法。

这天，丁二宝拿着公社石英厂的录用通知，哼着小调往家回。

曼丽一直等在他家门口，悄声叫住了他。

丁二宝不免有些惊讶，曼丽从来没有主动找过他。他忽然又得意起来，炫耀地说：“你消息怪灵通的嘛，我刚拿到上班通知，你就知道啦？看看，叫你别跟海庆搅和在一起，你就是不听，哎，另一个名额给罗大军了。”

曼丽显然对此不感兴趣，她皱着眉头说：“我找你有事。”

丁二宝还在得意，说：“我马上到石英厂上班，现在是工人阶级的一员了，你还是跟我好吧。”说着要拉曼丽进屋。

曼丽想挣开他，但还是跟着他来到屋里，焦急地说：“丁二宝，你害死人！我怀孕了，你带我去医院。”

丁二宝愣了一下，说：“你怀孕找我干吗，谁知道你怀的是谁的种啊？”

曼丽又气又急，扇了丁二宝一记耳光，说：“你这说的是人话吗？”

丁二宝捂着脸，嬉皮笑脸地说：“那不正好嘛，上医院干吗？你跟我结婚不就得啦。”

曼丽说：“你做梦吧，我一辈子不嫁人，也不会跟你结婚。”

丁二宝见曼丽没有和好的意思，就沉下脸说：“你要么跟我结婚，要么别找我——你跟海庆勾勾搭搭，以为我不知道？我怀疑你肚子里的种不是我的。”

曼丽气得直哆嗦，嘴唇直抖，骂他一句无赖，流着泪跑了。

又瞒了些日子，曼丽的妊娠反应越来越大，眼看就要“出怀”了，她变得愈加恐慌。

海庆的伤完全好了。曼丽的变化被海庆看在眼里，这天傍晚，他把曼丽约到村口，关切地问她："你一向性格开朗，最近却心事重重，是不是遇到什么事了？"

曼丽欲言又止，低声抽泣起来。

海庆说天大的事还有他，有什么就说出来，不要憋在心里。

曼丽扑在海庆怀里，哭着说自己不想活了。海庆继续追问她。曼丽这才告诉他，自己怀孕了。

海庆呆若木鸡，联想到那天看到她跟丁二宝在西大岭那一幕，他就像被打了一记闷棍，一刹那感到头晕目眩。他将曼丽一把推开，转过身，趔趔趄趄地走了。

曼丽掩面而泣，等她抬起头来时，海庆已不见踪影。无助而悲伤的曼丽往黑暗中跑去。

这时候天气突变，电闪雷鸣。走在半道上的海庆心里难受极了，想起受伤后曼丽的悉心照料，又想到刚才她说不想活了的话，担心她出事，便心急如焚地往小树林跑。海庆在小树林里没有找到曼丽，又往西大岭找去。他一边奔跑，一边呼唤曼丽。

大雨中的曼丽深一脚浅一脚地跑到水库边上，面对黑暗中漆黑一片的水面，她一步步走下去……她的耳畔，响起海庆的呼喊声。

海庆发现曼丽已经走进齐腰深的水中，便不顾一切地跳进水库，奋力地把曼丽拉上岸。两人在风雨中紧紧相拥，雨水和泪水和在了一起。

第二天，海庆陪曼丽来到医院。医生跟他俩要手续，说做人流手术需要公社的证明。两人只好找到公社大院门口，却又都不敢进去。徘徊很久，海庆突然拉住曼丽的手，坚定地说："我们回家吧……"

回家的路上，两人都高兴起来。

海庆说："我们结婚吧，你把孩子生下来。"

曼丽深情地看着海庆，感动得流下了热泪。

丁二宝上班不久就被石英厂开除，回到大队，求罗广山为他讲情，让他继续回厂上班。

罗广山很生气，说我托关系找人，才把你跟大军弄进了社办企业，大军干得好好的，就你不争气。你是手脚不老实，还是打架斗殴、搞女人啦?

二宝吞吞吐吐不想说。

罗广山说："你是狗改不了吃屎，净给村里丢脸。算了，回来也好，我身边也需要人，你就在大队部干吧。"

第五章

1

征兵报名开始了，村里的许多年轻人跃跃欲试。

金海亮兴冲冲地到大队部报名。

已经做了大队民兵连长的丁二宝不让海亮报名，说："你是坏分子的儿子，没有资格当兵；不要说到公社政审了，我这里你就通不过。"

海亮说："我打听过了，我们是可以教育好的子女，可以报名参军。"

丁二宝一拍桌子说："我不让你报，你就报不成。"

海亮说："你仗势欺人，有意使坏！"

丁二宝说："我就是有意的又怎么着？回去告诉你哥，不把我的女人送回来，我叫他死得很难看！"

海亮忍无可忍，上前揪住丁二宝。两人正要扭打，罗广山过来把他们喝住了。

罗广山对海亮说，征兵工作是一项严肃的政治任务，你资格不够，不要胡搅蛮缠。

海亮离开大队部，既失望又愤怒。

大彪经过许多次实验，终于切割出几副水晶镜片毛坯，拿去卖给丁老黑，丁老黑给他二百块钱。大彪第一次见到这么多钱，乐得飘飘然，心里盘算着要买礼物送给曼华。

罗广山对儿子说：“今年的征兵报名开始了，让你去报名怎么没去？”

大彪说：“我要开水晶加工厂，没有工夫去。”

罗广山关上房门，严肃地对儿子说：“加工水晶能挣几个钱，但不是长久之计，说到底这是黑工厂，要是让上面知道了，咱家的大水晶都不安全。当兵是个好机会，能提干，这可比你搞水晶前途大啊。”

大彪说：“让我跟丁老黑学习加工水晶也是你叫的，我刚刚入了迷，你又叫我当兵，你这是咋想的？”

罗广山说：“这次全公社只有两个特种兵的名额，我找了许多关系才争取来一个名额。特种兵能学到真本领，机会难得。你一人参军，我们全家光荣。”

大彪还是有自己的打算。他说：“干啥也没有丁老黑神气，人家有了钱，要啥有啥。我将来要把水晶加工厂搞大了，超过他。”

罗广山说：“我过的桥比你走的路还长，听我的没错，丁老黑再有本事，在湖塘这一亩三分地，他蹦不出我的手掌心。不管到什么时候，入党提干，当了国家干部，那才叫真有出息。再说了，大水晶放在家里跑不了，搞水晶什么时候不能搞呀？”

大彪不想听他唠叨，把切割机开动起来。

罗广山见儿子不听他的，气得要把切割机砸了。

许莲花听到他们的争吵声，过来把罗广山拉走了。

2

征兵报名被拒，对海亮的打击很大。他回到家，把自己关在房间里，发泄自己的情绪。

海庆推门进来，默默地坐在床头，过了好一会儿，才开口说话：“是不是不让你报名参军？”

海亮气愤地说：“他们欺人太甚！”

海庆说：“这种好事，哪里能有我们的份啊。你还是想办法念书吧，以后考大学。”

海亮说：“我从小就想当兵，这是我一辈子的愿望……我就不信这个邪！我要找他们去！”

海庆说：“算了，不要去找了，就是给你报名又怎么样，下面还有政审、体检、带兵，好几道关，随便哪一关都能把你卡下来。”

小雪和曼华相约来到海亮家，关心他报名参军的事。

海亮强忍内心的痛苦，故作轻松地说，报名没报上，还差点跟丁二宝干一仗。

小雪说：“丁二宝有什么权力不让你报名？”

海亮没好气地说：“还不是仗着你爸的本事。”

小雪听了，气愤地说：“我回家找我爸去。”说完就走了。

曼华见小雪走了，埋怨海亮说：“小雪是关心你，你对人家什么态度呀？”接着又安慰他说：“小雪她爸是大队主任，让谁当兵还不是他说了算。不过话说回来，全公社的名额那么少，哪能轮得上咱们这些人。我早就认命了，在农村扎根一辈子。”

海亮摇摇头，坚定地说：“不！在农村扎根一辈子，不是我的理想……我的理想是走出去，走出这个山村，到远方去！当兵，就是要到远远的地方，实现自己的志向；当兵，也最有可能实现我的理想……曼华，我从小就崇拜英雄，董存瑞、黄继光、邱少云……我最想像他们那样，成为一个英雄！”

海亮说着说着，不由得热血沸腾。

曼华也受到了感染，说：“海亮，你从小就有出息，记得上初二那年，一个女同学掉到河里，你是第一个跳下去救人的，我们当时多崇拜你啊，特别是小雪，说你简直就是大英雄。”

海亮伤感地说：“那算什么英雄，我的理想大着哩……可现在，连当兵入伍、走出这个山窝窝的希望都破灭了……曼华，我真的不甘心啊！”他情不自禁地握住曼华的手……

小雪回到家，见大彪在摆弄水晶，就问哥哥报名参军没有。

大彪瞅了她一眼，说：“你关心这个干什么？我哪有工夫去报名当兵，是不是金海亮让你打听什么呢？”

小雪心里有数了。这时罗广山正巧从外面回家，小雪殷勤地端好椅子让父亲坐下，又站在身后给他捶背。罗广山乐滋滋地说，还是闺女跟我贴心啊。

小雪鼓足勇气说：“爸爸，我问你件事，海亮要报名参军，你们为什么不让他报名？”

罗广山脸色突变，几乎要勃然大怒了。但他还是强压心中的火气，对小雪说：“这是上面的政策，我们大队没有权力管。再说了，金海亮是什么出身？他哪有资格入伍？小雪你不会是为他讲情吧？我可告诉你啊，你别再跟海亮来往了，对咱家没有好处。”

小雪听了父亲的话，扭身走了。罗广山看到小雪边走边擦眼泪，无奈地摇摇头。

3

舒敬亭今天突然收到市里来的一封信。原来这是原单位的老朋友给他寄来的，说上面政策有松动，要把全部下放的改造人员调回城里，恢复工作。舒敬亭当着全家人读了信，一家人欣喜不已。但很快，夏兴月又愁眉苦脸起来。舒敬亭知道她因为曼丽的事发愁，也突然变得面色严峻。他过去安慰妻子：“曼丽不争气，出了这么大的事，也怪我平时管教不严啊。”

夏兴月叹息一声，说：“孩子也不易……这都是命啊！”

舒曼丽怀着身孕，还到队里干农活。这天，她在干活时不小心闪了腰，出现流产的预兆。她又实在不想回家，给父母添堵，正在左右为难。海庆心疼她，索性把她接到家里，专门腾出一间屋，让她休息养伤。曼丽本来就挑嘴好吃，“保胎”期间，当然更需要营养，天天不是鱼就是鸡蛋。海庆家里所有的积蓄很快就花光了，哪还有钱继续买营养品？

晚上，海庆正在发愁时，曼华来了，她给姐姐带来了一罐麦乳精、几包点心，还有几十块钱，说这是妈妈让她带来的。

曼丽心想自己惹下麻烦，让家里人脸上无光，甚至可以说是蒙羞，但家人仍然宽容她，还心疼她，她的眼泪不自觉地溢出来。她泪水涟涟地跟妹妹说，自己给舒家丢脸了。

曼华不让她说下去：“姐，过去的就让它过去吧，咱要向前看。”她看屋里有姐姐的衣服没洗，就到外间帮她洗衣服了。

海庆看到曼华送来这些吃的，心里很是疚愧，不知说什么好。他小声跟曼丽聊起了“水晶牛”的事，这是他第一次跟曼丽说起这些。他说本来指望这块大水晶能翻身的，偷偷捣鼓出去，盖三间瓦房没有问题，可真是奇怪了，“水晶牛”神出鬼没就失踪了，那可是小牯牛似的大水晶啊，真是太可惜了！

万万没有想到，海庆的话被潜入院子里的丁二宝听到了。丁二宝听说曼丽最近一直住在海庆家，他鬼使神差地摸到金家院子里，连他自己都不知道想干什么。

丁二宝无意中听到“水晶牛”时，顿时浑身一激灵，两眼放光。他暗暗冷笑，在翻墙出院时，顺手把海亮挂在晾衣绳上的军装偷走了。

丁二宝跑到罗广山家，报告说金传贵家发现了大水晶。

罗广山脱口而出："什么？他家又挖到大水晶啦？"

这句话刚说出口，罗广山觉得自己说漏了嘴，便训斥丁二宝："胡说，哪有什么大水晶？"

丁二宝说："我亲耳听见金海庆跟曼丽说的。不过，海庆又说，本指望这个大水晶翻身发财的，又被人偷走了……"

罗广山听了，愣了一下。

丁二宝说："抓不抓？好久没绑人了，我手都痒了。"

罗广山瞪了他一眼，说："抓不抓是组织上的事，不要你乱插嘴。"

第二天一大早，罗广山按捺不住，溜到金传贵家院墙外，还真让他断断续续地听到了金传贵和海亮在院子里说的话。

金传贵说："这些年，俺家就不断丢东西……什么都丢了，田产……大水晶……唉，儿子，认命吧……"

海亮说："我有一阵子一直不相信你说的这些……什么大水晶……'水晶牛'……我听我哥说了，他也亲眼看见过……可为什么莫名其妙地失踪了？"接着传出海亮异常坚决的声音，"不行，我才不信命呢，我一定要追查到底！"

罗广山突然感到心里发慌，赶忙轻手轻脚地跑走了。

罗大彪得空就朝舒家跑。最近，他对曼华越发上心。

这天，曼华忍不住对大彪说：“听说海亮家挖到大水晶了，有小牯牛那么大……哎哟……那么大的水晶，还从没有见过呢。”

大彪其实也听到了这阵子村里的风言风语，他故作惊讶道：“真的假的？有这么大的水晶吗？不会吧。”

曼华说：“你也没看过，怎么知道没有？可惜海亮真是命苦，听说大水晶又给人偷了……他当兵也没希望了……对了，咱大队你爸说了算，你就不能帮海亮讲讲情？”

大彪顿了顿，说：“讲情可以，不过海亮牛得很，就怕他不会求我讲情吧。”

曼华叹了口气，说：“海亮那脾气，他会求你？……对了，我爸就要落实政策了，咱家就要回城了……听说城里的地矿研究所收藏了各种各样的水晶，我一定要去参观参观。”

大彪说：“你就要回城了，我到城里去找你玩，你还会理我吗？”

曼华调皮地说：“那不一定……要看你的表现……”

大彪说：“我一定会好好表现的。对了，你不是要看大水晶吗？总有一天，我会让你看到真正的大水晶！”

曼华说：“往后你要是遇到特别的水晶，一定要帮我留意。”

大彪笑道：“那还用说，我要统统拿下，给你送到城里。”

这几天，海亮连续在村里转悠，脸色都是阴沉沉的，有人跟他说话，他也不理；他不是在这家门口看看，就是朝那家院子里张望几眼。

那天在舒家门外，夏兴月问他，海亮，干什么呢？海亮没有多话，只说是找东西。

这天，海亮又转到罗广山家门口，直竖竖地站在那里，一点也不避讳谁。

大彪走过来问他："听说你这几天到处转悠，找什么呢？是不是找水晶？"

海亮说："我找什么不要你管，你怎么知道我找东西的？是不是你搞的鬼？"

大彪说："我才不跟你搞鬼呢。"

海亮说："我不会放过的，一定要弄个水落石出！"

站在院子里的罗广山听到大彪和海亮的对话，心里又是一紧。他忽然觉得海亮是个最大的危险，一旦让海亮发现他家地窖里的大水晶，那麻烦可就大了。别看这孩子年纪不大，可是什么事都能干得出来。

小雪则以为海亮为当兵的事愁眉苦脸。她无能为力，她跟父亲说过了，没有什么效果，所以只好劝海亮想开些。

海亮对当兵的事已经不抱多少希望，对于小雪的安慰置之不理。

小雪受到海亮的冷落，心里特别难受，暗自默默地流下泪水。

4

夜晚，罗广山带了瓶酒来到孙寡妇家。孙寡妇照例给他炒了两个下酒菜。

喝酒时，罗广山问孙寡妇，在丁老黑家干得怎么样。

罗广山突然提起丁老黑，让孙寡妇有些警觉。她说："干杂活呀，什么活都干……哎哟，丁老黑家的活忙得要死。"

两人扯着闲篇，不知道怎么就说到水晶上了。孙寡妇情不自禁地说："丁老黑就是神，他说这几天村里晶气呈祥，常常看到晶光闪现。"

罗广山说："你别宣扬迷信啊，当心公社来抓你们。"

孙寡妇说："哪里是迷信啊，这不是金传贵家果然挖出大水晶了，听说像头小牯牛似的。"

罗广山说："这也是丁老黑说的……？"

孙寡妇说："金海亮那孩子这几天满村转悠，听说就在寻找那块大水晶。"接着，她又悄声说："丁老黑还说了，你家宅子也是吉地，最近常冒晶光的。"

罗广山听了，忽然眉头一皱，喝酒都没了滋味。

回到家，罗广山故意问儿子大彪："听说了吗？海亮在找什么大水晶？"

大彪说："是啊，听说他家出了一块大水晶……估摸差不多有咱家那块大吧……"

罗广山示意大彪别说了，接着警告他："我家的大水晶，你和谁都不能说，这事弄不好要坐牢的。”

第二天吃饭时，许莲花喊女儿小雪上桌吃饭。小雪把自己那间屋的房门紧闭，既不答应也不出来吃饭。

罗广山问：“闺女这是咋回事呀？”

许莲花说：“还不是海亮当兵的事……小雪跟你赌气，不想看到你。”

大彪帮腔道：“反正今年我不去当兵，还不如做个人情，让海亮去了。”

罗广山说：“这是组织上的事，你以为我没有考虑吗？”

原来，金海亮这几天的举动把罗广山搅得心里发毛，他怕海亮真的要把失踪水晶的事追查到底；另外，丁老黑的神神道道也让他浑身起鸡皮疙瘩。他思来想去，只有把金海亮送走，自家地窖里的大水晶才能安全。

罗广山去集市买了几只小公鸡，送给公社人武部的李部长。李部长以为他是为大彪当兵来送礼的，说什么也不收这几只小公鸡。罗广山说不是为大彪，要是为大彪就不送礼了，他是为金海亮才来走关系的。

李部长问：“金海亮是谁？”

罗广山说：“金海亮是湖塘大队一个优秀小伙子，是个团员，还是基干民兵。”

李部长朝他竖起大拇指：“罗主任，这几只小公鸡我不但不收，还要表扬你，你这个大队主任风格高啊！”

罗广山跟李部长又推让了几回，李部长就是不收，他把几只小公鸡又拎了回来。

罗广山回到村里，用大喇叭喊金海亮到大队来一趟，高调动员他报名参军。他还让海亮填表，突击发展他入团。

对于罗广山的突然变化，海亮虽然纳闷，内心里还是十分感激，他以为一定是小雪跟她父亲做了工作。为此，他特意去感谢小雪。

海亮把见面地点约在村口小树林。小雪深情地看着他说：“海亮哥，你就要当兵了，到了部队，你会想念咱们湖塘村吗？”

海亮笑着说：“那当然，会想的。”

小雪继续问道：“咱湖塘，除了你家里人，你……最想谁呢？”

海亮红着脸说：“这……这……我还没想到哩……”

小雪让他这窘态逗笑了：“好了好了，不难为你了……到了部队，可别忘了写信回来。”

第六章

1

金海亮一路顺风，体检、政审都过关了。

但罗广山了解到一个情况，参加特种兵报名的五个人，体检、政审全部合格，在只有两个人伍名额的情况下，金海亮的政审条件最差，其他四个人都是贫农出身，只有海亮家成分不好，海亮很有可能被刷下来。

罗广山急了，专门跑去找带兵领导，在带兵领导面前夸海亮如何如何优秀，但带兵领导并不为之所动。

罗广山又说，海亮上初中时就英勇救人，他还练了一身武功。

带兵领导一听海亮救过人，还会武功，这正是特种兵需要的，便来了兴趣，叫海亮明天过来表演给他看看。

第二天一早，罗广山骑着自行车就去找海亮，要把他领到带兵领导面前表演武术。但是，海亮并不在家，不知跑哪里去了。

原来，海亮看到丁二宝穿着黄军装，偷偷往西大岭跑去。海亮当然认出来，那件军装正是自己丢失的，于是他紧追过去。

清晨的西大岭雾气缭绕，显得更加神秘。海亮不知道丁二宝会躲在哪一个坑塘里，不知道他是来偷挖水晶，还是来伺机敲诈勒索的。不过，不管他是干什么的，只要他躲在某个坑塘里，想找到他，真是太难了。

海亮放眼望去，一个个密密麻麻的坑塘让他绝望。但为了找回黄军装，他还是采取打草惊蛇的方式，大声喊道："丁二宝，你给我滚出来，我看到你了……"

海亮喊了半天，没人回应，看来只能采取最笨的办法，挨个坑塘查看。

在几个坑塘里，海亮还真看到有人在偷挖水晶，却并不是丁二宝。他们看到海亮，有的盯着他不说话，有的摇摇头，有的说："都是'死塘子'，没出水晶。"

海亮没有找到丁二宝，失望地准备回村。就在这时候，他突然发现丁二宝不知从哪里冒了出来，往村里一溜烟跑了。

海亮撒腿就追。在大队部门口，丁二宝被他追上了。海亮二话没说，上去就要扒丁二宝身上的黄军装。

丁二宝一边挣脱，一边骂道："你个狗吃的，都要去当兵了，还要跟老子抢军装……"

再说罗广山在外转了一圈，没有找到海亮。他又回到家，跟小雪说："金海亮这小子一大早不知跑哪去了，再找不到他，可能要误大事了。"

小雪急道："那赶快再去找呀！"

罗广山想了想说："我还是去用大喇叭喊他。"

在往大队部走的路上，罗广山看到了海亮，他正在跟丁二宝争夺军装。罗广山喝令丁二宝住手。

丁二宝哭丧着脸说："罗主任，海亮这小子太他妈小气了，眼看就要当兵走了，还跟老子要这件军装……罗主任，你什么时候出这么大力帮帮我啊。"

罗广山骂丁二宝放肆。他又对海亮说："快走，带兵领导在公社等你，要看你练一段武功。你就要当兵入伍了，别跟二宝一般见识。"

罗广山骑上自行车，带着海亮，飞快地出了村庄。

村头，小雪望着他俩远去，幸福地笑了。

舒敬亭果然收到了盼望已久的恢复工作和回城的通知。他和夏兴月拿着那份文件，喜极而泣。

夏兴月告诉曼华，一家人不久就可以回城了。

曼华长这么大，只去过几次城里，最难忘的一次是跟随母亲去看《卖花姑娘》。听说要到城里居住，曼华又新奇又神往，她不断地问母亲，到城里可以天天看电影吗？可以天天赶集吗？能找到好玩的水晶吗？

母亲告诉她，听说城里有夜大，还有各种补习班，要好好读书，把失去的时间夺回来。

夏兴月最担忧的是大女儿曼丽，不知道回城后能不能解决曼丽的工作问题。

2

自从金海亮当兵报上了名，罗小雪就忙碌起来，每天只要一有空，就打毛衣、纳鞋垫，晚上要熬到深更半夜。罗广山夫妇看在眼里，心知肚明，又不便阻止。

尤其是罗广山，心底里极不乐意小雪与海亮来往。他忍不住对老婆发脾气："小雪天天熬更打点织毛衣，我看那毛衣不是给我织的，不是给你织的，也不是给她哥织的。"

许莲花当然知道是给谁织的。她叹了口气说："我家小雪就是死心眼子。"

村口，金海亮穿着一身新军装，除了领章帽徽没有佩戴，俨然一个新兵，显得精神抖擞。

曼华说："这身新军装穿在身上，太神气了！"

小雪则向他投去爱慕的目光。

这时，大彪骑了辆自行车过来，兴奋地招呼他们。大彪说自行车是跟丁老黑借的，永久牌，加重的。

曼华有点疑惑："一辆自行车，四个人怎么坐？"

大彪胸有成竹地说："这不简单啊，看我的。"

于是，在大彪的安排下，他骑着车，海亮坐在前大架上，小雪和曼华挤在后座，一路欢声笑语，往城里而去。

路上，不小心一个颠簸，坐在最后的曼华摔到地上。大彪连忙急刹车。海亮第一个跳下车，扶起曼华，关切地问她摔伤没有。

曼华的腿上跌了块青，说不碍事。

大彪连连自责，让曼华坐到前大架上，海亮坐到身后。

这个小插曲并没有影响他们的好情绪。位置调整更合小雪的心意，她搂着海亮的腰，陶醉地把脸颊轻轻贴在他身后。

四人来到一家照相馆，照了张合影，题款为“金海亮入伍留念”。

3

时癫时醒的金传贵这天突然把海亮招呼到跟前，说：“儿呀，你要当兵了吧，这是家里的大喜事呀，你快把大队罗主任请来家，我要谢谢他，请他喝酒。”

海庆听了，说人逢喜事精神爽，家里有了喜事，爸的病也见好了呀。兄弟俩一合计，这顿饭借钱也要请。

海亮到大队部请罗广山。

罗广山说：“你家的饭我就不去吃了。干脆，我代表大队革委会，为你光荣入伍送送行。”

接着，他对身边的丁二宝说：“你去摸点鱼虾，我叫家里杀只鸡，我那还有几瓶酒，就在我家里办一桌吧。”

丁二宝有点迟疑，有点不情愿。罗广山朝他一挥手，“快去快去！”

罗广山回到家，叫大彪把舒敬亭请来喝酒。大彪有些不理解。

罗广山说："舒敬亭马上要回城，官复原职，也要给他送行。"

金海亮和舒敬亭都是第一次到大队主任家做客，这是他们以前想也不敢想的，两人难免有些拘谨。

罗广山打着官腔祝贺他们，许莲花和小雪热情地给他们夹菜，大彪和海亮连干两杯，气氛才渐渐活络起来。

海亮站起身，敬罗广山一杯酒，说："这杯酒代表我爸。我爸身体不好，以后要靠大队多关照了。"

罗广山说："你这当兵一走，你家就是军属了，大队会照顾的。"

老舒附和说："海亮这孩子从小就孝顺，到了部队好好干，将来把你爸带出去治病。"

小雪忽然有些伤感，说："海亮哥，你当兵一走就是好几年，到了部队，要照顾好自己啊。"

大彪早就看出妹妹的心事，心里偏向她的选择；再说小雪跟海亮好上了，他追求曼华就少了个竞争对手。他对小雪说："你不是织了件毛衣吗，是给海亮织的吧，快去拿来送给人家呀。"

小雪拿出精心织好的毛衣，让海亮穿上试试。海亮不好意思穿。大彪催他试一下，万一不合身，还有时间改。

海亮犹豫了一下，穿上一试，正合身。

老舒夸赞道："这件毛衣真漂亮。"

许莲花说："我家小雪手就是巧。"

罗广山没吭声，狠狠地瞪了老婆一眼。

吃过饭，海亮和老舒一起离开的时候，小雪望了母亲一眼，也准备跟着海亮一起走。

罗广山赶紧朝许莲花递眼色。许莲花把小雪叫到一边，让她别乱跑，黑更半夜的，外边不安全。

小雪说：“外边有什么不安全？我知道你们想什么，我就要出去。”说罢，气鼓鼓地走了。

小雪出门后，看海亮和老舒都已不见人影。她的心情陡然变得低沉，她想去找海亮，可找了几个地方，也没有找到。她放慢脚步，往村口小树林走去，却意外地看到了海亮和曼华，原来他俩在小树林边漫步。小雪委屈得流下泪水，想扭头就走，又想听听他俩说些什么。

海亮跟曼华说：“这一走好几年，我心里放不下两个人，一个是爸，一个是你……”

曼华笑着说：“不会吧，还有人吧？”

海亮想了想说：“你是说我哥？我哥和你姐在一起了，不用担心。”

曼华说：“不对，你再想想。”

海亮摇摇头，说：“没有了。”

曼华说：“小雪对你这么好，不会到了部队，你就把人家忘了吧？”

海亮说：“这哪能忘啊，不过，她跟你不一样……”

海亮和曼华分手后，小雪跟着海亮走了几步，上前叫住了他。

海亮一愣，说：“小雪？怎么是你啊？”

小雪怨怪道：“你当兵就要走了，我就不能来送送你？刚才看你和曼华在约会，没好意思打扰你们。”

海亮尴尬得不知说什么好。

小雪追问道：“你怎么不说话？你把刚才跟曼华说的话再跟我说一遍啊？”

再说大彪这会儿在找曼华，也找到了村口。曼华和海亮分开时正好让他看到了。

大彪追上曼华，气愤地说：“海亮都要当兵走了，你怎么还跟他啰唆？”

曼华瞅了他一眼说：“你管得太宽了吧，人家当兵要出远门了，跟他道个别怎么啦？”

这时候，大彪和曼华听到小雪的声音。小雪似乎在责问海亮。

大彪和曼华一起回过头，赶了过去。

他俩看到小雪和海亮在一起，小雪在哭。

大彪一把将海亮推到一边，当场责问他：“你这小子欺负人？”

接着，他又回过头问小雪：“这小子是不是脚踏两只船？”

小雪扭过头，扶着一棵小树的树干，继续哭。

海亮冲着大彪，愤怒道：“你说什么屁话！”

大彪气势汹汹地说：“你再纠缠曼华，我饶不了你！”

眼看大彪和海亮又要动起手来，小雪跑上去，拦住了大彪。

站在一边的曼华，则无所适从，不知道说什么是好。曼华这时候隐约感觉到，大彪和海亮都喜欢自己。如果自己还是犹豫不决，还是模棱两可，受到伤害的不仅是大彪和海亮，还有小雪；她真的很为难，很为难……

4

朐阳市火车站，红旗猎猎，锣鼓喧天，欢送新兵入伍的场面非常热闹。

海亮坐在车窗口，跟前来送行的海庆道别。火车拉响了汽笛，很快就要发车。海亮望着远方，先是怅然若失，当他看到从远处跑来的曼华时，欣喜若狂地喊道："曼华，曼华，我在这里……"

曼华远远地跑了过来。原来，昨晚和海亮分手后，她几乎一夜未眠，两人相处时的一幕幕在她脑海里不断闪现，她知道海亮是真心爱她。想到海亮这一走，远隔千山万水，不知何日相见，她突然伤感起来，便借了辆自行车直奔火车站。

曼华喘息未定，从包里拿出水胆水晶送给海亮，说水晶是几万年前形成的精灵，带上它可以保佑他平安。再说这块水晶本来就是他的，应该物归原主。

听了曼华的话，海亮也很激动，但他说："要是物归原主，我就不要了。"

曼华着急地说："不，这是我送给你参军的纪念品，是我对你的祝福。”

海亮这才说：“好，我会把它带在身上，作为一生的珍藏。”

这时，随着一阵悠长的汽笛声，火车缓缓启动了。海亮在车窗口不停地挥手，站台上的人们也在挥手告别。曼华的泪水夺眶而出……

大彪在家切割水晶，还是破损较多，便去找丁老黑讨教。

丁老黑的老婆卢明珠告诉他，老黑到外地销货去了。

水晶眼镜透明度好、清晰度高，而且质地细腻坚硬，遇风沙不易磨毛；尤其在夏天光线强烈时，戴上水晶眼镜便有凉爽之感。据说有些害“火眼”和“红眼”的患者，戴上水晶眼镜后，不用治疗就能自然痊愈。丁老黑这些年闯荡江湖，已经打通了一条水晶眼镜的销售途径，听说最远的都销到新疆和内蒙古大草原了。他曾对大彪说，下次出去销货时，把他带出去开开眼界。

大彪觉得丁老黑这次外出，是有意不想带他。他脸色一冷，对卢明珠说：“老丁出差啦？他不是说好要带我出去见见世面的吗？怎么一个人溜了？”

卢明珠让大彪问得脸面发窘，不知如何回答。

大彪闷闷不乐地来到曼华家。

曼华正在看海亮的来信，见大彪来了，就把信放进抽屉里。

大彪问：“看的什么呀，还偷偷摸摸的？”

曼华脸一红，说：“谁偷偷摸摸呀……”

大彪说：“你不说我也知道，是看信吧——海亮来的信。”说罢，他伸出手，“也让我欣赏欣赏。”

“又不是写给你的，凭什么给你看？”曼华没有理他。

“有什么见不得人的吗，我偏要看。”大彪伸手要去拉抽屉。

曼华用身子挡住抽屉，脸色也沉下来。

大彪自觉无趣，又不便动怒，便悻悻然负气而去。

曼华再次拿出纸笔，准备给海亮回信。但她看着海亮的一封封来信，沉思了半天也无法落笔。

再说这天小雪给海亮写了封信，让大彪捎到邮局去寄。海亮参军后，小雪只收到过他刚到新兵连时一封报平安的信，寥寥几句，干干巴巴，平平淡淡。而她一封接一封情意绵绵的信，却一直没有收到海亮的回音。她苦苦等待，暗自神伤，难道海亮真的不懂她的一片深情？

大彪把小雪的信装进上衣口袋，若有所思。他又来到曼华家，趁曼华摆弄水晶时，把抽屉里那封信揣到身上。

曼华整理放在桌底的水晶，让大彪帮帮手。大彪一弯腰，小雪让他捎寄的信从上衣口袋掉了出来。

回到家，大彪把从曼华那儿偷来的信迫不及待地看完，果然是海亮写来的。海亮在信里讲了些新兵连的趣事，并没有他猜测的那些谈情说爱的字眼。大彪松了口气，把信随手一丢。

不久之后，这封信被小雪无意中看到了。小雪心里不是滋味，她无法装着不疼不痒，无法装着无动于衷，她写信问海亮：“你为什么能够经常给别人写信，却对我的信置之不理？”

一个多月后，小雪还是没有等到海亮的回信。

这一天，曼华无意中看到桌底有一封信。她把信封撕开一看，不由得大吃一惊：小雪写给海亮的信怎么会在我这里？她好奇地往下看，小雪这封信写得情意绵绵。

海亮哥，我提笔写这封信时，窗外的月光正悄悄地洒在咱家的老槐树上，银辉点点，像是夜空里有一双眼睛，正望着我这颗思念的心。夜深了，村里的狗吠声也稀了，只有偶尔传来的蛙鸣，和着我的心跳，一下一下，都是对你的挂念……

自你走后，我时常不自觉地走到村口，望着远方，想象着你在那片遥远而神秘土地上的模样。那里是不是跟咱湖塘的山川田野一样？你在那儿适应了吗？……

海亮哥，我写给你的信，总是没有回音。我担心，是不是你太忙了，顾不上回信？还是怕我的信会给你带来负担？抑或是，你遇到了什么事情，不想让我知道？每一次猜测，都让我心里五味杂陈……

读了小雪写给海亮的信，曼华一阵发愣。她看出来，小雪跟自己不一样，她是用心用情给海亮写信的。

正在这时，小雪来到舒家，发现曼华手里拿的竟是自己寄给海亮的信！她一把夺过去，转身而去。

曼华怔住了，连忙叫小雪，但小雪没有理她。

小雪回到家，心里难受极了，她以为自己所有写给海亮的信，都让曼华看到了。

小雪强忍心痛，写信责问海亮：“我写给你的信怎么出现在曼华家？”

南部边疆某新兵连，海亮收到了小雪的这封来信，感到莫名其妙。同时，他也感到事情严重，估计是自己不小心把小雪寄来的信，塞错了信封，便写信向小雪道歉。

海亮又接到曼华的来信。曼华在信上说，小雪是个好女孩，心地善良，叫他千万不要冷落人家。

第七章

1

丁二宝在西大岭转悠，找机会占小便宜。这天，他发现汪家三兄弟又在这里的坑塘挖水晶。

丁二宝悄悄凑上去，看到他们挖到一块奇怪的水晶，足有五六十斤重，形状像牛头，特别那两根“牛角”，晶莹剔透，形象逼真，便突然现身，要“见眼有一份”。

汪家三兄弟不肯，说上次两抬筐水晶，都叫你们偷走了，还他妈“见眼有一份”？

丁二宝说胡扯，水晶都让你们独吞了。

汪家三兄弟围住丁二宝，准备狠狠教训他一顿。

丁二宝说：“我不跟你们打架，好汉不敌双拳，你兄弟仨打老子一个人算什么英雄！老子也不跟你们要多，只按规矩办事，见眼有一份！”

正在他们吵得不可开交的时候，罗大彪突然出现了。原来，大彪这些天也常来西大岭转悠，从挖晶人手里淘些水晶。大彪正巧转到这里，看到丁二宝正和三个外村人对峙。

丁二宝一看大彪来了，胆气陡增，要来硬的。

汪家三兄弟哪里好惹，抄起家伙要和丁二宝及大彪血拼。

大彪怕把事情闹大，跟汪家三兄弟讲道理，说这么大一块水晶，已经算得上宝贝了，恐怕谁都不敢乱动，应该送到水晶收购站，上交国家。

丁二宝见得不到好处，便对大彪说："你在这里看住这块大水晶，我回大队去汇报。"

不一会儿，罗广山带着几个民兵赶来了，要把水晶强行弄走，说要送到水晶收购站验收，如果确定是上了级别的宝贝，还要对汪家三兄弟进行奖励。

汪家三兄弟见湖塘大队的主任都来了，还带了好几个民兵，好汉不吃眼前亏，他们不敢迟疑，扔下挖到的水晶，悻悻而去。

2

舒家明天就要搬家了。

舒曼华在房间里整理东西，发现抽屉里金海亮的来信一封都没有了。她怀疑是罗大彪偷偷拿走了，正要去找大彪。大彪扛着一块大水晶来了，他高兴地让曼华帮他把水晶从肩上抬下来，曼华却并不理会。

大彪只好费劲地把水晶放到地上，说："这块水晶够大吧？还有更奇的呢，你看它像什么？像个大牛头吧？"

原来，罗广山带人把汪家三兄弟挖的水晶抬到大队部，觉得这块"牛头"状水晶歪瓜裂枣的，晶体内部也多是棉絮状，不像是块眼镜料，便叫人把丁老黑找来，让他掌掌眼。当然也可以卖给他，作为大队的集体收入。

丁老黑来看了看水晶，摇摇头说，这块水晶不值钱，是一块"死石头"，看着这么大，一副眼镜料也开不出。

大彪知道曼华喜欢这些怪异的水晶，就到大队部去，想把"牛头"水晶拿走。罗广山公事公办地说："你拿十块钱来，让会计入个账，这块'死石头'你就拿走吧。"

曼华惦记着海亮寄来的那些信，对他扛来的水晶看都不看。她责问大彪，为什么要把海亮写给她的信偷走。

大彪不以为然地说："什么叫偷信啊，海亮也是我的好朋友，他给你的信我就不能看看啊？又不是什么见不得人的情书。"

曼华说大彪的脸皮比山墙还厚，叫他赶紧离开。

第二天，湖塘村来了一辆气派的大卡车。这是接舒家进城的卡车。舒敬亭一家正在往车上搬东西的时候，罗广山来了，他和老舒打过招呼之后，给老舒送来了一件仪器。这是前些年被大队没收的老舒用来做实验的仪器，罗广山从大队的仓库里找出来，特意拿来还给老舒。

罗广山有些抱歉地说，这些年照顾不周，请老舒谅解。

此时的舒敬亭显得很是大度，他说："罗主任说的哪里话，这些年湖塘大队对咱家还是很照顾的。”

大彪也赶来帮曼华装车。曼华的水晶有十几纸箱，都用绳子捆扎好了。大彪一箱一箱帮她扛上了车。曼华对大彪过来帮忙，却显得并不领情，脸上一直冷冰冰的。

大彪累了一身汗，曼华连一句谢谢都没有，还绷着脸跟他说：“你把海亮的信还是拿来吧，偷拿人家的东西有意思吗？”

大彪脸上青一块紫一块的，很是尴尬。他回家把那些信拿了过来，全都还给了曼华。

曼华接过信，上了车，不再理会大彪。

车子装停当了，夏兴月特别希望曼丽能够出现，哪怕送送他们也好。她对老舒说，这次没能把曼丽一起带走，总觉得对不起大女儿。

其实老舒心里也想着曼丽，但他恨铁不成钢，说这孩子是自讨苦吃，自作自受，咎由自取。

此时，在金海庆家待产的曼丽可谓苦不堪言。她看着自己的大肚子，唉声叹气，说自己不但给舒家丢脸，还不能跟父母一起回城了。

海庆安慰她说：“等孩子生下来，到你父母面前求个情，也许他们会想办法让你回城的。”

3

日子过得飞快。这天，罗大彪骑着自行车，来到城里，找到了地矿研究所，在家属院里找了半天，才找到舒家住的几间平房。

夏兴月正好在家，她对大彪的来访有些警惕，但毕竟是以前的学生，没有把他拒之门外。

大彪把几块水晶拿出来，说是送给曼华的。

夏兴月说："曼华上班了，没时间玩这些破石头了。"

说话时，已经恢复原职、担任地矿研究所总工程师的舒敬亭回到家，他对大彪却很热情，对大彪带来的几块水晶也很有兴趣。

老舒的态度让大彪不再拘束，他借机向老舒请教了几个有关水晶的知识。接着试探着问道："曼华在哪里上班？"

老舒一愣，说："夏老师没跟你说吗？"

夏兴月朝丈夫瞪了瞪眼。老舒假装没看见，对大彪说："曼华到百货大楼做营业员了。"

大彪没在舒家吃饭，告辞走了。

大彪走后，夏兴月怪丈夫多嘴，说大彪是农村孩子，他父亲当年对他又那么狠，曼华跟他来往会惹麻烦的。

舒敬亭笑着说："你担心的不是这个吧？你是觉得大彪配不上曼华，对不对？"

夏兴月说："门不当户不对，少啰唆为好，你看看曼丽和海庆，受罪的日子才开始啊。"

大彪跑到百货大楼找曼华。曼华好像把他偷信的事淡忘了，对他还算热情，让他有空常来城里玩。她还特别关心大彪的水晶加工厂，说身边有同事戴水晶项链，感觉非常时尚漂亮，她也想买一条戴戴。

大彪来了精神，说：“水晶项链你不要买了，别说一条，我送你十条都成！”

大彪回家后，小雪关心曼华对哥哥的态度。听说曼华到百货大楼上班了，她十分羡慕，叫哥哥常去找曼华，有机会也到城里谋个工作。

大彪说：“以后的事说不准，我要把水晶加工厂做大，兴许曼华会到我的水晶厂上班哩。”

小雪觉得有点好笑，说：“哥哥你野心不小啊。”

大彪说：“我的野心大着呢！”他突然问妹妹，“海亮来信了吗？”

小雪很少收到海亮的信，但她对哥哥撒谎说，海亮经常来信。

从这以后，大彪常去城里送水晶给曼华。有一天，他把自己加工的水晶手链和项链各带了几条送给曼华。手链和项链上的每一颗水晶都打磨得晶莹剔透，闪烁着迷人的光芒。曼华十分喜欢，但她只是收下一根手链和一条项链，其余的都让大彪拿回去卖钱。

她对大彪说：“往后你别给我送项链和手链了，就把那些开不出眼镜料也不能磨项链的‘老绵体’带给我。”

大彪笑道：“咱俩谁跟谁呀，送你几条水晶项链算什么。”

曼华连忙摆手说：“别，别……你送得够多的了，我都不好意思了。”

大彪觉得曼华对自己的态度虽有好转，但忽冷忽热，难以捉摸。他要加紧“攻势”，让曼华感情的天平朝自己倾斜。

这天，大彪又去找曼华。看曼华穿了一条改过的黄军裤，他眉头一皱，说这裤子是海亮寄来的吧。

曼华说是的，又故意说：“海亮又写了好多信给我，你要不要看呀？”

大彪说：“你是哪壶不开提哪壶，就为我看了海亮的信，你好几个月不睬我，我看了你多少脸色啊！”

曼华瞅了他一眼，故意说：“要不是你送这么多水晶来，我还真不理你了。”

大彪酸溜溜地说：“原来你喜欢的是水晶，不是喜欢我呀！”

曼华笑笑说：“你总算搞清楚了吧。”

这一天，大彪带给曼华一个不知是好是坏的消息：“你姐姐曼丽给金家生了个丫头片子。”

4

两年以后。南方之南，热带雨林的猫耳洞。金海亮已经是某部特种兵班长。

海亮有个习惯性的动作，他时常把揣在身上的一块水胆水晶拿出来看。有个战士跟他开玩笑，说这宝贝是不是女朋友送的？

海亮得意地说：“那还用说……”接着，他故意收住笑容，严肃地问这个战士，“我叫你寄的信寄了没有？”

战士一个立正，说：“任务完成，已经交给了连里通讯员！”

小雪已经很长时间没有收到海亮的来信了，她深感不安，经常拿出他以前寄来的信看。她让父亲把大队部的报纸带回家，想从报纸上看到热带雨林的战况。

这天，小雪看到邮递员骑着自行车，急吼吼地去了金海庆家。小雪估计会有海亮的消息，便来到金家探听情况。

海庆在家刚刚收到一个包裹。他打开包裹一看，当场有些傻眼，觉得情况不对。包裹里是海亮的衣物，还有笔记本和小雪寄给海亮的一包信。在这些衣服里，有一件小雪给海亮织的毛线背心，毛线背心上有些暗暗的血痕，还有几处破碎的小洞。

面对这包衣物，海庆一家深感焦虑和担忧，甚至猜测海亮是不是在热带雨林的战场上牺牲了。因为没有海亮的信，也没有人武部和公社的有关通知，一家人不知如何是好，就连曼丽两岁的女儿小玲子，也奶声奶气地问爸爸：“叔叔在很远很远的地方，他什么时候回家呀？”

小雪心里的忧伤难以言表，她把自己写给海亮的信和那件毛线背心拿回家，关起门来失声痛哭。

后来，在清点信件时，小雪发现了一封曼华寄给海亮的信。这封信上，曼华对海亮说：“你要对小雪好一点，小雪是最关心你的人！”

小雪读完曼华这封信，觉得自己以前或多或少地误解了曼华。继而，她又为自己一片痴情不被海亮理解而伤心，泪水不自觉地流了下来。

她仍然给海亮写信，还常拿出海亮入伍时他们四人的合影照片发呆。

小雪悲伤的情绪，父母都看在眼里，深感不安。许莲花叫丈夫到公社人武部打探情况。

罗广山回来说，如果金海亮牺牲了，就是革命烈士，但正常程序应该是先通知市里的人武部，目前没接到通知，说明海亮还活着，最多是受伤了。不过，受伤也应该通知家属呀。

许莲花说："那是不是海亮故意不理小雪？"

罗广山瞪了她一眼，说："有这样不懂好歹的人吗？"

小雪做出一个惊人的决定：她要到部队去找海亮。

罗广山知道劝也没用，就到镇里给小雪开了介绍信，还让大彪陪着一起去。

小雪不让人陪，就她一个人去。

大彪手里宽裕，给了小雪不少钱，叫她在路上不要节省。

小雪乘火车转汽车，经过一个多星期的辗转奔波，终于来到边疆小城，找到了海亮原来的部队驻地。

海亮所在的部队已经换防了，但部队接待处的同志还是很热情地接待了罗小雪，他们跟海亮所在的部队打电话，取得了联系。

部队同志告诉小雪，金海亮在热带雨林的一次对敌战斗中英勇顽强，受了重伤，目前正在部队医院接受治疗。他们给了小雪一个医院地址。拿着这个地址，小雪来到边境小城的野战医院。这里住着不少受伤的军人，她却并没有找到金海亮。

小雪不想离开，见到穿白大褂的医生护士就打听。终于有一个护士说，听说过金海亮这个名字，因为外伤已经治愈，但是伤者失去了记忆，又转到军区医院治疗去了。

根据野战医院方面的指点，小雪赶到省城里的军区医院，却依然没有打听到金海亮的消息。

金海庆和舒曼丽带着女儿到城里看望舒家父母。

海庆到人武部和民政局分别去了一趟，打听海亮的事，却都没有一个确切的消息。

曼丽跟父母说起海亮的事。舒敬亭很关心，对她说：“你这个小叔子了不起，说不准是个大英雄啊。”

夏兴月关心的是大女儿回城的事，她问舒敬亭，帮曼丽的工作安排得怎么样了。舒敬亭说正托人办。

夏兴月又问他，能不能托一下曼丽的表哥，听说他转业到工商局当科长了。

舒敬亭说人家刚转业，等等再说吧。

第八章

1

因为没有见到金海亮，从边疆回来后，小雪的情绪一直不好，经常一个人默默流泪。

罗广山夫妇很着急，又很无奈，担心小雪一根筋钻进死胡同，万一有个三长两短。

大彪对父母说："我这边做水晶正缺人手，干脆让小雪跟着我干，让她整天有事忙，省得胡思乱想。"

罗家院子里的几间偏房，早已被翻盖，改建成了大彪的水晶加工厂。小雪在哥哥的指点下，很快学会了水晶切割、抛光等技术，她心灵手巧，打磨水晶项链、手链这些细活，也很快得心应手。但是，在黄豆粒大的水晶上钻孔打眼，全村只有丁老黑等少数人家有这种钻机和操作工。

这天，小雪拎着一包水晶颗粒到丁老黑家请人打孔。小雪是第一次来到丁家的水晶加工厂，一进门她就为之一震。丁家的水晶工厂已经有些规模，各种加工机器十几台，工人也有十几名。看到小雪来了，丁老黑的老婆卢明珠以及孙寡妇等人纷纷跟她打招呼。小雪看到初中同学丁小芹和毛丫也在丁家做工。

小雪感触很大，回到家跟大彪说，没想到，咱村里还有这么大的水晶工厂。大彪说："以后你不要再想那些没用的，咱们加把劲，把水晶加工厂做大，一定要超过丁老黑。"

大彪觉得人手不够用，打算到丁老黑家挖两个熟练工。

小雪不赞成，说这是挖人家的墙角。她主张熟练工还是由自家培养。

大彪说："没有我爸一直关照他，丁老黑哪有今天？我从他家找两个人用用，不算啥事情。"

大彪以提高工钱等诱惑，把丁小芹和毛丫挖了过来。

丁老黑见两个女工不辞而别，找到大彪这边，说："你需要工人，跟我说一声，我给你派人来，这两个孩子到我那时间不长，还是新手。要不她俩跟我回去，干一阶段，熟练了，再让她们过来。"

大彪一听，认为丁老黑是来兴师问罪，要把人带走，很不高兴，跟丁老黑吵了起来。

丁老黑看大彪误解了自己，不想跟他争辩，摇了摇头，憋着气走了。

小雪追出去，跟丁老黑道歉。

丁老黑说，做生意不是这样做的，一是歪心眼使不得，二是急功近利要不得。

小雪思量着，觉得丁老黑的话有道理。

晚上，小雪把大彪从丁老黑家挖人，又跟丁老黑发生争执的事告诉了父母，说哥哥这件事做得不地道。

罗广山夫妇非常高兴，认为小雪把心思放在自家事业上了，已经从思念海亮的痛苦中解脱出来。夫妻俩相视一笑。

许莲花喜滋滋地对小雪说："明天你跟我到镇上去。"

小雪说："明天逢大集吗？我好些天没赶集了，还真想去逛逛。"

许莲花兴奋而神秘地说："明天到镇上，有件大事要办。"

罗广山跟老婆说，这件事大彪是做得有些过了，应该跟丁老黑解释一下，做水晶生意，大彪嫩着呢，还得要老黑带带他。

罗广山到了丁老黑家，却没找到丁老黑。他又来到孙寡妇家，孙寡妇也不在家。罗广山想了想，直奔西大岭。半路上，迎面看到从西大岭方向往回走的丁老黑和孙寡妇。

罗广山明知故问："黑灯瞎火，你俩干什么呢？"

丁老黑说："小孙没看过晶光，我带她到西大岭看晶光。"

罗广山哼了声，问："看到了吗？"

丁老黑神秘地说："看到了，这股晶光还不小，咱村里还真藏着大宝贝呀。"

罗广山心里一惊，不但醋意大发，还感觉到这两人搅和在一起，对他家的大水晶是个潜在的威胁。他冷冷地盯着他俩。

丁老黑和孙寡妇如针芒在背，匆匆而去。

第二天，许莲花和打扮一新的小雪来到原先的公社驻地，也就是现在的云山镇。

小雪要去赶集，许莲花说："不忙着赶集，带你到供销社那边见个人。"

小雪说："妈妈你神神道道的这是做啥，见什么人呀，你不说清楚我不跟你去了。"

许莲花这才实话实说："镇上刘副镇长有个儿子，在供销社当采购员，前几天刘镇长托人到咱家说亲，想叫你跟他儿子处对象，今天就是带你来跟小刘见个面。"

小雪脸色突变："妈妈你这是做的什么事啊，我不可能跟谁见面的！"说罢转身就走。

2

孙寡妇备了酒菜，到村部附近"巧遇"下班的罗广山。她说："罗主任，你是大忙人呀，好久没见到你了，今晚到我家喝两盅。"

罗广山冷笑了两声，说："你家的酒我不敢喝了，指不定下了毒吧，要喝你跟丁老黑喝吧。"

孙寡妇羞辱难当，脸上红一块白一块。罗广山没有理会她，径直走到丁二宝家。

丁二宝正在家一个人喝闷酒。

罗广山说："你一个人喝酒有啥滋味？"

丁二宝苦笑道："全村就你罗主任关心我呀，我一个光棍，谁会陪我喝酒呀？”

罗广山说：“我看孙寡妇今天买了鱼买了肉，你怎么不跟她打壶酒会会？”

丁二宝说：“那个骚货整天跟丁老黑打得火热，哪能轮得上我？”

罗广山说：“丁老黑有家有口的，他是道德败坏，玩弄女人！你光棍一条，她寡妇一人，你俩凑一起正好。”

丁二宝被罗广山几句话挑得心动，当晚就拎了两包点心去敲孙寡妇的家门。

孙寡妇问清楚敲门的是丁二宝，怕他敲门声太大，引起四邻注意，赶紧开门让他进了屋。

丁二宝以为孙寡妇有所默认，放下点心，就要搂抱孙寡妇。

谁料孙寡妇手脚并用，又咬又踢，硬是把丁二宝骂跑了。

3

凌晨三四点，天刚麻麻亮，罗大彪进城来到水晶黑市。

这是朐阳市最早自发形成的水晶黑市，也叫水晶早市，还有人叫它水晶“鬼市”，交易时间既不是白天，也不是夜晚，而是在每天的凌晨三四点钟。一条二三百米长的街道，被人们私下里叫着水晶街，路灯昏暗迷离，既没有店铺，又没有摊点。一共有百十个人，三三两两地聚在一起，有的在用手电筒仔细看货，有的在小声地讨价还价，交易水晶原料和加工制品。

大彪背了个包，刚把几块水晶原石和一包水晶项链、手链出手，收了二百多块钱，忽然听到有人喊叫：“来人了！来人检查了！”大彪赶紧跑了几步，躲进一条小巷的暗处。这时，他看到十多个穿着公安和工商制服的人，打着手电筒，冲到水晶街上。大彪暗暗庆幸自己跑得快了一步。

当天傍晚，大彪来到舒家。大彪从包里掏出一块茶色水晶，请教舒敬亭，如何切割才能最合理利用这块水晶原料。

舒敬亭端详良久，说这块水晶做茶色眼镜和茶色手链都不合适，它浑然天成，稍加修饰就是一尊佛像，切割开料太可惜了。

大彪有些不解，说不做眼镜和首饰，不好卖钱呀。

舒敬亭沉思道，也许要不了多久，水晶加工就不单单是做眼镜片和项链手链了。

大彪到舒家的目的是想跟曼华见面，可曼华下了班就到文化宫上夜大去了，大彪左等右等没有等到，只好到文化宫去找曼华。可是，大彪赶到文化宫时，夜大已经放学，他又扑了个空。

这时，文化宫的露天电影院马上要放映新片《小街》，大彪干脆买了张票，打算看场电影。

曼华和夜大同学宁一苇一起下了课，宁一苇请她到露天影院看电影。两人刚走进露天影院，就和大彪碰了个正着。

曼华有些惊喜道：“大彪你什么时候进城的，怎么没去找我？”

大彪脸色漠然：“我早就来了，你是大忙人，我上哪里能找到你呀！”

曼华感觉到大彪的不快，向他介绍说：“这是我夜大同学，宁一苇，是个诗人。”接着又向宁一苇介绍，“这是罗大彪，我在湖塘村的老同学。今晚真是巧呀，我们一起看电影吧。”

大彪心里不高兴，把曼华叫到一边，说：“我不看电影了，有事跟你说。”

曼华为难地说：“你要是不看，我也不看了。”

接着，她抱歉地对宁一苇说：“不好意思，老同学来了，找我有事，电影看不成了，下次我请你。”

宁一苇非常恼火，又不便发作，狠狠地瞪了大彪一眼。

大彪和曼华在街上边走边聊。

曼华关心海亮的事情，问从那次收到一包衣物之后，还有没有新的发现。

大彪告诉她，至今还没有什么新的消息，小雪去南方找了一趟，只知道海亮受伤了，伤到什么程度还不清楚，也是怅然而回。

大彪话头一转，醋意十足地问：“那个宁一苇，你是什么时候认识的？”

曼华故意说：“人家是诗人，很有才气，要说认识嘛，时间不算长。”

大彪说：“这人长得精明……城里人心眼多，你要小心！”

南方某地，部队医院病房。金海亮躺在病床上，已经脱离生命危险。

医生查看他的病历，感叹道：“这是在热带雨林战场上负伤的英雄啊。”

医生问海亮：“你叫什么名字呀？”

海亮摇了摇头。

医生又问：“你是哪个部队的？”

海亮还是摇头，半晌才说：“不知道……”

医生又耐心地问他：“你再想想，有没有你记得的名字？”

海亮喃喃自语：“曼……华……曼……华……”

此时的海亮，由于头部受到重创，还处于失忆状态。

第九章

1

舒曼丽带着女儿一直住在父母家，不想回湖塘村，一门心思等着父亲托人给她安排工作。除了等待，曼丽还追求时髦，特别喜欢听邓丽君的歌。有一首叫《千言万语》的歌，很符合她此刻的心境：

不知道为了什么
忧愁它围绕着我
我每天都在祈祷
快赶走爱的寂寞……

工作没有着落，曼丽也很急，到工商局去找表哥，表哥劝她别急，他正托转业到文化局的战友找一个电影院里的工作。曼丽说她最喜欢看电影，这要是到电影院工作，真是太好了。她又让表哥帮她搞台双卡录音机。

海庆从乡下来城里，劝曼丽回家干活。曼丽已经习惯了城里的生活，当然不愿意再回到湖塘村；再说她和海庆没有领结婚证，她似乎一直没把金家当成自己的归宿。她现在看海庆横竖觉得不顺眼，还挖苦海庆是乡巴佬，既没有见识，也没有上进心。

夏兴月也抱怨海庆，说是他害了曼丽。

曼丽两岁的女儿小玲子不小心摔了一跤，在地上哭闹。夏兴月把小玲子抱起来，边哄边埋怨，这孩子一点也不省心，就是个拖累。

市人武部李副部长带人来到云山镇，向镇人武部报喜：金海亮在热带雨林的对敌战斗中，荣立一等功。

正在镇里开会的罗广山被喊了出来，和镇文化站锣鼓队一起到金家报喜。

家里只有父亲金传贵一个人，海庆和曼丽还在城里。

镇上和村里的人把金家围了个水泄不通。

拿着喜报的金传贵喜极而泣。没想到他旧病复发，又疯癫起来，嘴里不停地胡言乱语。

罗小雪闻讯赶来，赶紧把金传贵安顿好，又向人武部领导打听海亮的情况，得知海亮的伤病恢复得很好。小雪急切地询问海亮的住院地址，想去看望海亮。

李副部长看看她，问：“你是谁？”

小雪看了看周围，除了父亲罗广山，没有别的熟面孔，便小声说："我是海亮的女朋友。"

李副部长露出赞许的目光，说："姑娘你眼光不错啊，看出你对他们一家非常关心，金海亮的军功章上有你一份功劳！"他支持小雪代表家乡人民去边疆探望英雄。

第二天，小雪就整理行包，要去探望海亮。她的包里有海亮参军时她和哥哥、曼华给他送行的合影照片，还有那一包裹从边疆寄回来的她写给海亮的信。

父母很关心她的这次行程。临行前，母亲许莲花说："听说海亮伤得很重，你要心里有数，如果他生活不能自理，你可不能犯傻，要立马回来。"

小雪听了，低头不语，然后，小声而坚定地说："我知道怎么做！"

罗广山关照小雪，到部队后赶快打个电话回来。

小雪乘了几天几夜的火车，来到边疆某部队医院，见到日思夜想的金海亮，禁不住泪水长流。

海亮因为脑部受创，患了严重的失忆症，根本认不出小雪。这让小雪十分伤感，也十分担忧。小雪用各种办法，来唤醒他的记忆。她问道："海亮，你记得湖塘村吗？记得我们小时候一起割猪菜吗？记得大冬天的放学路上，我们一起到路边的河里滑冰吗？记得我们还一起跑到西大岭找过水晶吗？……"这么多事，海亮一点都记不得了。就连他脖子上挂的水胆水晶，他也不知道这是什么；问他这是谁送的，他也说不出来。

医生说，金海亮目前的智商，只相当于五岁的孩童。

小雪到邮局往湖塘村打电话，接电话的正是父亲罗广山。

父亲问海亮的伤怎么样了。

小雪故意轻描淡写地说：“没伤到啥，好胳膊好腿的，好着呢。”

罗广山这才放下心来。

打完电话，在回医院的路上，小雪悲从中来，泪水再一次不自觉地流下来。但她在心里暗暗发誓：一定要服侍好海亮，哪怕服侍一辈子，她也愿意！

小雪主动找医生交流，唤醒失忆有什么好办法。

医生向她介绍，用药物治疗的同时，家人的亲情呼唤、特定事件的刺激等都对恢复记忆有帮助。医生还讲了一些国内外相同病例的治愈过程，以此鼓励小雪，并给她出主意想办法。

小雪跟医生请求，当起了海亮的专职护理，每天无微不至地照顾他。但是，两个多月过去了，小雪的百般呵护，并没有明显的效果。偶尔，海亮会拿着胸前的水胆水晶，喃喃自语：“曼……华……曼……华……”

只有小雪听得出来，他在叫曼华。她知道，海亮内心里爱着的是曼华。

小雪一边顺着海亮的思维说话，一边说她就是曼华，还学着曼华的口气跟他交流。海亮有时候会愣怔一下，痴痴地看着她。

这天，小雪拿出那一包裹信，对海亮说，这是曼华的信。

海亮接过信，像孩子摆玩具似的一封封地摆开信，又一封封地拿起来看。他突然停下来，似乎不相信地说：“这……么……多……啊！这……是……曼华……的……信？”

海亮清楚地说出曼华的名字，开心地笑起来。突然间，他的大脑好像接通了电源，一下子明亮了，一下子记忆恢复了。

他认出了面前的小雪。

海亮惊讶地说：“小雪？你……怎么……来啦？我……我这是……在哪里？”

小雪见海亮认出了她，知道海亮从混沌中苏醒了。她庆幸自己这些天的陪伴和努力感动了上苍！

她眼含热泪地说：“海亮，你认出我啦！你这是在医院，我是从湖塘村过来看你的。”

海亮完全清醒了。随着记忆的恢复，他给小雪讲述了热带雨林的战斗，讲述他受伤前的许多事……他知道是小雪在医院里陪了他三四个月，他感谢小雪无微不至的照料，把他从失忆中唤醒，让他恢复了健康。

海亮对小雪只是感激，却没有说出一句思念、动情的话语。小雪知道，海亮的心里还是想着曼华，期盼的是曼华给他来信。这让小雪很受打击。

小雪又在医院陪护海亮一个多星期。海亮身体和记忆的恢复让她欣慰，同时，她也因为彻底知道海亮不爱她而深深地失落、遗憾和伤心。

就这样，小雪心情复杂地登上了返程的列车。

2

朐阳市夜大校门口，曼华和宁一苇各人推着一辆自行车，边走边聊。

宁一苇吹嘘自己的父亲是文化宫主任，又是个知名画家，在本市文化界没有办不成的事，让曼华有什么事可以找他爸。

说话间，宁一苇被一个打扮得花枝招展的女生喊走了。

这时候，罗大彪突然冒了出来，看来他在这里已经等了一阵子。他看曼华望着宁一苇的背影发愣，便说："看什么呀，人家才是一对啊。"

曼华释然一笑："我在看美女的大波浪头，还有她喇叭裤的尺寸。"

大彪说："我看他们就是街划子、小流氓。"

曼华让他别乱说，问他怎么这时候来。

大彪说第二天早上要去赶"鬼市"，这次带的货多，就提前来了。

曼华对水晶的兴趣越来越浓，问大彪都带了些什么货。

大彪说货都寄存在小旅店了。

大彪带着曼华来到小旅店。

看了大彪两大包水晶制品，有水晶眼镜，还有手链和项链，曼华觉得这些水晶制品的式样和加工工艺有明显的长进，她对大彪有些刮目相看。

大彪盯着曼华看，觉得她比在乡下时漂亮多了。他眼神发直，突然搂住曼华……

曼华先是吓了一跳，接着便害羞地和大彪拥抱在一起。大彪还想进一步动手动脚，被曼华半是嗔怪半是坚决地推开了："大彪，你别得寸进尺……"

大彪悻悻然松了手。曼华没在旅店里多待，让大彪不要送，她一个人回家。大彪不放心，默默地跟着她。

快到家门口时，曼华让大彪回去，说："别让我妈妈看到你，她现在脾气大得很。"

大彪说："没想到夏老师也是势利眼。"

曼华瞪了他一眼，不让他说母亲的坏话。

大彪说："我一定要混个样子出来，将来也做个城里人。"

曼华欣赏他的气魄，鼓励他早日成功。临分手时，大彪磨磨蹭蹭，又想再拥抱曼华。

这一幕，正好让出门等候女儿的夏兴月撞见了。夏兴月看到大彪和曼华在一起，又气又急，高声喊女儿回家。

曼华一边应着母亲，一边悄悄对大彪说："我明早也要跟你去赶'鬼市'。"

大彪听到夏兴月指桑骂槐地呵斥曼华，自尊心很受伤害。他暗暗地发下狠心，一定要出人头地，把曼华追到手，更不能让舒家人小瞧自己。

第二天凌晨三点多钟，大彪就拎着两大包货匆匆出了小旅店。提前赶来的曼华突然从拐角处出现，吓了大彪一大跳。

曼华调皮地说："我就想吓唬吓唬你。"

大彪也很开心，带着曼华一起往水晶黑市赶去。

水晶黑市上，所有的交易都是鬼鬼祟祟进行的。曼华看上一块外形奇特、内里朦胧变幻的水晶原石，拿在手里不愿放手。买这块水晶的时候，对方出价过高，曼华第一次到这种地方，既不懂行情，又不会还价，大彪看着着急，过来帮曼华讨价还价，一不小心，装满水晶制品的两个包被人调包了。等发现时，已经晚了。

这次“鬼市”上的损失很大，大彪懊悔不已，跺着脚骂“鬼市”上的人都是见不得光的碎鬼，有本事不要做贼，光明正大地做生意。实际上他把自己也给骂了。曼华也很自责，说自己不该掺和进来，造成这么大的损失。

3

罗小雪通过这次南部边疆之行，知道海亮并不爱她，他心里自始至终惦记着的都是曼华，回家后情绪十分低落，但在父母面前，却装得很开心。

罗广山夫妇得知海亮身体健康，都松了一口气，认为海亮将来的前途一片光明，支持小雪跟他来往，还询问海亮是什么态度。

小雪含糊其词，说不想那么多，只想帮哥哥开好水晶加工厂。

罗广山破例来到金传贵家，把海亮平安康复的消息告诉了金传贵。

金传贵听了，连声感谢罗主任。

罗广山意味深长地说：“现在大队改为村了，我还是村主任，在湖塘村，还是我说了算！”

大彪被一时的成功冲昏了头脑，开始走歪门邪道。他先是买来劣质水晶，在加工项链和手链时以次充好。过了一段时间，他又不知从什么地方捣鼓来人造水晶，冒充天然水晶加工成品。

小雪对哥哥的造假行为很是反感，劝他立即住手。

大彪不听小雪的，我行我素，说做生意她不懂，她的主要任务是在家管好丁小芹和毛丫，争取扩大生产，外面的销路用不着她管。

大彪销售假货连连得手，这让他为所欲为，胆子越来越大，他家地下工厂的产销规模也在短时间内成倍扩大。

这一天，大彪在黑市上卖假货被人识破，几个蒙面人像是早有预谋，拳打脚踢，把他一顿猛揍。幸亏黑市上有人看见，一阵大呼小叫，众人聚拢过来，几个蒙面人这才放过大彪，赶紧溜走。大彪被人送到医院，虽说只是身上有几处皮外伤，但医生建议他住院检查治疗。

小雪赶到医院服侍大彪。她问哥哥：“你到底做了什么，这帮人要对你下狠手？”

大彪说：“肯定是有人看我赚钱多，害了红眼病，不服气呗，来这种阴招。”

小雪觉得事情肯定不会这么简单："只是红眼病、不服气，就要对你大打出手？这也太不应该了！做水晶赚到钱的人多了，怎么没看到别人挨打？……哥，你要实话实说，是不是做了什么亏心事？"

大彪说："你别乱怀疑，我为咱家厂子操碎了心，我有啥亏心的！"

曼华听说大彪被打住进了医院，也赶来看望他。

病房外，曼华也觉得大彪这次被打有些蹊跷，跟小雪查问究竟。小雪没有对曼华隐瞒，把哥哥以次充好和造假行为告诉了曼华，希望曼华劝劝哥哥。

曼华和小雪自然而然地聊起了海亮。曼华居然知道小雪到部队照顾海亮的许多细节，这让小雪感到惊讶，也有些异样的酸楚。

小雪回家后，一直没有收到海亮的来信。而曼华知道的这么多，一定是海亮写信告诉她的。所以小雪听了曼华聊的这些，心里越发伤感。

曼华看出小雪的异样，知道自己的话说多了，也就不再说了。

大彪让小雪回家照看工厂，心里想着让曼华照顾自己。

大彪被打住院，曼华既心疼他，又觉得他在水晶加工厂的营销有问题，但是她觉得自己现在还不便掺和这些事端，就借故说要上班，还要上夜大，没时间来照顾他。

大彪揶揄道："你不会是跟宁诗人约会去吧？"

曼华生气了，说：“我就是去约会的，怎么啦？”弄得大彪很生闷气。

在大彪的病房里，小雪含泪给海亮写了最后一封信，决意不再打扰海亮。

这段时间，大女儿曼丽就业上班的事是舒敬亭夫妇最大的心事。这天，他们正在劝说心情焦躁的曼丽，叫她要耐心等待。这时候曼丽的表哥李志刚来了。

表哥带来了好消息——曼丽的工作基本定了，在黄海影剧院上班，只等文化局劳资科下发红头文件了。

老舒夫妇和曼丽都十分感激李志刚，留他在家吃晚饭。

晚饭桌上，表哥和老舒高兴地喝了两杯，借着酒劲透露了一个重要信息：工商局要联合公安等部门，取缔水晶黑市。

曼华一听，立即担心起大彪来。

夏兴月看出了曼华的心思，再次劝她不要跟大彪来往了，说大彪受他爹的影响太大，在那个环境里长大，除了在村里要威风，到了外面干些坑蒙拐骗的事，没有大出息的。

但是，曼华还是借故上夜大，偷偷去了医院，把即将取缔水晶黑市的消息告诉了大彪。

大彪不以为意，说这些年大家一直都是偷偷摸摸在干，只要能赚到钱就行。

第十章

1

周末，舒曼华从夜大放学，推着自行车，被工人文化宫墙报栏里一条“朐阳市职工艺术展”的参展通知吸引住了。

这时，有同学走过来跟她开玩笑，问她今天怎么一个人，那个宁大诗人呢？曼华说她也好几天没看到他来上课了，不知道他在忙什么。

回到家，曼华看到妈妈和姐姐在家，两人满脸喜色。原来是文化局的红头文件下发了，曼丽到黄海影剧院当售票员，马上就要上班。曼华高兴地说笑道，以后看电影可以走后门了。

一家人正在兴头上，海庆扛了袋东西来了。夏兴月和曼丽见到海庆，立即把脸拉了下来，爱睬不睬。

曼华看不过去，拿了条毛巾让海庆擦擦汗，让他坐下来歇歇。

海庆尴尬地说：“家里刚打的新米，送一袋来。”

曼丽冷冷地说："我家不稀罕这个，你以后不要来了。"

海庆讷讷地说："我和爸都想小玲子，我来看看孩子。"

这时，小玲子已经看到海庆，一边喊着爸爸，一边扎到他的怀里。

夏兴月走了过来，说曼丽马上就要上班了，孩子正愁没有人带，叫他干脆把孩子带回去。

曼丽拉了妈妈一把，两人走到里屋。

曼丽说："孩子我不想给他。"

夏兴月说："看你刚才的表现，我本想表扬你的，你怎么又糊涂了？你以前的不幸就是他造成的，稀里糊涂跟了他，没领证就生了孩子……你现在对他就应该狠下心来，该断就断！你以后的路还长着呢，这孩子往后就是个拖累呀！"

曼丽流着泪说："妈妈，我听你的。"

曼丽放手把小玲子交给海庆，让他带回湖塘村。

舒敬亭加完班回到家，没见到小玲子，才得知孩子被海庆带到乡下去了。

老舒说："这事你们做得不对，孩子这么小，怎么能让海庆一个人带？"

夏兴月说："怎么不对了？孩子姓金，不交给他金海庆交给谁？"

老舒说："海庆是个大男人，他爸身体又不好，他们哪能照顾好孩子？"

夏兴月抢白道："你还怪会体谅别人的，你干脆别去上班了，孩子给你带行不？”

老舒让她呛得没了话，深深叹了口气。

一直对父母隐瞒孩子身世真相的曼丽，听到父母的争执，突然悲从中来，失声痛哭。

2

大彪在医院住了半个来月。其实他的伤早就好了，根本不用住这么久，但他没有出院。住院的后几天，他每天凌晨都去水晶黑市上溜达，他戴着口罩，没有人认出他。他也想在这里找到打他的人，但这种可能性很小。“鬼市”上的交易都是一手交钱一手交货，看走眼了可没有退货的，只能吃哑巴亏；他让人家吃了许多哑巴亏，别人狠狠揍了他一顿，也算是扯平了。还有，曼华的表哥说黑市很快就要被取缔，但大彪感觉这里较之以往并没有什么异常。他心里想，黑市就那么好取缔？这么久了，还不都是雷声大雨点小，一阵风刮过，一切照旧。

大彪住院期间，水晶加工厂的事情交给了小雪主持。他回到家，看到厂里不仅生产秩序井然，还多了几个新面孔。

小雪说：“工人是我招来的，咱家前一阵进了不少原料，不抓紧进度不行呀。”

大彪很高兴，在操作台前转了一圈，看到工人们正在制作新款水晶饰品。他赞叹道：“小雪你行啊，这半个月我不在家，我看你干得不赖呀！”

小雪开心地笑了："哥，我对销售这一块还不懂，你得带我见识见识。"

大彪神秘地说："行啊，不过那可是要冒险的呀。"

小雪有些兴奋："冒险我也要试试。"

又是一天的凌晨三四点钟，大彪带着小雪，还有厂里新招的一个壮实青工汪大扣，一起来到水晶黑市。

这一次，他们遇到两个神秘人物，这次交易也非常特别。这两个男人，一个看上去有五六十岁，戴了副眼镜，面目周正，表情沉稳，一言不发；另一位四十多岁，长得精瘦，操着南方口音，拽腔拽调。他俩打着手电筒，仔细看了大彪他们带去的水晶饰品，决定全部收购。他俩还邀请大彪一行到他们住的宾馆，说有要事商谈。

大彪觉得这两人很有诚意，而且实力不凡。他们破例暴露身份，随两个神秘人物来到朐阳城有名的三星级宾馆——云台宾馆，这才知道这两人中年纪大的是港商孟老板，年纪小的是孟老板的代理人茅经理。孟老板夸赞他们这批货成色好，做工精致，当场付了五千元全部买下。孟老板又拿出合同书，要跟大彪签订一个大单，要求一个月内交货，可预付订金两万元。

孟老板不放心地问道："一个月时间够不够？"

大彪拍着胸脯说："保证按时交货。"

小雪暗暗着急，把大彪叫到一边说："这么大单子，我们一个月内肯定没法完成呀。"

大彪说："不用担心，我有办法。"

小雪叮嘱道：“哥，我们这次是跟港商打交道，你可不能做歪门邪道的事啊。”

大彪收了两万元订金，喜得心花怒放。他一边叫小雪带着工人加班加点生产，一边另想办法。大彪其实心里有数，单凭自家的生产能力，别说一个月，就是再来一个月也未必能完成港商这个大单。他到了丁老黑家，想让丁家为他生产一批货。丁老黑做的是正经生意，货真价实，当然报价不低。大彪心里小算盘一打，觉得收购丁家的产品，自己赚的差价太少。他决定铤而走险，去别处收购一些价格低廉的劣质货。

小雪在库房里发现一批劣质水晶饰品，责问大彪这是怎么回事。

大彪支支吾吾地说：“这些货是人家放在咱这暂存的。”

小雪盯着他说：“哥，你可别好了伤疤忘了疼，亏心事咱不能干。”

大彪挥挥手，不耐烦地说：“我有数，没你的事。”

大彪知道小雪在身边，肯定会阻止他的掺假行为，到期那天，他特意安排小雪和汪大扣去西大岭一带收购水晶原料。然后，他雇了辆小货车，把自家的产品和收购来的假货掺和在一起，送到城区，交给了港商代理人茅经理。

茅经理对大彪能按期交货大加赞赏，简单地验了下货，就把八万元余款付给了大彪。

大彪做了这笔十万元的生意，一跃成为十乡八里数得着的有钱人。

3

舒曼华从自己收集的水晶原石里挑了几件，送到工人文化宫的职工艺术展筹备处。

前来送展的人很多，各种展品让人应接不暇。一位工作人员对曼华说：“你这些水晶可以作为观赏奇石展出，但现在这样不能接收，每块石头要配上底座才能参展。”

曼华不知道底座怎么个配法，又怕因此失去参展资格，一着急，脱口问道：“你们文化宫有个宁主任吧，找他看看行吗？”

工作人员一听，笑了，冲着屋里一位戴眼镜的中年人喊道：“宁主任，有人找。”

中年人走了过来，问曼华：“是找我吗？”

曼华有点不好意思，说：“我是宁一苇的同学。”

宁主任点点头说：“是一苇夜大的同学吧。”

他仔细地看了曼华的每一块水晶，说：“你的水晶奇石很有特点，但好马配好鞍，确实需要配上适合的底座才便于观赏。我认识一位雕刻家，你可以请他给奇石配底座。”

通过宁主任的引荐，曼华认识了根雕家孙良民。但孙良民雕刻的红木底座价格昂贵，曼华靠自己的工资根本做不了几个。

这天，曼华正在为没钱做红木底座发愁，大彪进城看她来了。

大彪问她发什么愁呀。曼华这才说出缺钱的事。大彪笑了，说他现在发财了，钱不是问题。说着从包里掏出厚厚一沓钞票给曼华。

曼华没见过这么多钱，惊讶地问道：“这是多少钱？”

大彪说：“这是两千块钱。”

曼华说：“看来你做水晶真的发家致富了。”

大彪说：“可不是，你猜这个月厂里营收是多少钱？”

曼华摇摇头，说：“我哪里知道。”

大彪竖起一个巴掌，又翻了翻。

曼华说：“一万？……两万？”

大彪笑道：“告诉你吧，是十万多！”

曼华惊得瞪大了双眼。

曼华接下大彪的两千块钱，说：“算我借你的，等我把工资攒起来还你。”

大彪笑了：“还什么还呀，我俩谁跟谁呀？再说，靠工资那要攒多久呀！”

从大彪水晶生意的爆发，曼华感觉到水晶市场的广阔远景，对自己的水晶收藏也更有信心。她一有时间，就拿出自己收藏的水晶仔细琢磨。在父亲的指点下，她给准备参展的水晶分别起了名字。那块“老绵体”水晶，里面看上去就像变幻莫测的海底世界，有礁石，有大大小小的游鱼，有飘逸的海草，被命名为“海底世界”。还有几块，包括大彪送的“牛头”晶石以及从黑市上买回来的，分别叫“牛首晶尊”“太阳系”“人约黄昏后”等等。

老舒觉得，曼华虽然没有跟他一样做水晶研究，但起码是钟爱水晶，便很是欣慰。他担心曼华做红木底座没有钱，悄悄地把自己积攒的二百元钱拿给曼华用。

曼华没有收，兴奋而又神秘地说：“爸爸，我有钱，不用你的钱。”

老舒不知曼华哪来的钱，甚感疑惑。

金海庆把小玲子带回家。孩子就像小尾巴一样整天跟着他，他到地里干活，也把孩子带在身边。一天，他下地干活，小玲子在田埂上玩耍。等他回到地头，却发现孩子不见了，他赶紧一边呼喊一边寻找，找了好一会儿，才隐隐听到孩子的哭声。循着哭声，他看见小玲子正在一条沟渠里一边哭着一边朝上爬。

海庆飞奔过去，把孩子抱了上来。原来，小玲子追着一只花蝴蝶跑到这里，不小心滚到沟里，幸亏沟里的水不多，才没有出事。海庆既后怕又心疼，把孩子紧紧搂在怀里。

晚上，海庆坐在床边，听到小玲子在梦里呼喊妈妈，禁不住潸然泪下。

第二天，海庆带着小玲子进城找曼丽。曼丽还没有下班。

夏兴月见到海庆父女，自然跟防贼似的，怕他们跟曼丽接触。她拿了个小书包给小玲子。包里放了袋糖果，又塞了十块钱，她让海庆把孩子带走。

海庆说：“孩子好不容易来一趟，让她见妈妈一面吧。”

夏兴月说：“你把曼丽害得还不够吗？她刚安稳几天，你又来害她呀！你要是真有良心，就不要再来影响曼丽了。”

海庆一咬牙，抱着小玲子洒泪而去。

曼丽下班回家，听邻居大妈说，看到一个男人带着小玲子来过她家。邻居大妈好奇地问她，那个男人是不是小玲子她爸？

曼丽支吾着，没有回答，急忙赶回家。一进门，就问妈妈怎么回事。

夏兴月告诉她，海庆的确带小玲子来过，她把他们打发走了。

曼丽哭着责怪妈妈：“为什么不让我看一下孩子，为什么不让他们吃过饭再走？”

夏兴月也很伤心，说：“我该说的话都跟你说了，怎么做你自己看着办吧。妈妈也是刀子嘴豆腐心啊，你以为我不心疼小玲子？”

曼丽带了包女儿穿的衣服，追到汽车站。

往湖塘村方向去的最后一班车早已开走了。

曼丽靠在车站门口，泪流满面。

朐阳市职工艺术展如期举行，曼华参展的几件水晶奇石受到众人瞩目。尤其是港商孟老板，在“海底世界”“人约黄昏后”“牛首晶尊”“太阳系”等几件展品跟前驻足良久。

这块标名“人约黄昏后”的水晶原石，就是曼华那次在水晶黑市上买到的。这块水晶有一尺见方，晶体内的图案仿佛被赋予了生命，那朦胧的人影、夕阳的余晖、街角的石板路……一切都是那么栩栩如生，仿佛让你置身于黄昏的场景之中，与那对恋人一同感受那份浪漫与温馨。这种视觉上的冲击与心灵的触动，让人不禁感叹大自然的鬼斧神工与奇妙造化。

港商代表茅经理没有随同孟老板参观展览，而是坐着轿车，到湖塘村找罗大彪。茅经理说这批十万元的货里掺进了大量次品和假货，严重损害了港商孟老板的声誉，要求全部退货，并索赔货款。

大彪本以为这批货已经蒙混过关。他的钱都已经买了设备和原料，当然没办法退款。

茅经理严正警告他，不把十万元货款如数退还，立即到法院告他！

罗广山和小雪都来问大彪，茅经理这一趟来干什么的。

大彪故作镇静，说："港商打算和我继续合作，马上要签一笔更大的单子。"

小雪疑惑道："茅经理脸色不好看呀，是不是对我们有什么意见，怎么看到我们连招呼都不打？"

大彪说："这个人就是个死板脸，骄傲着哩。等以后咱们发达了，要他来求咱们！"

不久，大彪收到了法院的传票。他知道祸惹大了，这下慌了神。

三十六计，走为上。

第十一章

1

舒曼华那次跟大彪到水晶黑市，匆忙中竟买到了那块“人约黄昏后”水晶原石，这让她对水晶黑市的神秘感越发好奇。她想单独再去转一转，买到自己心仪的水晶。

这天一早，曼华凌晨两三点钟就起床了。她悄悄离开家门，来到水晶一条街。这条街上有许多人打着手电筒，三五成群地围在一起，鬼鬼祟祟地讨价还价，还说一些她听不懂的行话。

曼华好不容易凑到一堆人群里，看到他们有的以水晶饰品换水晶，也有的以现金交易。她在一个蛇皮口袋里翻出一块水晶。

摊主说：“看好了，都是上品，半个口袋，这个价。”说着，就把手塞给曼华。

曼华吓了一跳，缩回手。

对方的手电筒在曼华的脸上一照，看她是个女的，骂一句晦气，说规矩都不懂，添什么乱，一边凉快去！说着，就要抢回曼华手里的水晶。

这时候响起一声悠长的口哨声，曼华四周的人一哄而散。曼华正在发愣，被几道强烈的手电筒光照住了，随即就被几个戴红袖章的人扭住了胳膊。

曼华被公安、工商联合执法队抓住，带到了办公室，接受审查。那位公安执法人员看上去很是严厉，腰上一边挂着手枪，一边挂着手铐；另一个人身着工商制服，面无表情地在做记录。

执法人员问了她的姓名、年龄，又严厉地审问：“你搞投机倒把多长时间了？”

什么？我怎么投机倒把了？曼华吓得不敢说话。

执法人员拍着桌子说，如果不老实交代，就要送她去坐牢。

情急之下，曼华说出工商局的李志刚是她表哥。

执法人员不信，说信口开河更要承担责任的。有人去找李志刚，他还没来上班。执法人员让曼华一边等一边好好反思。

天亮不久，李志刚来了。他一见曼华，狠狠地把她呵斥了一顿。

执法人员说她既然是初犯，给李志刚一个面子，让他带走了曼华。

李志刚批评曼华，说那天在你家吃饭时我不是讲过嘛，最近风声紧，少到水晶黑市去。

曼华心有余悸，但在表哥面前，还是故作调皮地说：“我哪知道啊，我看那里好玩，就去玩了嘛。”

李志刚说：“有什么好玩的！要不是我正巧值班，你就出事了，送到学习班关几天是轻的。”他一直把曼华送回家，嘱咐她千万不要再到黑市闯祸了。

曼华躺在床上，觉得这次经历很冒险也很刺激，不过，如果没有表哥及时赶到，真被关进学习班，那就惹大麻烦了。

舒曼华正在上班，罗小雪急匆匆地来了。

小雪是来找哥哥大彪的。小雪以为曼华知道哥哥在哪里。

曼华说她这些天没看到大彪，问小雪出了什么事。

小雪吞吞吐吐，只说家里已经好几天没看到他人了，一家人都急死了。

临走时，小雪对曼华说，只要有哥哥的消息，让他立即回家。

小雪走后，曼华突然想到，大彪是不是也被执法队抓了？很有可能！

曼华赶去找李志刚，开始只说罗大彪是她的同学，在湖塘村时帮过她和家人，这次可能也在黑市上被执法队抓了。她央求表哥帮忙，把人放了。

表哥说这次行动力度很大，是动真格的，还关了十几个人，准备判几个，刹刹这股歪风邪气。

曼华听说被关的人还有可能判刑，一下子急了，说罗大彪是她的男朋友，求表哥一定要帮忙。

表哥想了想，说：“这件事不是你想得这么简单，这样吧，下了班我到你家去。”

曼华担心表哥跟父母说起这事，叫表哥不要在父母面前提罗大彪。她的话反而引起了表哥的疑惑。

晚上，表哥来到舒家，悄悄地把曼华托他“捞人”的事对老舒和夏兴月说了。

夏兴月一听，非常生气，责怪曼华说：“你怎么还跟罗大彪来往？我看他从小就心术不正，现在出事了吧，趁这时候，正好一刀两断！”

老舒听说罗大彪被执法队抓了，心生恻隐，让李志刚想想办法，就算曼华不跟他谈恋爱，他们也曾是一个村的，能帮还是要帮的。

李志刚连夜回去打听。可是，执法队关的十几个人里，并没有罗大彪。

第二天一早，李志刚就告诉曼华，执法队抓的人里，没有罗大彪这个人。

曼华听说执法队关的人里并没有罗大彪，反而更加着急：这人出了什么事？怎么突然失踪了？她立马请了假，赶往湖塘村。

到了罗家，曼华这才看到罗家的水晶加工厂被法院贴上了封条。罗广山和许莲花正在唉声叹气。

知道事情的真相后，曼华更是又气又急。气的是大彪不讲诚信、唯利是图、闯下大祸，急的是大彪在这节骨眼上竟然丢下烂摊子，不知所终。

既然到了湖塘村，曼华心里惦记着姐姐的孩子，她拐到海庆家去看看小玲子。

离海庆家不远处，曼华正巧看到小玲子被几个小朋友欺负，哭得满脸是泪。她心疼地抱起小玲子，进了海庆家的院子。

海庆一看小姨子来了，又惊又喜。

曼华埋怨海庆没把孩子照看好。她对海庆说："爸妈很想小玲子，姐姐当然更想，我看到姐姐哭过好多回了，就是想孩子想的。哪天你把孩子送过去，给姐姐看看。"

2

法院的吉普车开到罗家大门口。罗广山和许莲花慌忙迎上前去。

法官责问罗广山："封条贴了一星期了，罗大彪到底躲哪去了？难道要出动法警把他拘起来？"

罗广山唯唯诺诺："哎呀！对不起，对不起……这个败家子，我也不知他死哪去了。"

法官说："上次给了你们七天期限还钱，现在期限已到！坑骗港商性质恶劣，影响极坏，是要判刑的！"

许莲花听说诈骗港商要被判刑，儿子这祸闯大了，吓得浑身直哆嗦。

罗广山哭丧着脸问："还有没有别的办法？要不我去抵罪？"

法官瞪了罗广山一眼："听说你还当过多年的大队干部，怎么一点法律常识都没有！要你抵罪有用吗？现在首要的事情是把港商的货款先退还！"

许莲花听出法官的话外之音，只要还了港商的货款就还有缓和。她连忙拽了拽罗广山的衣服。

罗广山问："还了钱，还判不判罪？"

法官说："听不懂话吗？先把钱还了，后面就看港商追不追究了！"

罗广山到丁老黑家，准备跟丁老黑借钱。

丁老黑不在家。罗广山问他老婆卢明珠。卢明珠说她也不知道丁老黑死哪去了。

罗广山说："我昨天还看到他的，今天就不见人呢？"

卢明珠说："腿长在他身上，他出差去哪里，从来都不跟我说的。"

罗广山怀疑丁老黑不地道，故意躲着他，便对卢明珠说："我以前对丁老黑照顾可不少啊，现在他对我来这一出……"

接着，罗广山的话说得越发难听，什么忘恩负义啊，什么过河拆桥啊，什么阴险狡猾啊……

卢明珠软里带硬地说："我知道罗主任家出事了，能帮我们一定会帮的……我说你信也好不信也好，丁老黑真的昨天晚上就出门了。"

卢明珠的话说到这个份上，罗广山该发泄的也发泄了，只好恨恨地离开丁家。他觉得孙寡妇应该知道丁老黑的去向，于是转头就去找孙寡妇。

孙寡妇已经好久没跟罗广山有来往了，以为他这是来吃回头草的。没想到他是来跟她打听丁老黑的。

孙寡妇说，她昨天确实见到丁老黑了，他说今天一早去市里坐火车，去南方进货，南方是哪里？应该是广州吧。不过什么时候能回来，她还真没听说。

罗广山固执地认为，丁老黑就是在故意躲着他。

孙寡妇看出罗广山的为难，知道他家出了大事。毕竟是多年的老相好，她说："我手里钱也不多，还有千儿八百块钱，给你拿去应应急吧。"

罗广山呸了口唾沫，说："我没见过钱吗？不稀罕！"说罢，掉头就走。

罗广山一家都在犯愁。许莲花和小雪彻夜未眠，都觉得大彪这次的祸闯大了，罗家的天要塌了！

罗广山万般无奈，病急乱投医，竟然跑去找丁二宝。

丁二宝正在家喝酒，看到罗广山来了，忙拉着罗主任也喝两杯。

罗广山说："我哪有心思喝啊，我现在缺的是钱！"

丁二宝说："我这些年一人吃饱全家不饿，没省几个钱，要是有钱，一定会全部赞助罗主任。"

罗广山说："你这话我信，你丁二宝猴子嘴里剩不下桃子，有几个子儿就花几个，你有这个忠心就行。不过，你整天到处转悠，结交的人多，你帮我打听打听，有没有水晶的大买主，比丁老黑还厉害的大买主！"

丁二宝感到奇怪，迟疑着问道："罗主任……你这是……莫非有大水晶要出手？”

罗广山点点头。

丁二宝兴奋道：“大买主不难找，关键要看什么货。”

罗广山说：“是一块大水晶，我估计你看都没看过，至少值十万块！”

丁二宝吓了一跳，说：“什么样的一块水晶能值十万块啊！罗主任，你一定要带我见识见识。”

罗广山让他暂时少打听，等找到大买主了，有他的好处。

黄昏时分，丁二宝骑着罗广山的自行车，从外村回来了，在村里遇到堂妹丁小芹。丁小芹衣着不整，神色不安，慌里慌张，差点撞到丁二宝的自行车上。

丁二宝停下来，扶着车子说：“你这丫头最近总往西大岭跑，那地方危险，你能乱去吗？”

丁小芹愣怔了一会儿，支支吾吾地不知念叨什么，一溜烟跑了。

丁二宝望着她的背影，心里嘀咕道：这丫头魔怔了？

过了几天，丁二宝跑来告诉罗广山，说他这几天转了几个村，镇上也去了，没有人能出十万块钱买水晶，最多出得起万儿八千的，还得先验验货。

罗广山听了这话，气得真想把丁二宝揍一顿。不过他还是忍住了，现在不比前两年了，丁二宝都不那么听使唤了。

正在罗广山一筹莫展之时，丁老黑回村了。

丁老黑听说罗广山找他，便来到罗家。

罗广山骂了一阵大彪，唉声叹气道："这小子不走正道，闯了这么大的祸乱，人又不知躲哪儿去了……我现在是焦头烂额。"

丁老黑说："大彪毕竟年轻，他做水晶这一行，好歹也算我带出来的。我对他关心不够，出了这个乱子，我也有责任……不过，当务之急还是要把港商的钱还上。"

罗广山心想：你丁老黑还算有点人味，有点良心，我前些年算是没有白帮你。他索性不再兜圈子了，对丁老黑说："老黑你这方面有经验，现在关键是要还钱；钱还不上，大彪就要坐牢。我现在没有别的路了，只有朝你张口了。"

丁老黑说："你罗主任开口，我还有啥可说的。大彪的事就是我的事。"

不过关键时候，丁老黑突然话锋一转："听二宝说，你家有一块大水晶，值不少钱，眼下正在找买主，能不能让我开开眼界？"

罗广山怔了一下，脑瓜一闪，说："二宝的话你也信呀，他是满嘴跑火车！我是一时缺钱急的，让他帮我打听打听行情，哪有那么大的水晶呀。"

丁老黑感觉罗广山的心思藏得很深，不愧是个老狐狸！他当然不相信。他说二宝讲的有鼻子有眼的，不会无中生有吧。又说现在搞水晶加工的人越来越多，好水晶却越来越难找，罗广山要真有大水晶好水晶，别说十万块，就是翻个倍，他也买得起。

罗广山一听，反而变得更加犹豫。他盯着丁老黑说："你真能拿十万？”

丁老黑说：“只要货好，我绝对拿！”不过他仍然提出，要先看货。

看丁老黑较真了，罗广山越发警觉起来，他打着哈哈，模棱两可地说：“这事……再谈……再谈，再……掂量掂量……”

丁老黑并不着急，说这么大的事，是该掂量掂量。接着他就告辞了。

丁老黑走后，许莲花抱怨丈夫吹牛皮说大话，弄不好，丁老黑的钱就不借给他了。

罗广山不理老婆，径自走到自家的猪圈边，徘徊许久。

第二天，丁老黑又到罗广山家。他送来两万块钱，让罗广山先拿着用。接着他又半真不假地说，这两万块算是买大水晶的定钱。

3

舒曼华的水晶奇石还在工人文化宫参展。她像往常一样，下了班就骑车到文化宫的夜大教室上课。

宁主任站在文化宫门口，像是正在焦急地等谁。看到曼华，他兴奋地把她拦了下来。

曼华问：“宁主任找我有事吗？”

宁主任说：“是的，我等的就是你！是大事情，大喜事！”

曼华感到有些纳闷。

宁主任说:“有人看中你的水晶了，是个港商，要出大价钱!”

曼华心里扑通扑通直跳。她跟着宁主任上楼，来到二楼雕塑艺术展厅，见到了港商孟老板。

孟老板正在欣赏曼华参展的几块水晶原石。听宁主任介绍，眼前这位美女正是展品的主人。他连连夸赞曼华的水晶原石是大自然的奇物，她能收集到这些水晶石，证明她的眼光独特、鉴赏力非凡。孟老板急切地询问，这些珍品她有没有转让的打算。

这些水晶原石都是拿来参展的展品，曼华本不打算卖掉，但她想到大彪正外逃躲债，急着用钱，便点点头说，这几样展品都可以转让。

孟老板指着“太阳系”和“人约黄昏后”，让曼华出价。

这两块水晶都是曼华没花什么钱淘来的，这会儿突然要她出个价，她还真不知道说多少合适。

宁主任在边上焦急地看着她。

只听她犹豫半天才说:“这个……这个……没有价呀。”

孟老板以为曼华不想卖，笑着说:“作为大自然对人类的馈赠，一件珍贵的艺术品，当然是没有价的，是无价之宝，但要变成商品，就必须有价啦。不过，既然这是舒小姐的钟爱之物，卖不卖另当别论，咱们不着急，咱们先好好欣赏欣赏……舒小姐不妨听听我的看法。”

孟老板指着水晶原石“太阳系”说:“这块天然水晶被命名为‘太阳系’，真是恰到好处。它至少有十公斤吧，这可是宇宙间遗落的奇迹，在静静地诉说着大自然的奥秘和壮观。你看它的内部，真的让人叹为观止！灯光下，那一个圆点璀璨如阳，光芒内敛而不失辉煌，恰似太阳系里的太阳；环绕四周，一连串形态各异、大小不一的水胆悠然漂浮，或圆润如珠，或扁长似舟，宛如太阳系内精心布局的行星……”

曼华被孟老板对“太阳系”的解读怔住了。她没想到一个港商居然对水晶奇石有这一番研究，这就是通常所说的识货之人吧！

宁主任也跟着赞叹道：“这真的是大自然的杰作，鬼斧神工，奥妙无穷！”他转头对曼华说：“舒小姐，货卖有缘人，孟老板对这水晶奇石如此欣赏，绝对是有缘之人啊！”

曼华觉得孟老板不仅识货，而且是真心喜欢，看来确如宁主任所言，他与这几块奇石有缘。她说：“说真话，我对水晶奇石的市场行情并不清楚，既然孟老板真心喜欢，这个价还是由你来出。”

孟老板说：“我来几次了，早就看好这两件宝物。这样吧，舒小姐既然诚意割爱，我不会少给钱的。两件打包三万元，怎么样？”

曼华一听，大吃一惊。她万万没有想到，这两块水晶原石会值这么多钱！

还没等曼华说话，宁主任已经拍手叫好，祝贺双方成交。

南方某部队，团首长找金海亮谈话，作为一等功臣，他可以转业到地方安排工作。

金海亮一听，知道自己即将与军营告别，心里很是难受。

团首长理解金海亮的心情，跟他促膝谈心，也实话告诉他，脑部受过重创，能恢复到这样已经非常不错了。部队提拔的干部都是高精尖人才，金海亮有这个能力，但毕竟受过严重的脑伤，是不适合继续在部队服役的。

金海亮虽然无比热爱军营生活，但含泪表示，服从组织决定。

第十二章

1

黄昏时分，西大岭一个坑塘边，罗大彪灰头土脸地隐藏在暗处，翘首以待。他看到丁小芹从远处走来，禁不住狠狠地咽了几口唾沫。等到小芹走近，大彪突然从暗处冒了出来，把小芹吓了一跳。

大彪跳下坑塘，把小芹接了下来，迫不及待地拿过小芹带来的花布包，问道："今天带了什么好吃的？"

小芹说："看把你急的，我今天摊了几块鸡蛋饼带来，你爱吃不？"

大彪一边叫好，一边已经狼吞虎咽地吃了起来。

大彪藏身的这个坑塘是人家早先挖水晶留下的，有三四米深，五六平方的面积。大彪用稻草秸秆打了个地铺，这几天就在这地铺上度过的。此时，他连吃两块鸡蛋饼，又打开小芹带来的军用水壶，猛喝了几口水，这才说："真倒霉，再这样下去，我就要闷死了。”

小芹说：“你还得再忍忍，法院的警车又来了一趟，听说你爸正在到处借钱为你还款。”

大彪叹了口气说：“没想到，给家里惹了这么大的祸。”接着又问：“你朝这边来时，村里有没有人注意到你？”

小芹说：“路上碰到过丁二宝，问我这几天总往西大岭跑什么。”

大彪说：“这个丁二宝，自己整天鬼鬼祟祟的，还操别人的心。”

小芹安慰道：“不碍事，没有人想到你会藏在这里。那天你临走时悄悄关照我，叫我到西大岭找你，要不是我多个心眼，让你带上手电筒给我打信号，这大大小小几百上千个坑塘，我肯定找不到你。”

大彪感激道：“小芹，我没看错人，这几天幸亏你了。”

天色已晚，小芹要回去，她踮起脚尖也够不着塘口，大彪用力把她抱起来，准备送出坑塘。

大彪触到了小芹丰满的双乳，突然停住了。

小芹转过身，一把搂紧大彪，两人拥吻到一起……

2

舒曼华来到罗家，将三万块钱交给小雪，让她和家人赶快还钱救大彪。

小雪十分惊讶，问她怎么会有这么多钱。

曼华告诉她，自己在文化宫参展的两块水晶奇石被港商看中，卖了三万块钱。

小雪惊叹道："两块水晶原石居然有人用三万块钱买下来，真是不可思议！"她要给曼华打个借条，等家里的加工厂恢复生产后，尽快挣钱还给曼华。

曼华笑着说："这个钱不用还，我收藏的水晶不少都是你哥给的，这算物归原主吧。"

小雪也笑了："你看我傻不傻，你和我哥，这是谁对谁呀！你让我什么时候叫你嫂子呀？"

曼华嗔怪地拍了她一巴掌，两个闺蜜笑作一团。

两人嬉闹了一会儿，曼华问小雪："海亮最近来信了吗？听说他可能要转业了。"

小雪摇摇头，脸上的笑容陡然变成了忧伤。她说："我不知道呀，他什么时候转业？"

曼华觉出小雪心里的忧郁，连忙说："这个海亮，这么大的事怎么不跟你说，算了，咱们也不搭理他，等他转业回来再收拾他。"

曼华又问："赔偿款凑齐没有？钱退赔了，人家还会不会起诉大彪诈骗？"

小雪告诉她："有你送来这三万元，又处理了厂里的水晶原料，钱基本上凑了一大半了。我打听过了，我哥跟人家这是经济纠纷，只要退了钱，应该不算诈骗。"

曼华说：“想想也是，这生意场真是神秘莫测，以前没人要的水晶‘老绵体’，如今竟然这么值钱。不过，我可没向人家兜售，更没有骗人家，是他追着我非要买的。”

小雪说：“我哥这次出乱子我也有责任。以后，我会把他盯紧了看严了，不让他出错，请‘嫂子’放心！”

丁小芹听说罗家已将十万块钱悉数退还给港商，连忙给罗大彪通风报信。

失踪多日的罗大彪回来了。他亲手把贴在水晶加工厂大门上的封条揭掉。厂子重新开工。

罗广山告诫儿子：“十万块钱交到法院，人家才没治你诈骗罪。以后一定要走正道，好好干，趁早把借人家的钱还了。”

小雪也对哥哥说：“做生意如同做人，不能急于求成；搞歪门邪道，终究要撞得头破血流。”

大彪觉得小雪的话有些重了，但又自知理亏，不便反驳。

小雪对水晶厂的生产、经营各个环节管得更严了，这让一直喜欢投机取巧的大彪很不自在。一天，小雪发现丁小芹加工的水晶项链出现不少次品，便当场批评了丁小芹，并要扣发她的当月奖金。

下班后，小芹到大彪跟前诉苦，说自己跟小雪是同学，想不到她这样不讲情面。

大彪安慰她说：“小雪这是小题大做，你放心，到时候扣发的奖金我会给你补上。”

小芹磨磨蹭蹭，欲言又止，最后红着脸问大彪：“今晚你有空吗？……我到西大岭等你。”

晚饭后，大彪在院子里转了好几圈，还是没有抵挡住小芹的诱惑，朝西大岭快步走去……

大彪觉得，小雪对他的监督，越来越让他碍手碍脚，他萌生了让小雪单干的想法。

这天，一家人坐到一起，大彪主动提出与小雪分家的打算：现有厂房、设备和人员一分为二，尤其是人员方面，让小雪优先挑选。

罗广山表示赞同，夸大彪目光长远，有做哥哥的样子。

小雪知道，哥哥在生产、经营和管理上跟她存在分歧，她的一些做法让哥哥不舒服，但没想到哥哥会让她分家单干。不过，联想到海亮将要转业回来，哥哥和曼华的感情很快就要瓜熟蒂落，这个时候让她单干创业，小雪觉得正是机会。她从心底里感激哥哥给她这个机会。

工厂分家时，汪大扣和毛丫主动要求跟小雪干，这正是小雪想要的人选。他们成了小雪的得力干将。

3

星期天，舒曼华到夜大上课，不在家。雕刻家孙良民想参观她的水晶藏品，主动把她定做的红木底座送货上门。

轮休在家的舒曼丽和母亲夏兴月第一次见到孙良民。

曼丽自我介绍是曼华的姐姐，给孙良民端茶倒水，很是热情。

孙良民送了张名片给曼丽。

曼丽双手接过，低声念道：“朐阳市工艺品厂设计师……哦，设计师呀，难怪跟人家不一样。”

孙良民笑着问：“怎么不一样呀？”

曼丽说：“不一样就是不一样……有点怪怪的。”

孙良民暧昧地说：“你也与众不同啊，曼华够漂亮的了，没想到她的姐姐更漂亮。”

两人正说笑着，金海庆带着小玲子进了门。小玲子喊着妈妈，飞奔过来扑到曼丽的怀抱。

曼丽有些异样的尴尬，但看到多日未见的女儿，又非常激动。她抱起女儿，示意海庆跟她一起出门说话。

坐在房间里的夏兴月赶紧出来招呼孙良民。她叹口气说：“我这个闺女呀，太善良了……早几年我们在乡下时，她处了这个对象，连结婚证都没拿，稀里糊涂有了个女儿……现在两人都分手了，她对孩子还是牵肠挂肚。”

“曼丽一看就是与人为善的好心肠，好人有好报啊。”孙良民一边附和着，一边若有所思。

又一天傍晚，曼丽下班回家，守候在街边的孙良民突然冒了出来。

曼丽问：“你怎么在这里？”

孙良民笑着说：“专门在这里等你呀。”

曼丽矫情地说："骗人，等我干吗？"

孙良民说："骗你干吗，等你看电影呀。我托人买了两张《少林寺》的电影票，晚上八点的。"

曼丽捂着嘴大笑。

孙良民被她笑得不知所措。

曼丽好一阵才止住笑，说："你真不知道呀，我就在电影院卖票。"

大彪坐在曼华的房间里，把一只装有三万元现金的皮包交给曼华。

曼华说："我现在又不用钱，这钱还是放在你那儿吧。"

大彪迟疑了一下，说："这样也行，我正在攒钱，打算到城里买套房子，把你这些水晶都摆进去。"

"要是有套大房子，这些水晶摆出来可漂亮了。"曼华心里一热，用赞赏的目光看着大彪。

大彪搂住曼华，动情地说："等买了房子，我们就结婚吧。我还要把厂子搬到城里来，到时候就能天天跟你在一起了。"

曼华幸福而陶醉地闭起双眼……

大彪准备回乡下。曼华嘱咐他，最近风声紧，赶早市时一定要注意。

大彪说："我们现在精得很，在早市上只带件样品，另约地方交易。"

曼华又问起小雪的近况。

大彪说，分家后，小雪忙得很，干得比他这边还要红火。

曼华叫他转告小雪，进城时别忘了找她玩儿。

4

丁二宝来到罗广山家，神秘兮兮地说："罗主任，我找到大买主了，有人愿意出十万块钱买你家的大水晶。"

罗广山沉下脸，呵斥道："什么十万块钱，什么大水晶，我家哪有这么多水晶要卖？给我闭上你的臭嘴！"

丁二宝自讨没趣，不知罗广山的葫芦里卖的是什么药。不过凭直觉，他感到罗广山在竭力掩盖着什么。

半夜，丁二宝溜出家门，在罗广山家的家前屋后转了一圈，罗家常年废弃的猪圈引起了他的注意。他摸到猪圈边上，打开手电筒朝里察看。这时，他听到罗广山喊了一声，谁！丁二宝吓得关了手电筒，撒腿就跑。

罗广山追到猪圈跟前，那个人已经跑得无影无踪。他猜想着这个人到底是谁，一时心惊肉跳。他在猪圈边坐了一夜，第二天一早，找来小推车、镢头、铁锨等工具，准备把猪圈里那个洞口封死。

正干活时，金海庆路过，跟他招呼道："罗主任，你忙着啦，我给你帮帮手呀。"

罗广山又是一惊，连忙说："不用不用，我把猪圈拾掇一下，准备抓只猪崽回来养。"

又一天深夜，丁二宝再次摸进罗家的猪圈，发现了地上新填的泥土痕迹。他的脑袋里突然灵光一闪，断定这个猪圈下面大有文章……莫非价值十万元的大水晶就藏在这里？

丁二宝顺着罗家的猪圈，一步一步丈量到自家的院子，暗暗估摸了一下，大概有百十米远。丁二宝的嘴角露出一丝冷笑，一个大胆的恶念诞生了——他决定从自家院子里挖一个地洞，一直通到罗家的猪圈下面。

5

小雪工厂里生产的新款水晶饰品积压较多，她和汪大扣等人几次到水晶早市推销，但收效不大。

联合执法队对水晶早市的检查力度时紧时松。还有人传说，市里的领导从南方考察回来，已经吹风说要研究策略，放开水晶早市的交易。于是，水晶早市上人流涌动，人气陡增。

小雪在早市上巧遇港商代表茅经理，上前跟他打招呼，茅经理竟然理都没有理她。

小雪叫汪大扣尾随茅经理，搞清楚了他仍然住在朐阳市云台宾馆，还在宾馆设立了办事处。当天，她便带着样品来到茅经理的办事处。

茅经理对小雪的突然造访非常反感，对她说，你们不守信用，我不可能再跟你们打交道。

小雪向他解释，自己已经和哥哥分门立户，她的产品确保货真价实。说着，她拿出样品给他看。

茅经理看都不看，连连摆手道："你和罗大彪分没分家我不管，分了家也是一伙的，我被你们害得差点把饭碗丢了，你行行好，不要再来害我！"说着，他便起身送客。

小雪很是尴尬，但她不死心，过了两天，又去找茅经理。茅经理不在，小雪吃了个闭门羹，她灵机一动，把一包样品交给宾馆的服务员，请她务必交给茅经理。

茅经理出差回来，服务员特意将小雪精心准备的那包样品交到他的手里。茅经理有些好奇，突然有种异样的期待，他打开样品一看，只觉得眼前一亮：这个罗小雪，果然不一般！

第二天，茅经理驱车来到湖塘村。他查问到罗经理——罗小雪的办公室，径直走了进去……

第十三章

1

舒曼华的两块水晶奇石卖了好价钱，让她对观赏水晶有了更多的认识：水晶奇石不仅可以用来欣赏把玩，也具有可观的经济价值。她又从表哥李志刚那里了解到，最近市里对水晶市场这一块的管理有所松动，不再搞大检查。她便起了个大早，凌晨三点就来到了水晶早市，想再淘点稀奇的水晶。

水晶早市照例还是有些遮遮掩掩、神神秘秘。在一群交头接耳的人堆里，曼华看到了久未见面的罗大军。两人都很惊喜。

罗大军说，现在大家都在搞水晶，他也搞着玩，最近常来早市上交易。

曼华问大军是卖还是买。罗大军说有买有卖，他最近收了些水晶，不过都是中低档货。

曼华心里有数，别人说的中低档货，她说不定能从中淘到宝贝，便把大军拉到一边，一件一件看大军带来的水晶。

曼华挑了几块，其中有一块拳头大的水晶，里面暗藏半边朦朦胧胧的绿色，引起了她的兴趣。因为她早就听父亲说过，绿水晶又叫绿幽灵，是水晶中的珍稀品种。而大军的这块绿水晶，造型很是奇特，像一只蹲坐着的青蛙。曼华最后只选了这块水晶。

大军说："你要喜欢就拿去吧，反正我是作为通货拿来的，半口袋才十几块钱。"

曼华说这块不错，执意要给他钱。

大军不要，曼华硬塞给他五十块钱。大军大吃一惊，说这么个破东西哪能值这么多钱。说完干脆就把半口袋水晶都给了曼华。曼华又给了大军五十块钱，让他把水晶送到她家。

路上，大军告诉曼华，她喜欢的那块暗藏绿色的水晶，是从汪塘村汪氏三兄弟那儿出来的，听说还有一块大的，也形似青蛙，通体发绿。曼华问有多大，大军比画一下，有脸盆大小。曼华凭直觉，觉得这应该是个好东西，于是萌生了去汪塘村买水晶的想法。

曼华有些迫不及待，当天就请了假，骑着自行车向汪塘村赶去。

汪塘村离朐阳城有三四十里路，半路上遇到雷阵雨，曼华没带雨具，恰巧自行车也坏了。她推着自行车，行走在泥泞不堪的沙土路上。路上遇到一辆手扶拖拉机，开车人似乎认识她，才把她捎到汪塘村。

曼华好不容易找到汪氏三兄弟中的老二。汪老二打量着这位雨天到来的城里姑娘，一口否认，说从没见过她说的那种绿色水晶，哪有那么大的“青蛙”。

曼华觉得这个汪老二鬼精鬼精，没说实话。她不甘心，说有人都看到了，东西拿出来，她只要看好，愿意出合适的价钱。

汪老二又含糊其词起来，说帮她打听打听。曼华叫他抓紧去打听，她就在这里等着。汪老二磨蹭了一会儿，说：“你先回吧，今天打听不出来。”

曼华失望而归，折腾到傍晚时分，才回到城里。

在回家的路上，她经过一个宣传栏，看到有人聚在一起看法院布告。曼华瞥了一眼，忽然感到有些异样。她凑上去看看，在十几个严打判刑的名单中，竟然看到了宁一苇的名字。他犯的是流氓罪。

曼华的心情变得很糟糕。

2

罗大彪的水晶生意很是红火，短短几个月，就赚了不少钱。他既想尽快到城里发展，又想在舒家人面前显摆，更想博得曼华的欢心，便倾其所有，又向丁老黑拆借五万元，在朐阳市城区买了一幢临街的独门独院二层小楼。小楼的钥匙拿到手，大彪在第一时间兴高采烈地请曼华来看房子。

在小楼里，曼华钦佩大彪在短期内走出低谷，还赚了这么多钱。不过，她还是提醒大彪，叫他以后做生意一定要走正路，别耍小聪明。

大彪不想听曼华的“教诲”，狂妄自大地认为自己什么都懂，还说做生意不冒险怎么能够成功。曼华说他上一次跟人家港商做生意，仅仅是冒险吗？这样的险冒不得！二人为此争执起来。

不知咋的，两人又说起金海亮，说他很快要转业回来了。

大彪很是不快，对曼华说：“以后别拿金海亮来跟我比较。”

大彪和曼华虽然经常吵吵闹闹，两个人还是开始布置新房、筹办婚礼。直到此时，夏兴月还是不满意大彪，劝曼华要慎重考虑。

夏兴月不仅认为大彪所做的水晶加工不是正路，更主要的是对他的为人担忧，说她是看着大彪长大的，这孩子一直就不走正道。

老舒不赞成老婆的意见，说人都是在不断成长的，特别是年轻人，思想活跃，可塑性很大。他还透露一个重大消息，说国家马上要出台新政策，放开水晶市场，鼓励农民利用当地资源发家致富。

曼华把这个好消息告诉了大彪，两人都对未来充满了信心。

在新房里，曼华做了不少橱柜，把一楼几间房子布置成水晶展厅，并和大彪商量，起个响亮的名字。

大彪说干脆叫水晶博物馆。

曼华觉得博物馆名称太响亮，再想想。

在布置橱子的过程中，大彪突然问起他送给曼华的水胆水晶还在不在。

曼华一听，愣了一下，她没有告诉大彪，水胆水晶早在几年前海亮当兵时，就送给海亮了。

大彪看出曼华的情感变化，正要追问，孙良民来了，孙良民是来送红木底座的。

和孙良民一起来的，竟然是曼丽。

曼丽和孙良民已经进入形影不离的热恋状态。两人一边欣赏曼华的水晶，一边啧啧称奇，叹为观止。孙良民说这里简直就是水晶大观园。

曼华一听，非常激动，说她正愁没有名字呢，"水晶大观园"这个名字好！

曼华想着那天到汪塘村没有把绿色的水晶蛙找到，有些闷闷不乐，央求大彪和她一起再到汪塘村去一趟找水晶蛙。

大彪不以为然，说水晶多一块少一块无所谓，有就有了，没有也不必强求，顺其自然。

曼华不依，说自己心里有个结，好像冥冥之中预感到，那一定是个不可多得的珍奇宝物，所以她一定要弄到水晶蛙。

大彪只好说，他第二天回湖塘，一定帮她打听打听。

曼华说第二天正好是星期天，一起去。

第二天，大彪和曼华一起回到湖塘村。在家院里，他们见到了小雪。

曼华和小雪格外亲切，两人钻到小雪房间里聊天去了。

曼华从小雪的房间出来，盯着大彪，让他去汪塘村寻找水晶蛙。大彪答应着走了。

大彪并没有真的去汪塘村，而是去找了丁二宝。他觉得这点小事情，不值得他跑一趟汪塘村，就叫丁二宝去汪塘村打听打听。

奇怪的是，丁二宝家大门反锁着，大彪在门口喊了半天，也没听到丁二宝回应一声。

大彪感到奇怪，这家伙大白天反锁什么门，为什么不开门呢？

曼华和小雪去海庆家看小玲子，正好遇到金家收到了海亮的来信。

海庆读信给父亲和小玲子听。当金传贵得知小儿子即将转业回来时，他搂着小玲子哭了。

曼华和小雪听到海亮来信的内容，也高兴地流下了热泪。

曼华开玩笑说，她把海亮让给小雪了。

小雪听了曼华的话，陡然感到伤心。

正巧，大彪从丁二宝家回来，听到两个女孩的对话，他的脸色变得特别难看。

曼华问大彪："让你去汪塘村，怎么这么快就回来了？"

大彪铁青着脸说："我还没去呢，本想把丁二宝叫上一起去，可这家伙把门反锁着，敲半天也不开门，不知搞什么鬼！"

曼华说："那还是我跟你一起去！"说罢就跟小雪告别，拉着大彪出了大门。

大彪这时候没法推托了，只好和曼华一起来到汪塘村。

他们直接找到汪老二，也不绕弯子，就是要买绿色水晶蛙。

汪老二还是那副油腻样，拖腔拐调地说：“哎呀，你们听谁说的呀，咱村哪有这样的水晶呀？……哎呀，这是什么样的宝贝呀，把大名鼎鼎的罗老板都惊动了！”

大彪让汪老二这句话捧得越发膨胀，他指着汪老二说：“你也别跟我油腔滑调的，你们汪家三兄弟多大的本事我早就知道。我既然来了，我就知道这个水晶蛙肯定有。说句实话，这东西你捂在家里也没有用，你以为越捂越有人稀罕吗，别做梦了！你信不信，除了我老婆，没有人稀罕这个蛙不蛙的，你见到别人来找过你吗？”

汪老二被大彪说得一愣一愣的。

“不就是价钱吗，你开个价。”大彪牛哄哄地说。

汪老二不知道大彪的底线，又说：“好像听说过这块水晶，一起出塘的，还有几块小的，但我没亲眼见过。”

大彪说：“我不管你是亲眼见到的，还是听说的，你把东西弄来就行。”

汪老二说：“只要出价合适，把真金白银捧出来，我可以帮你找找。”

大彪没见到东西，当然不会出价。他觉得汪老二没有诚意，还在跟他兜圈子，心里很是窝火，拉着曼华气冲冲地走了。

曼华觉得大彪对她的事情缺少耐心，敷衍了事。

3

又是一年深秋。金海亮回来了，转业到商业局任保卫科干事。

海亮先到军转办和单位报了到，然后迫不及待地回到阔别六年的湖塘村。

亲人久别重逢，格外高兴。父亲金传贵比平日清醒许多，两眼不离海亮身上，满脸都是喜色；海庆则是杀鸡宰鱼，忙得不亦乐乎；侄女小玲子见到故事里的叔叔真人，更是兴奋地缠着他问东问西。

这时，罗小雪来了。

小雪见到日思夜想的海亮，一时间热泪盈眶，难以言表。

海亮却有些尴尬，有些不知所措。

海庆好像感觉到了什么，连忙过来跟小雪打招呼。

海庆笑着告诉弟弟："小雪现在可不得了，搞了水晶加工厂，发大财了！"

海亮笑笑说："是啊，小雪了不起，我早就知道了。"

"海亮，你这回来了，要感谢小雪啊，她那年可是专门到南方前线医院去照顾你的！是咱家的大恩人呀！"海庆一边说着，一边着急地对弟弟使眼色，然后又对小雪说："你们聊，你们聊，我去烧菜做饭……小雪你不要走，晌里就在咱家吃饭，尝尝我的手艺。"

海庆又去忙乎了，小玲子也拿着玩具跟爷爷到一边玩去了，只有海亮和小雪面对面地站在院子里。

海亮还是有些不自然，像是没话找话说："小雪你真了不起……水晶厂最近忙吧？"

"忙是忙一点，人手少……就是几个人的小厂，有啥了不起。"小雪这会儿不想聊厂里的事。

海亮又问："你哥跟你分开了吧，他那边厂子干得怎么样？"

"我写信告诉过你呀……早就分开干了，他的厂子搬走了，搬到城里了。"小雪皱了下眉头。这个时候她更不愿提那个不省心的哥哥。

海亮不好意思地笑了笑，说："是的，你写信告诉我了。你哥真的不简单，厂子都办到城里了！"

"咱说点别的，不提他好不好。"小雪有点不高兴了。

"好的，咱不提他……那……那……这些年没见到你爸妈了，他们身体好吧？"海亮真的不知聊啥是好。

"他们还那样，好着呢……"小雪摇了摇头，说，"海亮哥，你跟我讲讲部队上的事吧，我最想听的是你的事情。"

"部队上的事，差不多每天都一样。自从负伤之后……这两年，我也没做出什么成绩。"从部队转业，海亮是不甘和留恋的。想到自己永远告别了军营生活，他心里有些酸楚。

小雪觉出海亮情绪的变化，安慰道："你是英雄，从部队转业到地方，同样是光荣的。"

接着，她想缓和一下气氛，说："大英雄就是太忙了，给你写了那么多信，你回的信可是屈指可数。”

海亮面有愧色地说：“的确是部队上太忙，加上我自己懒笔头，信回得确实少。”

小雪说：“不是这个原因吧，你不是给别人写了很多信吗？”

海亮听出小雪话里有话，越发有些不安。实际上，他已经好长时间没有给曼华写信了，因为曼华给他回信越来越少。他觉得曼华是在有意疏远他。小雪的话勾起了他心中的惆怅。

小雪觉得自己有必要让海亮知道实情，干脆把事情挑明：“你不是想知道我哥最近忙什么吗，他最近都在城里，忙着拾掇新房了。”

海亮感到十分惊讶：“什么……你哥……大彪他要结婚啦？”

“你还不知道吗？”小雪直视着他。

海亮迟疑了一下，问：“新娘是谁？”

小雪知道自己不用再说了。看着海亮焦急的神情，她一时没有回答。

海亮急促地问：“是曼华吗？”

小雪点点头。

海亮的心情一下子糟透了。他有些恍惚，不再理会别人，一个人走进里屋，流下了痛苦的泪水。

小雪的心里也不是滋味，她走去跟金传贵和海庆哥打招呼告辞。

海庆说家里饭菜都快做好了，让她吃了饭再走；小玲子也跑过来，拉着她不让走。

小雪说厂里有事要忙，以后再过来玩。说完她强忍着泪水离开了金家。

海庆望着小雪的背影，摇了摇头，深深地叹了口气。

4

海亮没有心情在家吃饭，跟哥哥要了自行车，便要推车出门。

海庆忙把他拦住，说他刚回来，村里的乡亲下午都要来家里看他，着啥急走呀?

海亮说他到城里去一趟，晚上就回来，乡亲们往后见面的机会多了。

海庆把饭菜端上桌，硬拉他坐到桌上。海亮扒拉了几口饭，便放下碗筷，骑着自行车往城里赶。

海亮跟人打听地矿研究所的宿舍区，径直找到了舒家。

给海亮开门的是女主人夏兴月，她是海亮的中学老师，在湖塘村时，她对金家这个二儿子就很欣赏，觉得他有个性、有骨气。听说海亮转业回来，在商业局当干部了，她直夸海亮有出息，高兴地要留海亮吃晚饭。

海亮的心里忐忑不安。他来舒家的目的当然是想见到曼华，当面问问她跟大彪的事。他谢了夏老师，说不在这吃饭了，只等曼华回来，见个面就走。

夏兴月告诉海亮，曼华到百货大楼上班去了，最近就是下班也不回家，在新房里忙活她的“水晶大观园”。

小雪的话得到了证实。看来曼华已经跟大彪走到了一起，而且两个人都在忙着装饰新房，为结婚做准备。

海亮坐不住了，他跟夏老师告辞，茫然地走上街头。

此刻已是黄昏时分，夕阳的余晖洒满了朐阳这座古城。这里的街道并不宽敞，两旁多是古色古香略显陈旧的砖房，偶尔也能见到一两栋新建的楼房，玻璃幕墙在夕阳下闪烁着微光，显得格外耀眼。街上的行人和自行车川流不息，街边的小商贩推着载满货物的三轮车，或是摆着简陋的地摊，吆喝声此起彼伏，为古城的黄昏增添了几分生动与活力。

对金海亮来说，这座城市是陌生的，也是充满挑战的；告别了乡村，又告别了军营，他的后半生将在这里度过。但是，他首先面对的却是多年情感期待的破灭，一个无奈的结局……

海亮刚走，舒敬亭下班回到家。

夏兴月对老舒说：“刚才金海亮来了，小伙子在部队立了功，提了干，现在转业在商业局工作……对呀，商业局不是百货大楼的顶头上级嘛，往后让他多照应照应曼华。”又说：“这个海亮，从小我就看好他，比大彪强多了。”

接下来，夏兴月像往常一样，又跟老舒嘟囔起来，说他对女儿的事情从来不上心，没有好好做曼华的工作，要是能让曼华跟海亮成了一对儿，曼华才会有好日子过……

老舒已经习惯了老伴的抱怨，但他还是有自己的主张：“海亮这孩子是不孬，那他哥哥海庆呢，海庆不也很好嘛，最后你照样还是看不中……大彪是曼华自己选择的，各人的路各人自己走，随她吧……”

海亮离开舒家，漫无目标地走在朐阳街头。也许是潜意识使然，他不知不觉地走到了百货大楼。他参军前曾经来过这里，这座五层大楼一直是朐阳街上的标志性建筑，如今装饰一新，人头攒动，顾客盈门。

海亮在楼下站了一会儿，他不知道曼华在哪层楼哪个柜台上班，这会儿在不在，他想去找她，却又没想好在这种场合如何面对她。但他实在是迫切想见到她！她不是下了班也要去拾掇房子嘛，那就到她的“水晶大观园”去！

朐阳市区不算大，海亮当过特种兵，找个地方对他来说不费什么劲。他只打听了几个路人，很快便找到了“水晶大观园”。看来，曼华和她的“水晶大观园”在朐阳城已经小有名气。

“水晶大观园”在一幢两层楼房的底层。曼华今天上的是上午班，下午她没有去上班，一直在房子里精心布置她的水晶奇石。

房间里开着灯。海亮在门外站了片刻，平缓了一下心跳，才去敲门。

“海亮……是你吗？……真的是你呀！……”开门的正是曼华，她似乎不相信眼前的事实。

“曼华……是我！我回来了！”海亮激动地望着她。

曼华也是喜出望外，忙把海亮请进屋：“你真的转业啦……你怎么找到这儿的？”

“是的，转业了……你在哪我都能找到！你忘了我在部队是干什么的？”海亮笑道。

进屋后，海亮看着装饰一新的房间，看着橱柜里琳琅满目的水晶，他的笑容刹那间消失了。

“这房子是大彪买的吗？你们真的要结婚了？”问这话时，海亮没有面对曼华，他多么希望曼华的回答是否定的。

曼华发觉海亮的情绪不对。她知道，这一切都已无法回避。她强作快乐地说：“这房子是他买的，一楼是我的‘水晶大观园’……对了，你回来得正好，下个月给你送请帖……”

海亮一听，心里最后一点希望也暗淡下来，过了好一会儿，他才喃喃地说：“我以为……你会是我的新娘……”

海亮强忍着泪水，冲到门外的黑暗中。

曼华在后边追着他，大声地喊着海亮的名字。

在门口的路上，海亮和大彪差点撞了个满怀。

大彪只注意从后面追赶而来的曼华，上去一把抱住她：“谁？……海亮？海亮回来啦？”

曼华没有理会大彪，望着海亮的身影，泪流满面。

大彪拉了她一把：“别追了，走，回家！”

曼华推开大彪，自己往回跑去。

5

罗大彪和舒曼华的婚礼如期举行。

婚宴设在云台宾馆的宴会厅里。这里算得上朐阳城数一数二的高档场所，罗大彪在此举办婚宴，当然是想在舒家人和家乡人面前炫耀自己的实力。

罗广山夫妇、舒敬亭夫妇、李志刚、曼丽和孙良民等人坐在主桌上。照理说罗小雪该和父母家人坐一桌，她却和金海亮坐在一起，还有海庆带着小玲子，跟几个年轻人坐在主桌边上的一桌。

夏兴月把小玲子叫到跟前，看着小玲子身上的衣服，一脸的不高兴："孩子穿的什么呀，土里土气的，给她买的新衣服呢？……这个海庆，你是怎么照料孩子的？"

夏老师的话语中带着几分不满和责备，让海庆颇为尴尬。

曼丽也很尴尬，她没有尽到做母亲的责任。她很无奈也很内疚。她不让母亲多说，招呼小玲子到自己这边来。坐在她身边的孙良民亲热地逗着小玲子，夸孩子聪明，说以后可以把孩子调到城里来上学。

坐在另一桌的丁二宝过来敬酒。他先敬罗广山夫妇一杯，又敬舒敬亭夫妇，还不合时宜地提到几年前老舒家住在湖塘村的事情。看到罗广山瞪了他一眼，才收住话。

丁二宝已经看出曼丽和孙良民的关系非同寻常，故意单独敬他俩的酒，还说大彪和曼华的婚礼办得既有排场又热闹，什么时候喝他们的喜酒啊？

曼丽没拿正眼看他，还把孙良民举着的酒杯夺了下来。

丁二宝的酒喝多了，成了酒乱子。他又跑到海庆跟前敬酒，说：“我俩连襟喝一杯吧。”

海庆的脸变得煞白，根本不理会他，恨不得把他的酒杯夺下来摔了。这时，坐在一张桌上的罗大军看不下去，跑过来把丁二宝拉走了。

大彪到主桌上给岳父岳母敬酒，夏兴月爱搭不理地端了一下酒杯。老舒乐呵呵地打圆场，把自己杯中的酒喝了，还代夏兴月把酒也喝了。

大彪知道夏老师一直瞧不上他，今天大喜的日子都不给他面子。他有种被蔑视的感觉，心里窝着一股火气。

大彪又带着曼华到小雪、海亮这一桌敬酒。他跟桌上的人一一碰杯，却唯独没有给海亮敬酒。

今天的场合让海亮倍感煎熬，他仿佛置身世外，周遭的一切与自己无关，就一直闷闷地坐着。

曼华特意走到他身边，说：“海亮，咱俩喝一杯，我敬你。”

这时，大彪也走了过来，不阴不阳地说：“要不要我陪你俩干一杯呀？”

曼华突然发火，把手中的酒杯摔在地上。

大彪呆若木鸡，强忍着没有发作。

婚宴酒桌上的气氛一下子降到了冰点。

海亮、小雪这一桌人都不再说话，大家匆匆离席。

小雪和海亮一起走了。

第十四章

1

春天来了，沉睡了一冬的大地开始苏醒，空气中悄然弥漫着泥土解冻后特有的清新和湿润。朐阳城的街头巷尾，春天的气息无处不在，那些沿街的小店，开始摆出各式各样的春装，色彩斑斓，款式新颖，吸引着过往行人的目光；小贩们推着装满果蔬的三轮车，穿梭在人群中，他们的吆喝声、笑声与行人的交谈声交织在一起，构成了一曲生动的市井交响乐。

时间，这个无形的雕刻家，总是用它那温柔的双手，悄悄地抚平世间的棱角，让一切喧嚣归于宁静。金海亮到商业局上班快半年了，他的工作和生活有条不紊地走上了正轨。他的心绪也平静下来，与舒曼华、罗小雪的交往像是回到了少年时光，恢复到那种纯洁的同窗友谊。

这个周末的上午，曼华到商业局宿舍找海亮。海亮正在宿舍里看书。转业到商业局工作以来，海亮深感自己需要补充知识，于是报名参加了法学专业的自学考试。生性好动的他，现在竟能坐得安安稳稳抱着书看了。

海亮见曼华到宿舍找他，料她肯定有事，连忙放下手里的自学教材。

果然，曼华邀海亮跟她到汪塘村去一趟。她说："都快半年了，到现在还没看到那个水晶蛙，我心里一直不踏实。"

海亮说："大彪不是一直在湖塘村吗，离汪塘村那么近，叫他把水晶蛙买回来不就得了。"

曼华说："大彪天天忙他厂里的事，忙得跟鬼迷似的，我叫不动他。怎么？大英雄现在架子也大了，请不动你了？"

海亮忙说："不敢不敢，我今天休息，正好跟你去长长见识。"

海亮和曼华骑着自行车，一个多小时后到了汪塘村。两人直接到了汪老二家。

海亮和汪老二一见面，两人都笑了。原来，海亮小时候经常到西大岭，和汪塘村的汪氏三兄弟一起玩耍，有一次为了争夺一块水晶，他和汪老二光着屁股干了一仗。两人相持不下之时，两个村的十多个小男孩观战起哄，叫他们干脆把水晶扔到水库里，两个人下去摸，谁摸到归谁。最后，水晶被海亮摸到。这块水晶就是现在仍然戴在海亮身上的水胆水晶。

汪老二问海亮："听说你当兵上过前线，立了大功，现在转业到哪里了？你小子发达了，别把光屁股长大的弟兄们忘了。"

海亮说："你现在发财了，也不能只认钱不认人呀。听说你手里有块稀罕的绿水晶，人家来了好几趟，你看都不让人家看一眼。”

汪老二嘿嘿笑道：“我又不知道这个美女是你的朋友，上次她是跟罗大彪一起来的。大彪那小子，那才是财大气粗，眼也大了，早就瞧不上我们了。不瞒你说，我这里是有块绿水晶，不过是咱家兄弟三人挖的，我一人做不了主。”

海亮说：“你小子睁眼说瞎话吧，你以为我不知道，打小时，你家弟兄仨就数你鬼精，老大老三都听你的，就是你当家。”

见海亮揭了他的老底，汪老二不好再瞒了，领着海亮和曼华走到里屋。

屋里有口大缸，汪老二揭开缸盖，让他们看。

海亮和曼华低头一看，只见缸底的水中，卧着一块形似青蛙的水晶，通体发出绿幽幽的光泽。

曼华看呆了，甚是喜爱。

海亮却嘀咕道：“这东西一点不通透呀，也不是眼镜料，能有什么用场？”

汪老二说：“海亮你还是几年前的老眼光，现在眼镜料不是最值钱的，有钱人开始玩奇形怪状的水晶了。听说前一阵就有个港商，在朐阳城花两三万买了块巴掌大的水晶奇石。我这块石头，也想等个港商，卖个大价钱。”

曼华听了这话急了，说：“你上次不是跟我说，只要价钱合适，就可以出手吗？”

汪老二打着哈哈说：“是呀是呀，你出个价，合适的话可以考虑啊。”

曼华想了想，出价五千元。

汪老二说："太少了，咱弟兄仨商量过了，少于一万块不卖。今天海亮来了，他面子大，我让你两千，就八千块，给你拿走。"

曼华说八千块太多，还要跟他谈价。

海亮叫曼华不要谈了："我想不通，这玩意儿哪能值这么多钱？叫我说，八百我也不要呀。"说着拉起曼华就走。

汪老二追上来说："买卖不成没关系，老朋友多年未见，留下来喝一杯。"

海亮说："这顿酒留着，我会来喝的。"

出了汪塘村，曼华惋惜地对海亮说："你让我再跟他谈谈呀，也许还能再少一些。"

海亮说："你太心急了，我没做过买卖，也觉得这样操之过急会吃亏的，咱晾他几天再说。"

曼华说："我怕这么等下去，被别人抢了先。"

海亮说："不会吧，这玩意儿真有那么抢手？"

曼华说："不好说，我怕夜长梦多。"

海亮若有所思。

海亮说："今天既然回来了，正好回湖塘村去看看。"

曼华说："这样也好，我也到大彪那里去看看。"

2

水晶加工厂机器声嘈杂。厂长室的门紧闭着，罗大彪仰坐在大班椅上，跷着二郎腿，正在闭目养神。丁小芹没有敲门，径直推开门进来。

丁小芹告诉大彪，刚才在路上看到海亮和曼华，骑车往汪塘村去了，“看他俩兴冲冲的，从我边上骑过去，都没注意到我。”

大彪听后，眉头一皱，挥手叫小芹不要再说了。他骑上新买的幸福摩托车，直奔汪塘村。

路上，大彪碰到了迎面过来的海亮和曼华。三个人都下了车。

大彪支起摩托车，冷冷地盯着曼华，阴阳怪气地说：“你怪有闲情逸致的嘛，家里待不下你，跟人家跑乡下游玩来了。”

曼华说：“你什么意思呀，我到汪塘村买水晶你又不是不知道。”

大彪说：“你不是叫我去买的吗，怎么就等不及了？”

曼华说：“我都叫你多久了，你还不是当耳旁风。”

大彪说：“你弄那些东西，说到底都是玩的，迟一天早一天有什么关系？你总说我喜欢投机取巧，我看你这才叫投机取巧！”

曼华说：“你这是强词夺理，叫你替我做件事情，你不当回事，还胡搅蛮缠！”

大彪说：“就是因为我对你太好了，你才不当回事，我也要让你尝尝这个滋味。我问你，我送给你那块水胆水晶呢，你珍惜了吗，你拿不出来了吧？还不知你送给哪个相好的了？”

曼华强忍泪水，骂道：“罗大彪，你无耻！”

大彪一巴掌打在曼华脸上："你骂我什么？我无耻——你才不要脸！"

看到两口子动起手来，海亮连忙上来劝阻。

大彪一把甩开他说："我们两口子的事，你以后少掺和！"说完骑上摩托车扬长而去。

曼华抽泣着，掉过头骑车回城。海亮喊了她两句，她头也不回。

海亮觉得人家两口子刚吵过架，不便去追，只好一个人回湖塘村。

海亮刚到家，小雪就过来看他，说："曼华不是跟你一起回来的吗，她人呢？"

海亮说："我们是到汪塘村去买水晶的，我回家来看看，她直接回城去了。"

小雪"哦"了一声，若有所思，接着问："水晶买到了吗？"

海亮说："价钱没谈拢，还没买到手。"

小雪说："曼华眼光独特，一看一个准，她盯上的，一定是好东西。怎么，你对水晶也感兴趣了？"

海亮说："我早落伍了，就是跟来长见识的。"

小雪说："人要是迷上哪一行，是会上瘾的，我现在这个厂子，就是越干越有兴趣。咱湖塘村做水晶的，如今多了去了，大大小小的水晶加工厂有几十家。你在商业局工作，听没听说这方面的政策要有松动呀？"

海亮说：“我回来时间不长，还不太清楚，等我回去打听一下，有什么新动向我会告诉你。”

小雪觉得海亮心里有事，情绪不高，便对他说：“那你回去了解了解，我过些天进城找你。”

几天后的中午，海亮骑着自行车，后车座上绑了个化纤袋子，来到曼华家。

曼华看他拎了个化纤袋子进屋，问道：“这是什么呀？”

海亮笑着说：“你自己打开看看。”

曼华打开化纤袋一看，又惊又喜：“你把水晶蛙买来了！海亮，你太厉害了！”

她把水晶蛙放到大桌上，爱不释手地看来看去。过了好一会儿，她才想起什么，说：“你看我光顾高兴了，你花了多少钱买的？我拿钱给你。”

就在这时，大彪回来了。

海亮站起身，跟大彪打了个招呼。不料大彪理都没有理他。海亮知道，大彪对他的误解和积怨已经很深了。他继续待下去，会很尴尬。于是他对曼华说：“水晶蛙我拿来了，钱以后再说吧。”说罢就出了门。

大彪进屋后，一眼看到摆在桌上的水晶蛙。他冷笑着说：“是海亮弄来的吧，这小子真会献殷勤啊。”

曼华瞅了他一眼，不搭理他。

大彪受了冷落，有意挑起事端：“瞅什么瞅，你趁我不在家，又跟海亮这小子勾勾搭搭，你还要脸不！”

曼华气愤地说：“罗大彪，你到底想干什么？”

大彪说：“不干什么，就是看不惯你们拉拉扯扯的。”

曼华委屈地流下泪水，搬起水晶蛙，进了自己的“水晶大观园”。

当晚，曼华回到娘家。夏兴月看她眼睛有些红肿，就问她：“是不是跟大彪吵架了？”

曼华没有回答，表示默认。

夏兴月气愤地说：“这个罗大彪，手里有几个钱，尾巴就翘上天了。”

3

这天清晨，罗大彪带着样品到水晶早市转悠。

一个打扮入时的妙龄女郎跟他打了个照面，问：“你就是罗大彪罗厂长吧？”

罗大彪疑惑道：“是我，我是罗大彪。你是？……”

女郎兴奋地说：“终于等到你了，我在这早市等你两天了，再碰不上就要到你厂里去找了。我们老板有请。”

大彪有些紧张，说：“你的老板是什么人呀，请我干吗？”

妙龄女郎说：“罗大彪罗厂长，这条街上做生意的谁不知道你呀，我们老板是新加坡的大老板，请你当然是谈生意啊。”

大彪笑了，生意找上门，这不是好事情嘛。

大彪跟着妙龄女郎来到朐阳市档次最高的天然居宾馆。在一个豪华套房里，大彪见到了新加坡老板卢丙甲。

卢老板三十多岁，头顶微秃，戴眼镜，颇有大老板气派。妙龄女郎是他的秘书何小姐，是个大学毕业生。

卢老板对罗大彪很热情，说："早就听闻罗厂长的大名，幸会幸会。"

大彪说："卢老板过奖了，自己做水晶生意不过是稍早一点，并没有什么名气。"

卢老板说："罗厂长不必客气了，你的情况我们已经做过考察，虽然有过一段曲折，但罗厂长的能力是有目共睹的。"

大彪最怕人家提及他跟港商孟老板那次纠纷，但卢老板所说的"一段曲折"，显然是已经知道此事，既然如此，他也就不顾忌了。他说："那次教训对我触动很大，不过，以后不可能再走这样的老路。"

卢老板说："我们要的就是这句话！凭罗厂长的能力，以后的生意会越做越大。"

大彪急不可耐地询问，卢老板打算如何合作。

卢老板说："我们的资金雄厚，市场很大，包括中国港澳地区及东南亚多国，单靠一家供货远远不能满足市场需求。"他让大彪发挥自己的特长，为他们组织收购大批优质水晶制品。

大彪热血沸腾，当场与卢老板签订了长期供销合同。

中午，卢老板携何秘书在天然居豪华包间宴请罗大彪，两人频频举杯，预祝合作愉快。

大彪回到家，找小雪要货。

小雪说她已与港商代表茅经理订好合同，产品全部供应给他。

大彪很不高兴地说："你还跟他啰唆什么，我这次遇到贵人了，新加坡卢老板的实力更加雄厚。"

小雪提醒他，不管和谁做生意，收货时一定要把好质量关。

大彪说："这一次我要亲自把关，一个假货劣货都不会有。"

此后，大彪骑着摩托车，带着小芹，到邻近的各个水晶加工点，炫耀自己跟新加坡老板订了长期供货大单，要敞开收购各个加工户的优质水晶制品。

一天，两人在路上遇到下班回家的罗大军。

罗大军开玩笑说："大彪呀，你这老板当得越来越有模有样了，出门都带上女秘书啦。"

大彪说："你还上那破班干什么，干脆下来跟我干得了！"

第十五章

1

罗大军送了一些水晶原石给曼华，碰到曼丽和孙良民也在她这里，另外还有几个客人在参观“水晶大观园”。

曼华招呼大军先坐一会儿，直到把那帮客人送走，才坐下来和大军说话。

曼华说：“刚才那些人是文化局一位科长，和他带来的上海客人。她本来也不认识，他们是来看水晶奇石的。”

她说这样的客人几乎每个星期都有几拨，她都招架不过来了。

孙良民在一边开玩笑说，你家“水晶大观园”可以收门票了。

接下来，大军打开包，将带来的水晶原石摆出来给曼华挑选。

曼华说：“你都拎来了，我挑啥？还能让你拎回去？我都要了，你说个价。”

大军说：“这连毛搭屎的，你都要的话，就给个二百块钱吧。”

曼华说：“那怎么行，我就瞄了一眼，就见几块好东西，最少得给你一千。”说罢，就要上楼取钱给大军。

大军连连摆手：“不行不行，最多五百，多了我绝对不要！”

曼华说：“你这是半卖半送，这样吧，给你六百,六六大顺，你也别跟我推让了。”

大军也就不再推让，收了钱后，他忽然欲言又止、吭吭哧哧地问曼华：“最近大彪没回来吗，怎么没看到大彪？”

曼华说：“他整天没个准，这个家对他来说，就是个客栈。”

大军笑道：“我们这帮弟兄，数大彪混得最好，前些天我看到他骑着摩托车到处收货，连女秘书都配上了。”

曼华皱起眉头问：“什么女秘书？”

大军自知说漏嘴了，连忙说：“我看大彪带着丁小芹，跟他开玩笑的。”接着，大军转移话题说：“我在乡镇企业天天忙得晕头转向，挣不到几个钱，看大彪他们干得红火，我打算辞职不干了，也专门做水晶生意。”

曼华没再多问。她和曼丽、孙良民都赞成大军的想法，还告诉他，城里最近风传，马上要允许水晶市场公开交易。

曼丽问大军：“最近看到小玲子没有？”

大军说：“我整天早出晚归，还真没看到这孩子，不过有一天碰到海庆，听他说要送孩子上幼儿园了。”

曼华在一边说：“村里那个幼儿园也就是个托儿班，姐姐，我看你还是把小玲子接回来吧。”

孙良民说：“是啊，城里的教育条件好，应该让孩子到城里接受教育。”

曼丽泪水盈盈，低头抽泣。

2

罗大彪的办公室来了好几拨人，都是本村和邻村的水晶加工户，他们朝大彪要钱，说货交了一个多月了，合同到期了，货款怎么还没有影子。

大彪说：“新加坡卢老板承诺，货款已经到了银行，这两天正在办手续转款。人家那么大的老板，不会差咱这几个钱的。你们尽管放心，拖一天给你们一天利息。”

好不容易把几拨人打发走，大彪像散了架似的瘫坐在椅子上。

丁小芹过来问他：“你到底找到卢丙甲没有？”

大彪摇摇头说：“卢丙甲失踪了，我到天然居找过了，人家说他十天前就退房了。他根本就不是什么新加坡的，在总台登记的是广东人。”

小芹说：“不管他是哪里的，还得去找呀，我跟你一起去吧。”

大彪骑上摩托车，带着小芹，到天然居宾馆找卢丙甲。

服务员说：“你怎么不相信人呀，怎么又来找？”

大彪又问见没见到那个女秘书何燕。

服务员说：“什么女秘书男秘书的，我们不知道。”

大彪急了，叫服务员把卢丙甲曾经租住的房间打开让他看。服务员请示后，满足了他的要求，可房间里没有留下卢丙甲的任何痕迹。

大彪气急败坏地责问服务员：“这个卢丙甲就是个骗子，你们为什么让他在这里行骗？”

服务员没好气地说：“他是不是骗子脑袋上又没刻字，我们怎么会知道？你要真受了骗，可以到公安局报案呀，不要在这里无理取闹。”

小芹把大彪拉到一边说：“是呀，我们去报案吧。”

大彪说：“不行，还得自己找。我们做这生意本来就是黑市买卖，到公安局不是自投罗网吗？”

他们怀着一线希望，到别的宾馆去寻找，自然还是处处碰壁。

3

舒曼丽回到湖塘村，要把小玲子带进城。海庆到田里干活去了，没有在家。小玲子见到妈妈，怯生生的，根本不敢上前与妈妈亲热。

金传贵已经和小玲子建立起深厚的爷孙情，他把小玲子搂在怀里，说什么也不让曼丽把孩子带走。

金海庆闻讯赶到家，此情此景让他左右为难。他把曼丽叫到一边说："小玲子让你接走，我没意见，孩子在城里肯定比在乡下过得好。但是，你也知道，我爸和孩子整天形影不离，今天你硬要把孩子带走，他肯定不让。你容我几天，我慢慢开导爸爸，把他说通了，我就把孩子给你送去。"

曼丽想了想，也只好这样。离开湖塘村时，曼丽看到罗广山家门口围了一大帮人，吵吵嚷嚷的，她感到好奇，过去一打听，才知道这些人都是找大彪要钱的。

曼丽火急火燎地回到城里，直接赶到曼华家，把罗大彪被围门要钱的事告诉了曼华。

曼华这才知道，好些天没有回家的大彪，又在水晶生意上惹出了乱子。

曼丽提醒她："我还听到那帮人放出狠话，说大彪在城里买了别墅，他们要到城里抄大彪的家。妹妹，这几天你可要注意呀，这些人被惹急了，什么事都能干得出来呀。"

曼华非常着急。她知道，大彪前段时间一直为新加坡老板卢丙甲收货。于是，她赶到天然居宾馆，试图找到大彪或者卢丙甲，自然也扑了个空。

曼华站在宾馆楼下，心里一片茫然。看来，大彪这一次是被别人骗了。

曼华六神无主，不知如何是好，不由自主地骑上车，去找金海亮。

海亮劝曼华冷静下来，不要着急，还是要设法找到大彪，把情况搞清楚了再想办法。

4

湖塘村召开村委会选举大会，当了十几年村主任的罗广山落选了。他从村委会垂头丧气地回到家。

罗家的院里院外，仍然围了几十个要账的人。大彪的厂子被人砸碎了门窗玻璃，还有人要冲进小雪的厂子闹事。

罗广山上前阻止，说他们朝大彪要钱，不关小雪的事。

人们根本不买他的账，说罗广山的村主任被撸掉了，现在说话没人听了。还有人说，什么大彪小雪，反正是罗家的，说别的没有用，要么给钱，要么把货退回来！

小雪站出来说："各位乡亲，我哥现在不在家，具体情况我们不了解。大家这样你一言我一语的，起不到效果呀，我们只有拿到进货清单，才能想办法处理问题。"

要账的人群一片骚乱。有人说："我们手里有购货合同，我们不能再等了！"

还有人说："罗大彪是个缩头乌龟，跑得了和尚跑不了庙，我们已经找到他在城里的家，今天把话撂这儿，明天我们就到城里找他！"

好不容易熬到天黑，要钱的人才渐渐散去。罗广山急得直跺脚，对小雪说："你哥这一次是大难临头了，你不能见死不救，无论如何要帮他一把啊。"

小雪说："没有进货清单，不知道他进了多少货，我也没办法帮他赔呀，现在最紧要的是要找到哥哥。"

罗广山气得直咬牙："这个混账东西，他到底躲在哪里呀！"

许莲花唉声叹气，叫罗广山快到城里去找大彪。

罗广山骑上自行车，连夜进了城。

5

第二天一早，舒敬亭一家、罗广山、金海亮等人都已经聚在曼华家的客厅里。他们都是通宵未眠，现在又聚到一起商量对策。

这时候，门外突然一片嘈杂，几十个人一下子围住了曼华家的两层小楼。这些人高喊："罗大彪，你这个骗子，把我们的货骗走了，你赶快滚出来，把钱给我们！"

曼华敞开大门，说："老乡们，欠债还钱，天经地义，罗大彪拿了你们的货，欠了你们的钱，他躲是躲不了的，他的家在这里。不过，他现在不在家，我们也找不到他，不信的话，你们可以进屋随便找。"

话音刚落，许多人已经挤进了屋。有人看到罗广山坐在屋里，便冲着他说，一大早就来通风报信啊，看来罗大彪早就跑了。有人钻进曼华的水晶大观园，说："这里的水晶原石真不少啊，干脆都把它们搬走得了。"有人劝阻说："这些水晶原石都是'老绵体'，根本不值钱；再说我们是来要钱的，不能抢他家的东西。"

这时，汪大扣骑着摩托车慌慌张张地赶来。他把罗广山拉到一边说话，大事不好，小雪的厂子也被人抢了。

其实，大彪此刻戴着墨镜和口罩，正站在一条小巷里，远远地望着街对面自家的两层小楼。家里被人围门的情形他看得清清楚楚，他想自己这时候露面的话根本无济于事，吓得赶紧躲了起来。

小雪意识到事态的严重性，想到大彪的厂里了解些情况。几个留守的工人告诉她，当时别人送货来，都是丁经理负责登记的，收货清单应该还在丁经理身上。

小雪问："丁经理？哪个丁经理？"

工人笑了："丁经理就是丁小芹呀，我们厂里，除了你哥，就是她当家啊。"

又一个工人说："事已至此，你也不是旁人，我们也不想瞒你，现在外界有人传说，大彪这次把十几万元货款全部卷走，已经和丁小芹私奔了。其实我们早就看出来，这两人还真处出感情来了。"

这时，罗广山和汪大扣回来了。

罗广山急着问小雪："你的厂怎么被抢的，损失大不大？"

小雪告诉父亲，她准备送给港商代表茅经理的一批货，刚出门就被上门要钱的人给截走了。幸好损失不算大。她还把工人们传言大彪和小芹卷款私奔的事情告诉了父亲，说自己对传言将信将疑，丁小芹是什么样的人，她心里清楚，但哥哥对曼华的爱，她更是心中有数。

要账的人又到曼华家围门。这一次，有人要抱走客厅里的彩色电视机，有人要推走曼华的自行车，还有人要拿走“大观园”里的水晶原石……他们说拿一点是一点，总比跑空趟强。

曼华不让他们动“水晶大观园”里的水晶奇石。有人蛮不讲理地一把将她推倒在地。

曼华的额头碰到了橱柜角上，鲜血直流。

有人便埋怨那个动手推她的人，说：“你打她干吗？罗大彪和丁小芹卷款私奔了，说到底，她也是个受害者啊。”

第十六章

1

亲戚朋友来到舒曼华家，都是因为听说了罗大彪和丁小芹私奔的传言。

当然，金海亮也赶来了。

曼华只是一个劲地哭。

大家七嘴八舌，有的抱怨大彪，有的安慰曼华。舒敬亭和夏兴月也互相抱怨，说大彪果然不是个东西。

曼华听到这些议论，请大家都离开。夏兴月不放心，要留下陪女儿。

这时，曼华反而平静地说："妈，没事，我不需要人陪，你以为我会寻短见吗？这种人不值得我去死，我就是想一个人安静地待一会儿。"

人都散了，只剩下海亮和曼华。海亮对曼华说："现在听到的这些都是传言，不要相信。"

曼华也不相信大彪能做出这种事来，但是，她了解丁小芹，丁小芹做出什么事来，可就没有谱了。

海亮说："我要是找到大彪，一定要跟他好好谈谈。他要是不服气，就把他揍得鼻青脸肿。"

曼华联想到好多往事，特别是过去和海亮在一起的快乐时光，真是百感交集。她真切地觉得，海亮对她是真好。不过，自己却伤害了海亮。

曼华情不自禁地靠到海亮的怀里，连声说对不起。

过了好一阵，曼华觉出自己的失态，赶紧直起身来，把眼角的泪水擦拭干净。

小雪和父母在家忧心忡忡。罗广山不停地抽烟，也不停地咳嗽。小雪给父亲捶背，劝他别上火。

罗广山恨铁不成钢。许莲花不停地抱怨，说大彪把舒家也拖累了，把曼华给坑害了。

罗广山冲老婆发火，让她别再抱怨了。

小雪也说，当务之急，是如何应付讨债的乡邻。

罗广山把希望都寄托在小雪身上了。

小雪决定承担大彪的责任。她说："明天再有人来围门，我让大扣和毛丫先登记个清单，所有造成的损失，一定都要偿还。"

许莲花担心地说："你能为你哥还这么多债吗？"

小雪说："先登记再说，稳定大家情绪，不然这样闹下去，也影响我这边的生产。"

2

夜晚，罗广山到丁老黑家。

丁老黑不是见利忘义、过河拆桥的人，他还和以前一样对待罗广山。

罗广山很感激，说：“不做村领导了，许多人都恶眉冷眼，有的还朝我吐唾沫，我晚上都不敢出门了，只有老黑你没变。”

丁老黑笑笑，说：“你以前对我的好，我都记住了。花无百日红，谁没有落难的时候？”

他还透露，大彪这次做事不漂亮，他损失也不小，两万多块钱的好货给大彪拿走了。

丁老黑说：“不过，我们两家感情不一样啊，我不能跟那些人一般见识，去围门抢东西，那两万多块就算我借给大彪的。”

罗广山感激丁老黑。

丁老黑又说：“大彪糊涂啊，丁小芹怎么能跟曼华比呢？他这是丢了真晶，捡了块火花石。”

罗广山说事情已经这样了，当务之急是把大伙的钱还了。

丁老黑说：“那要多少钱啊！光我知道的，就有几个水晶大户大几万块钱的货，估计大彪这次总共弄了几十万的货！”

罗广山想了半天，一咬牙说：“我还有一条路，也只有你丁老黑有本事帮我走得通。”

丁老黑疑惑地望着罗广山。

罗广山说：“你以前说过，我家那边总冒晶光，一到深夜就闪着白光紫光，给你说对了，我家真挖了块大水晶。”

丁老黑说，就算你有一块大水晶，也值不了几十万呀？

罗广山坚定地说：“值得了！你没看过，像个小牯牛似的，足有七八百斤……”

丁老黑听了罗广山的形容，两眼放光，马上要看货。

罗广山说：“现在看不到，埋在地窖里，还要偷偷挖出来，过两天给你看。”

汪大扣和毛丫在大彪工厂前为供货人登记。

大家拥挤在一起。罗广山过来维持秩序，被人推到了一边。

丁二宝也来登记。

罗广山把他拉过来说：“二宝，你凑什么热闹？”

丁二宝说：“什么叫凑热闹啊，大彪在我这里拿了七八千块钱的货呀。”

罗广山说：“你生产什么货？”

丁二宝瞥了他一眼，没好气地说：“是我肚里怀上的，你管不着。”

罗广山气得要死。

丁二宝连阴带损地说：“你不当村主任了，什么都不是了，你还不如老子。”

这时小雪走过来，问丁二宝供的是什么货。

丁二宝随口说了几种。

小雪说：“好吧，都登记上，我哥迟早会回来的，要是查清你是敲诈，我让大扣把你埋到西大岭。”

丁二宝赌咒发誓，说要是敲诈，你让大扣把我活埋了。

回家的路上，丁二宝遇到孙寡妇。丁二宝让她也去登记。

孙寡妇说：“坏良心的事我不做。”

丁二宝说：“罗广山在台上的时候，吆三喝五的，敲诈大伙多少钱啊，还把你给睡了好多年，你还护着他啊？他现在连我都不如了，怎么样？你还不如嫁给我得了。”

孙寡妇把他骂了一顿。

夜里，丁二宝在月光下丈量，估算他家的地洞挖到了什么地方。

3

湖塘村很快就传开了，罗广山家有一块大水晶，价值几十万，准备出手。

金传贵也听海庆说，罗广山家的大水晶有小牯牛那么大，而且就像个奔牛。

金传贵突然惊醒，眼睛睁得老大。他吃惊地问：“什么？大水晶……在罗广山家？……小牯牛？这不就是咱家失踪的大水晶吗？”

金传贵激动起来，要到罗广山家去，要回大水晶。

海庆赶快拦住他，不让他去，说罗广山家刚出了大事，大彪和小芹卷了货款私奔了，我们这时候去索要水晶，不是趁火打劫吗？再说了，我们光听说他家有块大水晶，也没有亲眼见到，怎么知道那块大水晶就是我们家的？

金传贵急了，说那大水晶就是我的命啊，我一直没跟你们说，为了这块大水晶，你妈连命都搭上了！不行，我一定要去，他现在不是大队干部了，也不敢绑我了。

海庆连拉带拽，把金传贵安顿下来，说：“要不这样，我进城去找海亮，让海亮拿拿主意。”

海庆进城后，金传贵带着小玲子来到村口，等着海庆早点回来。

小玲子在一边玩水晶弹子。她把水晶弹子玩丢了一个，缠着爷爷一定要再给她找一个。

金传贵哄小玲子，要她听话，等爸爸和二叔回来后，他们家的大水晶就找到了，让她骑在水晶牛上玩。

小玲子耍起小性子，坚决要凑齐五个水晶弹子。

金传贵焦急地等着两个儿子，不想回家去找水晶弹子，就哄小玲子说：“我一会儿带你去西大岭，那里的水晶弹子，想找多少就有多少。”

突然，他又稀里糊涂地说：“小玲子，爷爷就告诉你一个人，咱家在西大岭挖了块大水晶，像个小牯牛似的，那可是个水晶牛呀……”

小玲子急了，嚷嚷道：“爷爷，爷爷，我家的水晶牛还在西大岭吗？你快带我去看水晶牛！”

金传贵忽而变得沮丧起来，说：“水晶牛不在咱家了，已经到了罗广山家……”

小玲子追问道：“咱家的水晶牛怎么到了他家？”

金传贵说：“是被罗广山偷走的。”

小玲子气愤道：“罗广山是大坏蛋！”

话说隔墙有耳，罗广山这几天做贼心虚，一直注意着金家的动向，这会儿正尾随着金传贵爷孙俩到了村口。他听到了爷孙俩的对话，吓出一身冷汗。

金传贵禁不住小玲子的哭求，鬼使神差地带着孩子来到西大岭。

西大岭到处都是挖水晶留下的坑塘。坑塘四周的土很松，找水晶时，小玲子到处跑，不小心掉进了坑塘。

坑塘里还有半人深的水。小玲子掉进去后，一下子没了踪影。

金传贵急忙跳下去救小玲子。

小玲子被他抱起来，从坑塘里往上举。

小玲子从塘口爬了上来，坑塘却突然塌方了，把金传贵埋在里面。

小玲子看爷爷被埋，拼命地往村上跑，边跑边喊……

海庆和海亮兄弟从城里骑车回来，海亮对大水晶的事仍然将信将疑，说咱们做事不能冲动，要找个恰当的时候去问罗广山。

他俩刚到村口，就看到许多人往西大岭跑。

有人边跑边朝他俩喊叫：“快，快！你爸出事了……”

金传贵被从坑塘里扒出来时，已经窒息身亡。

海庆海亮兄弟俩悲痛万分，又懊悔对父亲生前的关心不够。父亲吃了太多的辛苦把他们拉扯成人，前些年又精神失常，病情时好时坏，这刚过上舒心日子，却又遭此劫难。不过，在兄弟俩和所有湖塘村人的心里，他们的父亲金传贵是为救孩子死的，无论救的是自家孩子还是别人家孩子，他都算得上英雄！

4

罗广山找到丁老黑，说金传贵死了，村里村外传言很多，上次托他为大水晶找销路的事，暂时缓一缓。

丁老黑说："我正在筹钱，你让我先看看货，怎么突然又要缓一缓？"

罗广山沉下脸说："我什么时候答应给你看货的？哪有什么大水晶？你想多了！"

丁老黑觉得自己又被罗广山耍弄了。不过从罗广山反反复复、讳莫如深的言行来看，他家肯定有大水晶！不过这大水晶的来路也肯定有问题！而且有大问题！

办完父亲的丧事，海亮来到小雪的厂里，对小雪说："听说你这一次损失不小。"

小雪虽然还在生哥哥的气，但关键时候还得要帮他呀。

小雪说："这次亏空太大了，我爸准备卖掉家里的大水晶，为我哥填窟窿。”

海亮听了小雪的话，心里愣一下，看来罗家真的有大水晶。父亲生前为大水晶失窃窝囊了许多年，加上大哥海庆说他亲眼见过家里的大水晶，让海亮多了一份心思。

但小雪说，她以前不关心这些事，也从没有见过父亲所说的大水晶。

海亮不便追问下去，准备回城上班。

小雪说，她正好要进城跟茅经理协调合同事宜，想和海亮一起回城。

小雪推着自行车刚要走，发现自行车的链条坏了。

海亮说：“你干脆坐我的车吧，我带着你。”

路上，小雪悄悄地抱住了海亮的腰……

到了城里，小雪想叫海亮一起去见茅经理。

海亮有很多事要办，心里还惦记着曼华，却又不好拂了小雪的面子，便一起来到云台宾馆。

小雪跟茅经理介绍，海亮是她从小一起长大的朋友，现在是商业局干部。

小雪想让茅经理缓她几天，半个月后，一定交齐货。

茅经理说：“合同都是人定的，你安心安排生产，如有困难，缓一个月都可以。接着又说，你家的情况我听说了，大彪找过我，说被那个‘甲乙丙’（卢丙甲）骗了，我没听清楚……他还问那个家伙我认不认识，我还真不认识。”

海亮和小雪一听大彪有了下落，急问大彪在哪里。

茅经理说不知道，好像大彪留了张字条下来。

茅经理拿出字条，上面果然有大彪的联系地址。

根据字条上的地址，海亮和小雪找到了大彪和小芹，原来他俩躲在一家小旅馆里。

小雪说："家里出了这么大的事，都乱套了，你俩躲在这里干什么？"

大彪说："我找不到卢丙甲，回去有什么用？"

小雪问："难道卢丙甲一点消息也没有吗？"

大彪只是摇头。

小雪又问起供货清单的事。小芹说这个在她手里。

海亮把大彪拉到一边，问他和丁小芹是怎么回事，是不是像人们传言的那样。

大彪说绝没有那样的关系，自己一心爱着曼华哩。

海亮说你撒谎，你敢说跟丁小芹是清白的？

大彪支吾着，说反正不是私奔。

海亮让大彪和小芹一起去曼华家，跟曼华解释清楚。

大彪回到家，在曼华面前，他竭力表白，说和丁小芹只是工作关系，绝没有谣传的私奔之说。

第十七章

1

罗小雪和罗大彪、丁小芹连夜回到湖塘村。

罗广山夫妇见儿子回来，又惊又喜，但看到小芹，却不理不睬。

许莲花叫大彪先去歇息，她去张罗饭菜。

小芹很不自然，告辞回家。大彪追出门送她。

罗广山低声骂道：“这个混账东西！”

大彪一边吃得狼吞虎咽，一边对父亲说：“听海亮告诉我，你要卖大水晶帮我还钱？”

罗广山脸色一沉，说：“谁告诉你的，金海亮？你在城里见到他了？咱家的事情，要他掺和什么？”

大彪说：“肯定是你说出去的，要不他怎么会知道。不过，我们想一块儿去了，这两天我也动了这个念头。”

罗广山“哼”了一声说：“败家子！大水晶不能卖！”

大彪愣住了，饭也不吃了，说：“大水晶不卖，钱怎么还？我可怎么办？”

罗广山脸色铁青，说：“你惹下的祸你自己解决，那个卢丙甲跑天边去了吗，你还得去找呀！”

大彪哭丧着脸说：“爸，你这不是还把我往外面赶嘛，还不上钱，我还得躲在外面。那个卢丙甲肯定是个骗子，我找不到他呀！”

许莲花冲着罗广山发火：“儿子刚回家，你让他吃顿安稳饭好不好？是水晶要紧还是儿子要紧？”接着，她又骂罗广山睁眼说瞎话，家里明明没有大水晶，偏偏要吹这个牛，“你以为说咱家有大水晶，那些要债的就不来逼债啦？”

罗广山为什么会突然改变主意呢？

原来，金传贵死后，罗广山想了很多。当初，罗广山发现金传贵夫妇在西大岭偷挖水晶，他跟踪观察了很久，断定金传贵家挖到了水晶“龙脉”，他费尽心机，终于在那个暮春之夜，成功窃走金传贵的水晶牛。他知道金传贵不会甘心，设局陷害，逼疯了金传贵；为防止海亮追查水晶牛下落，他又把海亮弄去当了兵……现在，金传贵死了，他本应该如释重负，但一种负罪感油然而生。同时，他知道，他的对手早已不是金传贵，而是金传贵的两个儿子，特别是金海亮！他担心，这节骨眼上暴露大水晶，会引起金家兄弟的格外警觉。

2

丁二宝兴高采烈地告诉孙寡妇，罗广山改变主意，又不卖大水晶了。

孙寡妇说：“他卖不卖大水晶，跟你有什么关系，你高兴什么？”

丁二宝神秘地说：“你跟我走，到了我家你就什么都知道了。”

孙寡妇好奇地跟着丁二宝，到了他家。

丁二宝掀开院子里的地洞门，让孙寡妇随他进了地洞。

孙寡妇惊叹道：“天啦，你这是要干什么？”

丁二宝说：“我是绝对相信你，才带你来的。不瞒你说，我这个地洞一直要挖到罗广山家，他家的猪圈下面埋了块大水晶。”

孙寡妇说：“原来是这样呀，怪不得罗广山整天神秘兮兮的。”

丁二宝说：“我看你可怜，被罗广山欺负了这些年，他给了你什么好处？你跟了我吧，等我把这块大水晶弄到手，有了钱，我将你明媒正娶。”

说着，丁二宝把孙寡妇抱住了。孙寡妇扭捏了两下，就顺从了他。

丁小芹拿出收货清单，跟小雪前几天登记的清单一一对照。

丁小芹的收货清单上，货款大约十四五万元，而小雪登记的清单金额竟然达到二十多万元。尤其荒唐的是，小芹的收货清单里根本没有丁二宝。

大彪看过小雪的清单，惊得直冒冷汗。他恨恨地说：“丁二宝啊丁二宝，你想趁火打劫啊，我把你皮扒了！”

大彪怒气冲冲地来到丁二宝家，一把揪住丁二宝的衣领，啪啪啪几个耳光。

丁二宝边挣扎边嚷嚷：“罗大彪，你凭什么打人！”

大彪又是几拳，说：“你干了缺德事还装糊涂啊，想来坑我，你算是瞎了狗眼！”

孙寡妇听到动静，从里房跑出来拉架。大彪骂骂咧咧，临走时又踹了丁二宝一脚。

丁二宝冲着大彪的背影吐了口带血的唾沫，骂道：“他妈的，比你老子当年还狠！有你哭的那一天！”然后，他对孙寡妇说：“走，咱们抓紧行动！”

3

星期天，罗小雪进城找金海亮。

小雪问：“听说市里要开放水晶市场，有没有这回事？”

海亮说：“确有此事，昨天市里开了大会，不仅要开放现有的水晶交易，还要由商业局牵头，办一个水晶大市场。”

小雪非常兴奋，说：“这下好了，我们可以放心大胆地做事了，以后我要把厂子搬到城里，你干脆和我一起干吧。”

海亮说："局里把我抽到大市场筹备组了，我现在就是为你们这些水晶加工户服务，大市场的商铺就是对外出售和出租的。"

小雪说："那就在大市场买一个商铺，我负责加工，你负责销售。"

海亮笑道："我那点转业费，哪里买得起商铺啊。"

小雪说："谁要你出钱呀，我是要你选个好位置，钱我来出，咱俩谁跟谁呀。"

两人越说越兴奋。海亮一拍脑袋说："我们光顾说话，都中午了，我请你吃饭。你到宿舍里等我，我上街去买点菜。"

小雪先到海亮的宿舍，见他的房间里非常零乱，不禁心疼起来。她手脚麻利地帮海亮的房间收拾干净，等着海亮回来。

不一会儿，海亮从街上买了一些熟食回来了。一进房间，他感觉眼前一亮，说："小雪你就是能干，这房间让你这一拾掇，敞亮多了。"

小雪羞涩一笑，说："你要是喜欢，我天天来给你拾掇。"

海亮嘿嘿一笑，把买回的熟食摆到桌上。有水晶花生、水晶肘子、水晶牛肉等等。

海亮说："咱朐阳人真会做生意，连吃的都跟水晶挂上钩了。"

小雪说："今儿个真高兴，咱俩喝点酒，为我们的水晶大市场干一杯。"

海亮说："我这里有酒，咱们是应该庆贺一下。"

几杯酒下肚，小雪有些醉意，目光迷离，痴痴地看着海亮。

海亮说："你喝多了，别再喝了。"

小雪说："没有呀，我没喝多，我就喜欢这样看你。"

海亮笑了笑，说："我有什么好看的，满脸糙糙巴巴的。"

小雪说："我就爱看，我要看一辈子！"

海亮说："我说你喝多了吧，还不承认。"

小雪说："你别打岔，你为什么不看着我，我是不是没有曼华长得好看？"说着拿过酒瓶，又倒满一杯，"我没喝多，我还要喝！"

海亮夺下她的酒杯。

小雪朝他怀里一扑，嘴里喃喃地呼唤着："我想你，想死你了……"

海亮轻轻推开她，说："你喝多了，我倒水给你喝。"

小雪有一种从云端跌到地下的感觉，她觉得海亮还在冷落她。她的自尊心受到伤害，感到非常绝望，哭着离开了海亮的宿舍。

4

金海亮呆坐了一会儿，骑车到了舒曼华家，告诉她筹建水晶大市场的消息，建议她买一个商铺经销水晶奇石。

曼华说："远水解不了近渴，等到水晶大市场建起来，大彪恐怕已经被要债的人撕撕吃了。我现在的首要任务，是卖水晶给大彪还债。"

海亮说："我的转业费还存着哩，取来给你凑个数吧。"

曼华说："那笔钱是你的血汗和荣誉，怎么能拿来堵这个窟窿！再说，你那钱还不及他欠债的零头啊。"

小雪在外面哭了一场，稳了稳情绪，也来到曼华家。一进门，看到海亮，她的脸色一下子冷下来。

她没有理海亮，走过去跟曼华说："我哥让我关照你，有空的话，到各个宾馆去找找，看看有没有卢丙甲的踪影。"

跟曼华说过话，小雪又以自己还有业务要办为由，匆匆离去。

曼华问海亮："你俩咋回事，跟个陌生人似的？"

海亮说："没啥事呀，她可能有急事，没工夫搭理我。"

曼华叹口气说："都让大彪折腾的，老罗家这些日子就没清静过。你说大彪怎么这么傻呀，那个卢丙甲是个骗子，现在再到宾馆里找他，不等于刻舟求剑嘛。"

海亮笑了："别说刻舟求剑，就是守株待兔也得守呀。"

曼华说："孙良民介绍个人，要来看水晶，兴许能买几块，我得在家等人家。你在部队不是当过特种兵吗，找个人还不是你的拿手好戏。"

海亮笑了笑，说你没说错。

当天，海亮便骑着自行车，奔波于朐阳市的大小宾馆。

在云台宾馆服务台，海亮查问有没有一个叫卢丙甲的客人在此住店。

服务员反问他："你是什么人，住店客人的隐私，我们不能透露。"

海亮灵机一动，掏出工作证，说：“我是商业局的，卢丙甲是我们的广东客商，他说住在你们店里，麻烦你帮我查查。”

服务员查了查，说没有这个客人。

海亮说“对不起，也许我弄错了。”转身离开时，他看到小雪迎面走来。

海亮叫住小雪，说：“我刚才查问过了，这里没有卢丙甲。”

小雪说：“我不是找姓卢的，我有别的事情。”

海亮“哦”了一声，说：“对了，你是找那个港商代表茅经理吧。你回去跟你哥说，卢丙甲估计近期不会在朐阳市露头了，赶快想别的办法，他手里不是有合同吗？到公安局报案或者到法院起诉吧。”

小雪说：“谢谢你的关心，我们会想办法的。”

海亮感觉到小雪的语气里透出的凉意，他叹了口气。

海亮到曼华家，把下午查问的情况告诉曼华。又问道：“你等的那个人来了没有？”

曼华说还没有来。她叫海亮留下吃晚饭，再跟她一起等等。

吃饭时，曼华说：“小雪今天的情绪不对，你是不是惹她生气了？”

海亮把中午喝酒的事告诉曼华，说自己可能伤害了小雪。

曼华说：“小雪对你多好呀，你怎么还跟木头疙瘩似的？你俩早该走到一起了，小雪不是要把厂子搬到城里来嘛，你还犹豫什么，赶快跟她结婚吧，再等黄花菜都要凉了！”

小雪到茅经理的办事处。

茅经理格外热情，又是倒咖啡，又是放舞曲。他说：“你们乡下生活太枯燥了，你还是抓紧到城里来吧。”

茅经理放了支慢四舞曲，邀请小雪跟他跳一曲。

小雪红着脸说：“我真的不会跳。”

茅经理说：“凭你这身材，不跳舞可惜了，不会跳我教你嘛，包教包会，不收学费。”

小雪没有心思跟他学跳舞，跟他谈起业务上的事情。

茅经理说：“我们先去饭店吃饭，谈业务有的是时间。”

小雪说家里有事情，晚上一定要赶回去。

茅经理见小雪执意要走，说开车送她回去。

小雪对茅经理心生感激之情。

第十八章

1

舒曼华来到孙良民家。

孙良民和舒曼丽正在工作室里雕刻红木底座。

孙家有个小院子，几间屋里都是各种上等的木料和木雕半成品。小玲子在写作业，见到曼华，高兴地喊小姨。

曼华逗小玲子玩，把带来的几本画书和玩具送给小玲子，问小玲子爸爸来没来看她。

小玲子说来了，还带了烤山芋给她吃。

听到曼华的说话声，孙良民和曼丽从工作室出来。

孙良民查看小玲子的作业，对曼华说：“这孩子很聪明，我们把她接到城里来念书是对的，乡下的教育毕竟还落后。”

曼华悄声对姐姐说：“你们两人就这样啦，也不举行个仪式？”

孙良民听到了，说：“举不举行仪式是一回事，小玲子都大了，就这样也挺好。”

曼丽神秘地把妹妹拉到一边，看看她的肚子，问：“怎么还没怀上？”

曼华嘴上说不急，却又心事重重地说：“我不想要孩子了。”

曼丽说：“那怎么行？你不想法把大彪拴住，他真的和小芹闹出什么事来，看你怎么收拾？还有，钱筹得怎么样啦？瞧你这几天愁的，眼角都有皱纹了。”

曼华不想跟姐姐探讨这些事。她问孙良民：“你介绍的那个艺术家，怎么还没有来？”

孙良民说：“不要紧，苗兴运是上海有名的奇石收藏家，我明天打个电话再问问他。不过你放心，他肯定会来的，他在我这里订的上万块钱货还没拿走。”接着，又关心地说，“我这里还有点钱，要不你先拿给大彪救救急？”

曼华摇摇头，说：“但愿这位苗先生能看好我的水晶。”

曼华在姐姐家吃了晚饭回家，看到罗大彪也回来了，便关切地问他厂里的事。

大彪非常苦恼，说天天有人围门要债，烦死了，也不指望找到那个卢丙甲了。

曼华安慰他，说总会有办法的，她也在想出路。

大彪说：“本来以为要发财的，结果落得这个下场。上次落难，多亏你卖了心爱的水晶，这次我不会让你再卖水晶了，那些水晶，都是你从小就喜欢的，费心淘来的；这回，我要自己救自己，把家里的那块大水晶卖了。”

曼华很奇怪，说：“你家真有大水晶？怎么以前没听说过？”

大彪说：“确实有，我亲眼见过，因为那块水晶真的很大，加上以前控制得严，不敢声张。现在市场开放了，可以大张旗鼓买卖水晶了，这才敢说出来嘛。等我卖了大水晶，挺过这一关，我以后绝不会这样折腾了。”

曼华说：“今天我姐问了，咱们怎么还没有孩子……我也想要个孩子。”

夜里，曼华想跟大彪好好亲热一番。

大彪却草草了事，借故去找一个朋友借钱，走了。

原来，大彪是和丁小芹一起来城里的，现在小芹在一家宾馆里正等着他。

小芹问：“曼华那边筹到钱了吗？”

大彪苦恼地摇摇头。

小芹说：“总之你不能再躲了，还是动员你爸，把大水晶卖了吧。”说罢，她摸摸自己的肚子……她没有把自己怀孕的事告诉大彪。

2

罗小雪和汪大扣一起送货给茅经理。在云台宾馆门口，小雪似乎预感到什么，把大扣支走了。

小雪来到茅经理的房间，又受到他的热情接待。

茅经理把上一批货款交给小雪，告诉她，她的产品在香港及欧洲的珠宝店卖得很火，港商孟老板十分满意。接着，他主动提出，适当提高收购价格，让小雪得到更多的收益。他说："你哥罗大彪目前的处境我都听说了，你现在正在全力以赴地帮他，很不容易。我和他毕竟打过交道，也不能袖手旁观啊。"

茅经理不计前嫌的态度让小雪很受感动。他邀请小雪吃晚饭，小雪同意了。

在楼下的餐厅里，茅经理点了几样好菜，请小雪喝酒。

小雪端着酒杯，产生幻觉，以为面前是海亮，一口干了。

茅经理又给她倒酒，看出她的心思，关切地问她是不是有什么心事。

小雪听了，想起自己的情感遭际，不禁潸然泪下。

茅经理没有再问，只是和小雪畅谈自己的理想。他说除了帮孟老板做生意，他自己在香港也开了一家珠宝店，生意很好，目前正准备在澳门开分店；他最终也要像孟老板那样，把连锁店开到国外。他还透露，准备在大陆投资，跟小雪长期合作。

小雪很受感染，也向茅经理和盘说出自己的设想：近期就把工厂搬进城里，扩大生产规模，还要投资商铺，搞产销一条龙。她觉得自己做企业的经验不足，有机会还想到大学里系统地学习管理知识。

茅经理很欣赏小雪的气魄，夸她不仅人长得美丽，还是个讲诚信、干事业的女中豪杰。他可以联系香港的大学，让她到香港深造。他在香港的珠宝店，她也可以入股。

两人越说越投机，共同的理想，让他们的心走得很近。

小雪喝了不少酒，醉意蒙眬地跟着茅经理回到房间。

茅经理也有一些醉意，他继续从酒柜里拿出红酒，打开音响，亲密地和小雪一边喝酒一边听音乐。

茅经理情意绵绵地说，他在广东老家曾经有过一段婚姻，后来因为常年在外做生意，与妻子长期分居两地，婚姻出了问题，已离婚多年。这些年来，他觉得自己的情感世界已经荒芜了，没想到自从认识小雪，他枯萎的情愫一下子复苏了。

茅经理的表白让小雪泪眼迷蒙，她的身体在红酒的作用下变得柔弱无力。

茅经理轻轻地把她揽在了怀里……

3

在孙良民三番五次的诚意邀请下，上海的收藏家苗兴运来到朐阳市。

孙良民去接站时，苗兴运还不相信，一个小小的朐阳市，能有什么奇晶奇石？

孙良民让他别急，先喝酒吃饭。苗兴运按捺不住，一定要先去参观。孙良民只好带他来到曼华家。

苗兴运一看“水晶大观园”里这些精美的水晶，不由得大吃一惊，连呼过瘾。不过，他对曼华有意出让部分水晶感到莫名其妙。后来，还是孙良民透露，说曼华的丈夫生意上出了问题，急需一笔资金。

苗兴运一边表示理解，一边问价。在那块绿色水晶蛙面前，他赞不绝口，问多少钱能转让。

这块水晶蛙可以说是曼华的镇宅之宝，她真的舍不得出手。

曼华一咬牙，说了一个大数目：八万。如此离奇的价格，把孙良民都吓了一跳。

一旁的曼丽急忙说，别乱说呀，哪能值这么多钱。

苗兴运盯着水晶蛙，目不转睛地看了一会儿，说："值了。"

吃饭时，苗兴运邀请曼华到上海搞水晶展览，他可以助她一臂之力。

酒桌上，苗兴运决定买下曼华的水晶蛙。

曼华长舒了一口气。

曼丽说："你又救了大彪一条命，这辈子大彪要是对你不好，他就不是人了。"

孙良民说："吃一堑长一智，只要能吸取教训，大彪还是能干大事的。"

饭后，孙良民和曼丽送苗兴运去云台宾馆住宿，在走廊上，曼丽看到一个熟悉的身影。

曼丽看是小雪，感到纳闷，刚要喊她，见到茅经理从酒吧出来，拉着小雪，一起向楼梯走去。

曼丽以为看错人了，要追上去看个究竟，被孙良民拦住了。

但曼丽还是悄悄地跟到二楼，看到小雪跟着茅经理一起开门进了房间。

回家路上，曼丽跟孙良民说："难怪海亮和小雪一直没成，原来她外边有男人了。”

孙良民说：“也许人家是在谈恋爱。”

曼丽说：“那男的有四十多岁了。”

孙良民说：“那算什么，我不是也比你大十几岁吗？”

4

罗大彪这几天一直在老家湖塘村。他把丁老黑请到家里，显得格外热情。

丁老黑说你不用客气，有话直说。

大彪说要把家里的大水晶卖给他。

丁老黑说：“你爸不是又不想卖了吗，连让我看看都不行。”

大彪说：“我爸人还没老，就糊涂了，大水晶不卖，拿什么还债啊。”

正在这时候，罗广山回来了。罗广山知道大彪还在打大水晶的主意，连忙跟丁老黑说：“大水晶的事，你容我再考虑考虑。”

丁老黑觉得罗广山只要提到大水晶，就云里雾里的，其中一定有什么不可告人的秘密。他不便深究，只好告辞。

罗广山确实很为难，大水晶的事让他坐卧不宁，他不知道海亮使的什么心计。虽说水晶现在可以公开买卖了，但他的这块大水晶来路不正，万一金家兄弟俩深究此事，缠住他不放，他又不能自圆其说，事情就糟糕了。如今，他在村里已经失去了权威，而海亮是市里的干部，他已经远不是人家的对手了。在这种情况下，罗广山无论如何也不敢让水晶牛大白于天下。

大彪跟他争执得很厉害。罗广山说要等小雪回来再商量。

大彪说：“小雪想帮我也没有那么大能力呀。再说，她正筹备往城里搬，又要投资买商铺，自己都缺钱呀。”

晚上，小雪回来了。一家人坐到一起，商量给大彪筹钱还债的事。

大彪坚持要卖大水晶。罗广山坚决不卖。许莲花说他们都是在说鬼话，她根本就没见过大水晶的影子。

小雪也没见过大水晶，对于他们的争论，她感觉有些无厘头。另外，茅经理对她突然发起爱情攻势，让她心如乱麻。

许莲花埋怨女儿，最近光顾朝城里跑，也不帮帮自己的亲哥哥。

正在罗广山一家乱成一锅粥的时候，曼华回来了，她给大彪送来了十万块钱，解了燃眉之急。

一家人欢天喜地，都夸曼华是个好媳妇。

5

孙寡妇告诉丁二宝，舒曼华真神啊，又送钱来了，十万块啊！

丁二宝了解到，曼华的钱是卖了那些当初不起眼的“老绵体”赚来的，既懊悔当初没有把那些破水晶当好东西，又妒忌大彪娶了个好媳妇。他跟孙寡妇发狠说，要加紧挖洞，把罗家的大水晶弄到手。

丁老黑进城找金海亮，要买水晶大市场的商铺。

海亮说：“我们正在到处招商，这事我帮你服务到底。”

丁老黑告诉海亮，朐阳市的水晶资源因多年开采，已经没有多少可挖的了，很多人开始到国外贩水晶回来卖。

海亮说：“我最近也看到市面上出现不少外国水晶，好像巴西的居多。”

丁老黑说：“我就有朋友到巴西搞水晶，巴西的钛晶、黄发晶特别漂亮，贩回来卖价也特别高。还有非洲有个叫马达加斯加的岛国，听说也盛产水晶。”

丁老黑说他也想出国去搞水晶，还说海亮当过特种兵，见过大世面，是他心目中的湖塘村“第一好汉”，他想拉海亮一起出国。

海亮被说得虽然心有所动，但领导让他负责水晶大市场的商铺销售工作，他觉得自己不能在这节骨眼上辞职。

丁老黑反复动员他，说要发家致富，还得自己干。

海亮告诉小雪，水晶大市场的商铺下个月就要预售了，让小雪准备钱，买个好地段。

小雪说：“我改变主意了，我要把钱入股到香港公司。”

海亮感到奇怪，问她怎么突然做出这种决定。

小雪说是茅经理介绍的。

海亮感觉到小雪对自己有些冷淡，看她和茅经理关系很不一般，也就不好再坚持。

小雪到茅经理的办事处，落实入股他的香港公司事宜。

茅经理让她再考虑考虑，到香港投资可不是小钱。

小雪说不用考虑，她不想再待在朐阳了。

第十九章

1

罗大彪准备在城里租厂房，将水晶加工厂搬迁进城。

丁小芹怕大彪进城后，跟曼华在一起时间多了，从此以后会疏远她，就把自己怀孕的事告诉了大彪。

大彪惊讶地说："你都怀孕三四个月啦，怎么不早点告诉我？"

小芹说："前一阵要债的人闹得乱糟糟的，我怕你心烦，就没有跟你说。"

大彪要带小芹去流产，小芹不愿意。两人闹了起来，惊动了罗广山夫妇。

罗广山夫妇又气又急。许莲花责骂大彪："人家一个黄花闺女，你怎么把人家肚子搞大了，简直是作孽啊！这事要让曼华和舒敬亭夫妇知道，肯定要出大事的。曼华对你多好啊，你两次惹祸，都是人家救了你，你对不起人家啊！"接着，老两口又劝小芹赶快去流产，说：“小芹你不是不知道，大彪和曼华青梅竹马，感情深厚，他俩是不会离婚的。”

小芹只是哭，也不答话。

罗广山说：“我们也知道，这几年你帮了大彪不少忙，我们会让大彪补偿你的。”

小芹根本不听，哭着跑出罗家。

事情很快在大彪的厂里传开了，也很快传遍了湖塘村。

舒曼华和父母也知道了这件事。曼华在父母面前哭泣。

夏兴月对女儿说：“这个罗大彪就不是个东西，道德败坏，他跟丁小芹勾勾搭搭这么久了，你怎么还执迷不悟？”

曼华哭着说：“别人说他们携款私奔，大彪死不承认，我相信了他们，哪里会想到，他们能做出这么龌龊的事情！”

夏兴月说：“孩子，你结婚后没过一天好日子啊，你太心善了，你对他再好，恨不得把心扒给他吃，可人家照样要害你呀。”

舒敬亭在一边皱起了眉头，对夏兴月说：“年轻人的事情，你说得那么恐怖干什么？到底怎么回事，是不是流言蜚语，我看曼华还是回去一趟，到湖塘村了解清楚了再说。”

曼华回到湖塘村罗家，责问大彪为什么最近没有回城里的家，他和小芹的事情是不是真的？

大彪说是因为工作忙才没有回去，跟小芹的事是别人捕风捉影。

曼华说：“无风不起浪，丑闻都传到城里了，你还在这里抵赖，你把小芹叫来，我们当面问清楚。”

大彪一听说要找小芹当面对质，心里慌了，但故作镇静地说：“你不相信我，自己去找小芹。”

曼华气得自己到水晶加工厂找小芹，但找了一圈，根本没有小芹的影子。

许莲花到厂里把曼华拉回家。罗家老两口骂大彪好日子不过作着过，要他向曼华认错。

大彪却是一副死猪不怕开水烫的模样。

曼华通过他们的神态和语气断定，丁小芹怀了大彪孩子的事情一定是真的。

曼华一刻也不愿在罗家待下去，不顾公公婆婆的挽留，执意回城。

2

金海亮来找舒曼华，还是动员她抓紧购买水晶大市场的商铺，先买的业主优惠较大。

曼华埋怨他：“你就是个工作狂，是不是不推销你们的商铺，你就不来见我了？”

海亮说：“我过几天要随市里的招商团去上海、浙江招商，一旦外地的商户涌入，你下手晚了，就没有好位置了。”

曼华说：“我心情不好，今天不想考虑这件事。”

海亮不好意思地说：“好，咱们不提商铺的事了，我有件事情，想让你拿拿主意。丁老黑想出国搞水晶，打算拉着我一起去，我心里很矛盾。”

曼华说：“这倒是个机会呀，丁老黑是个实干家，你跟他一起做事，还是靠谱的。不过……你要是出了国，平时我想找个说话的人都没有了。”说到这里，曼华很有些伤感。

曼华一直是个开朗的人，海亮觉得她今天的情绪不对，便问她：“你好像有什么心事？为什么心情不好？大彪欠款的事不是解决了吗？”

曼华沉默了一会儿，忍不住哭道：“我让大彪害惨了，他跟丁小芹好了，丁小芹都怀孕好几个月了……”

海亮非常吃惊，气愤地说：“这个罗大彪，太不像话了！”

孙良民接到苗兴运从上海打来的电话，说他已经和展览馆联系好，邀请舒曼华前去考察。

曼丽说：“曼华家里出了这样的事情，哪有心思去办展览？”

孙良民说：“事情既然已经发生了，整天在家生气、痛苦有什么用？问题还得解决，生活还得继续，让她去一趟上海，正好出去散散心嘛。”

曼丽和孙良民到曼华家，把苗兴运的电话告诉她。不出曼丽所料，曼华果然说她没有心情去办展览。

孙良民劝她说：“这是个难得的机会，既可以提高知名度，又能拓展商机，多少人削尖脑袋求之不得，你要是放弃了实在可惜。”

曼华激动地说："我要知名度要商机有什么用？我把自己最心爱的水晶卖掉了，帮他还债，我得到了什么？我得到的是背叛啊！我都不想活了，还要这些有什么用?！"

曼丽听了这话，发火道："曼华，你比我能干，比我有出息，我也一直为你骄傲，但你今天这话不该说，罗大彪这样的人，值得你为他寻死觅活吗？要我说，出了这样的事，你和他再也过不到一块儿去了，不如离了算了！"

罗大彪不想和曼华离婚，他到市区的家里，想稳住曼华。

他向曼华承认错误，忏悔道："我不是人，不该骗你，我被丁小芹这个狐狸精迷了心窍。你放心，我一定把小芹带去流产，不会让她把孩子生下来。从此以后，我不可能再和她啰唆了，我要一心一意和你过日子。"

曼华说："我不想再听你的解释，你把事情处理好再回来。过两天我要到上海去一趟，你不要找我。"

大彪说："你去上海干吗？我陪你去吧。"

曼华冷冷地说："我不需要你陪，不想看到你！"

大彪回到村里，到丁小芹家找人。

小芹的父母说："我家小芹已经好几天没回家了，她是到你厂里上班的，现在人不见了，我们正要朝你要人呢。"

大彪不敢多言，又到小芹的七大姑八大姨家寻了个遍，还是没有找到。

这天，有人说西大岭水库有个女人投河淹死了。大彪心里一惊，骑上摩托车就往水库边赶，果然看到一群人围在那里。他急忙扒开人群，凑近一看，投河的年轻女人并没有淹死，被人救上来后，正坐在那儿哭泣，但并不是丁小芹。

大彪悬着的一颗心放了下来，他走到当时在西大岭藏身的坑塘边，回想起小芹给他送饭和他亲热的情形，不禁怅然若失。

大彪找不到小芹，却听说村里许多人在传言：小芹放出话来，她跟大彪怀的这个孩子一定要生下来。

3

舒敬亭夫妇实在按捺不住，专门来到湖塘村，向罗广山夫妇“兴师问罪”。

夏兴月的话说得很尖刻：“你们家大彪一次又一次闯祸，要不是曼华，早就吃官司坐牢了，不知道他现在凭什么这么嘚瑟？家花不如野花香啊，在外面野种都要出生了，是不是你们支持他这么做的呀？”

许莲花自知理亏，忙不迭地给老舒夫妇赔礼道歉：“曼华这样的媳妇，是打着灯笼都难找的，我们怎么会支持大彪去做伤天害理的事啊？我们天天催大彪，赶快找到小芹，带她去流产。这不，大彪连厂子都不顾了，天天都在外面找人。”

双方正说着，丁小芹的父母和大哥找上门了，朝罗家要人。

他们说小芹到罗家来打工，被大彪诱骗怀孕，大彪非但不负责任，还逼她去打胎，现在小芹失踪了，罗家再不交出人来，他们就要去报警了。

一时间，罗家乱成了一锅粥。

老舒夫妇回到城里，直接就到了曼华家。

夏兴月叫曼华赶快离婚，跟大彪一刀两断，越快越好，绝不要拖了。

曼华说："你们不要再提这事，让我清静一会儿好不好！"

金海亮和舒曼华坐在开往上海的列车上。

海亮说："我们招商团后天才能出发，我跟领导请示过了，提前到上海等他们。"

曼华说："要不是听说你要去上海，我这一趟就不打算去了。不好意思，又麻烦你了。"

海亮笑道："跟我客气啥，我觉得你出来散散心也好，我陪你在大上海好好逛两天。"

海亮和曼华下了火车，就被苗兴运开着进口轿车接走了。

苗兴运听说他们都是第一次来上海，说要带他们好好逛逛大上海。

第二十章

1

罗大彪思来想去，不知道丁小芹能藏到哪里。

小雪提醒他：“小芹没出过远门，又怀有身孕，不可能走得太远，你上次带着她躲债住的旅馆，你去找过没有？”

大彪说：“我去找过呀，可没找到。”

小雪说：“一人藏，十人难找，她是有意躲你，肯定不容易找。你还应该到那附近去找找。”

大彪这回找得特别仔细，果然在那附近的另一家小旅馆找到了丁小芹。

小芹正在泡一块方便面吃，看大彪来了，似乎并不感到奇怪，爱理不理的。

大彪冲她大发一顿脾气。小芹也跟他大喊大叫，话很难听。她说：“我肚子里的孩子可不是跟狗怀上的，他是你罗大彪的种，就是生个小猫小狗，也要姓罗！”

大彪气得要揍她。小芹一点都不示弱，跟他针锋相对。大彪要强行带她去做流产。小芹说坚决不流，还发狠说：“你要敢逼我去医院，我就从窗户跳下去，立马死给你看。”

大彪气得把小旅馆的家具都砸了。小芹跟着一起砸，还冷嘲热讽地说：“反正你家有的是钱，赔呗，就算你赔不起，还有曼华，她不是挺能赚钱的嘛。”

大彪最后责问她：“你到底想怎么样？”

小芹说：“嫁给你！”

大彪说：“绝对不行，曼华不会离婚的。”

小芹说：“你以为曼华纯洁啊，她跟金海亮的事，谁不知道？他俩还一起去逛了大上海。”

大彪嘴上说她胡说，心里也犯嘀咕，又服软说：“那也得回家商量啊，你躲在这里算什么啊？你家人也到处找你，还问我要人呢。”

小芹不回去，逼大彪给她一个承诺。

大彪就是不承诺。两人又大吵一通。

大彪走在城市的街道上，茫然无助。

他徘徊良久，还是回到家里。曼华不在家，他看到桌子上的一沓照片，拿起来一看，正是曼华和海亮在上海拍的。有几张她和海亮的合影。照片上的曼华，笑得开心甜蜜，海亮也喜气洋洋。有一张，曼华的头都要靠到海亮的肩膀上了。大彪的脸冷了，脑子里出现了几年前婚礼上的一幕：曼华把酒杯摔了……

大彪拿了两张曼华和海亮的合影照，装进口袋，再次来到小旅馆……

大彪骑着摩托车，大摇大摆地带着小芹，驶往湖塘村。

小芹紧紧搂住大彪的腰，一脸的快乐和幸福。她大声地说：“咱把儿子起名叫冰雪吧。”

大彪说：“不行，他姑姑叫小雪。”

小芹说：“那就叫冰剑。”

大彪说：“不行，不能叫冰什么。”

小芹说：“就要叫，儿子就是我的一把利剑，斩断你跟曼华的孽缘！你都承诺要和曼华离婚了，还护着她啊，我就要把咱儿子起名叫冰剑。”

大彪说：“这名字太冷了，咱要起一个热乎点的，再说了，你怎么知道是儿子？我喜欢女儿。”

罗广山夫妇骂大彪，不把小芹带去流产，还明目张胆地把小芹带回村。

罗广山让他赶快跟小芹一刀两断。

大彪先是低头不语，后来坚定地说：“我要和小芹结婚。”

罗广山夫妇都大吃一惊。许莲花难得一次大发脾气。

大彪反而平静地跟父母说：“你们知道我为什么要跟曼华离婚吗？因为曼华已经变心了。”

父母都不相信。大彪说出了内心长久以来的痛楚，还把曼华和海亮在上海的合影照片拿出来给父母看。

罗广山夫妇都很震惊。

大彪添油加醋地说，海亮和曼华有暧昧关系，正因为这样，他连在城里的家都不能回了。他还反复强调，他和小芹也是万不得已才走到今天这一步的。

罗小雪带着茅经理来到湖塘村，把茅经理介绍给父母。

罗广山夫妇这些天为大彪的婚姻操碎了心，小雪又突然带一个中年男人回家，让许莲花一时接受不了。

罗广山也说："小雪这是什么眼光啊，怎么带这么个人物回家？"

老两口又给小雪愁死了。

罗广山让许莲花去找小雪问问清楚。

小雪正带着茅经理参观车间。许莲花把小雪叫了出来，问小雪和姓茅的发展到哪一步了。小雪说都谈婚论嫁了。许莲花脸色难看。小雪把茅经理夸奖了一通，赞赏他的为人，还赞赏他做生意的诚信等。

许莲花说他再好，也太老了，瘦得跟麻秆似的，长得吓人，说话也咬不清字。

小雪笑他们老土，说港台人说话就是那腔调，听习惯就好听了。

许莲花又说起大彪和曼华的婚姻，说两人都不省心。

小雪说哥哥不省心，她和茅经理一定不让父母操心的。

不过，小雪对大彪的话表示怀疑，说海亮虽然和曼华关系不错，还不至于像哥哥说的那样。

许莲花说："你还护着海亮，他要不是这样的人，为什么不跟你谈？你对他那么好，去部队服侍他，他良心都叫狗吃了，我也早就看他不是个好东西，硬是把大彪的家给毁了，把咱家都给坑了。"

罗广山走过来了，听到老婆和女儿刚才的对话，站在一边一声不吭。

2

舒曼华从上海回来，心情还是好不起来，她时常拿出在上海照的相片，对那几天短暂的快乐非常怀念。

舒曼丽这几天常来看妹妹。这天，她听说了曼华和金海亮有瓜葛的事，又往曼华家走来。在街口，曼丽碰到了海亮。原来，海亮关于出国不出国的事，禁不住丁老黑的反复诱惑，一时拿不定主意，决定再去征求曼华的意见。

在街口和曼丽相遇后，海亮热情地跟曼丽打招呼，却遭到曼丽的冷遇。

海亮不知道怎么得罪了曼丽，正纳闷着，曼丽跟他说："你以后别到我妹妹家了，我们家不欢迎你，请你自重。"

海亮很是难为情，不知道发生了什么，只好半道折回去了。

曼丽到了曼华家，看到曼华正在看一沓照片，抢过来翻了几张，然后把照片重重地扔到桌子上，说："你和金海亮跑到上海干什么去啦？"

曼华说：“没干什么啊，只是一起顺路而已。”

曼丽说：“你别再遮遮掩掩了，苗兴运可没有邀请海亮，是不是你带他去的？”

曼华问她怎么啦？

曼丽说：“大彪和小芹确实不对，但你和海亮做得也不好。”

曼华听懂了，说：“我跟海亮什么都没有啊，我们只是朋友，又是一个村的同学，这些年来一直处得不错，这你都是知道的。”

曼丽告诉妹妹：“在湖塘村，还有亲戚朋友，都在说你，大彪为什么跟小芹发生那种事？都是因为你不让大彪归家，都在传言你和海亮的事，你们到底怎么啦？”

曼丽看着妹妹的肚子，又说：“结婚好几年都没怀上，我还以为是大彪的不对，原来出在你自己身上。”

曼华十分吃惊，问姐姐这话是从哪里听来的。

曼丽说：“从哪里听来的不重要，我是你姐姐，今天也没有旁人，你跟我说真话，你和海亮有没有上床。”

曼华坚决地说：“没有！”

曼丽看着妹妹说：“你撒谎！海亮刚刚还来的，看他鬼鬼祟祟就不是个东西，在门口让我堵回去了。”

曼华听了，很是生气地说：“你怎么能这样，无中生有的事你也相信，还赶走了海亮？”

曼丽说：“看看，你还护着他，现在都到什么时候啦，大彪要跟你离婚了。”

老舒夫妇也来到曼华家。他们也听说了女儿和海亮的事。夏兴月虽然不喜欢大彪，但对于女儿做出这种事来，也很生气，她一进屋就责怪曼华。看曼丽也在，顺带着把海庆也一起责怪了，说金家兄弟害死你两人了。

曼华委屈死了，越是解释，反而越描越黑，她最后只好不说话了。

夏兴月问她："大彪要提出跟你离婚，你怎么办？"

曼华负气地说："没有好不好办的，顺其自然。"

夏兴月唉声叹气，说："既然你不喜欢大彪，既然当初你就喜欢海亮，为什么不直接嫁给海亮呢？海亮追你这么些年……你真糊涂啊。"

对于亲人的误解，曼华十分伤心，她眼含热泪地陈述了自己的无辜。她说："如果我真的和海亮之间有什么，我凭什么要嫁给他罗大彪？我凭什么一次两次变卖心爱的水晶来解救他？"

曼华越说情绪越激动，泪水飞扬，最后失声痛哭。

3

金海亮回到办公室，想着在街上碰到舒曼丽的情形。他感觉到曼丽不友好的态度，可能是因为曼华和大彪的婚姻问题把他牵扯进去了。

他正想着心事，丁老黑找他来了。

丁老黑很欣赏金海亮办事的老练和成稳，觉得和他一起出国，更增加保险系数，因此，他再次来动员海亮出国。

他对海亮说，出国的所有费用都由他承担，赚了钱，和海亮平分；赔了本，算他一个人的。

海亮此时不是对出国的事没有兴趣，而是更关心大彪和小芹的事，便询问丁老黑。

丁老黑说："你还不知道？大彪要和曼华离婚了，要明媒正娶小芹。"

海亮骂大彪糊涂。

丁老黑纳闷了，说："怎么啦？这难道不是你希望的吗？"

海亮问他："此话怎讲？"

丁老黑奇怪地说："村里人都说你和曼华……还说大彪这些年来一直忍辱负重，他和小芹走到今天，也是万不得已。"

海亮听了这些莫须有的传言，非常愤怒。

两人正说着，曼华急忙过来找海亮。她要向海亮解释，不能让海亮不明不白地背黑锅。在海亮的办公室，她看到丁老黑也在，欲言又止。

丁老黑看此情况，不便久留，便要告辞离开。

曼华突然觉得，当着乡亲村邻的面，把事情说开来更好。她情绪激动地痛斥大彪无耻，他和丁小芹做出如此下流的事来，还嫁祸于人，不惜污蔑自己的老婆，他这样做，无非就是要达到离婚的目的。

曼华身心疲惫地回到家，竟然看到罗大彪坐在家里。

她强忍愤怒，责问大彪："我让你回去处理和丁小芹的事，处理得怎么样了？"

大彪实际上很心虚，不敢说话。

曼华说："你怎么不说话？你说啊！"

大彪突然服软地给曼华下跪，痛哭流涕地告诉曼华，他跟小芹谈了，但小芹一定要把孩子生下来，还威胁他，要不和她结婚，她就要死。

大彪说："曼华，这些年来，我不知道是不是爱你，但是我知道海亮对你好，我好胜心强，妒忌……我不能容忍海亮和你好……现在我知道了，你和海亮才是天生的一对，我们离婚吧，你和海亮结婚。"

曼华也哭了，她说："大彪啊大彪，我和海亮的关系，难道你不知道？我要和他有什么瓜葛，他当兵时给我写了那么多信，我会一封不回？我一直看重你，是因为你心气高，事业心重，敢闯敢干……但是，你是怎么做的？你骗别人，又受别人的骗，我是怎么帮你的？你做出下流无耻的事来，我冷静地让你回家处理，你却编出我和海亮的事……你滚吧，滚得远远的，不要再来见我……"

大彪说："那离婚的事……"

曼华突然冷静下来，说："你写好协议吧，我签字。"

第二十一章

1

金海亮从商业局辞职了。曼华以为海亮的辞职和她有关，感到自责，去劝说海亮要慎重考虑。海亮反而批评她离婚过于草率。两个人虽然话不投机，但都在为对方考虑。

曼华说：“海亮，我俩真是冤家，这些年你一直对我好，我却对你没有那种超出友情的情感，真是奇怪得很。”

海亮说：“是啊，事到如今，也不妨讨论一下，如果当初你嫁给我，会怎么样呢？”

曼华说：“我根本就没想过，我一直以为你和小雪合适……唉，不说这个了，你把小雪也伤了，你以为小雪真爱那个姓茅的？你辞职出国做生意，是不是要洗刷和我之间的误解啊？”

海亮说：“如果说和你一点关系没有也不可能，但主要的，还是想自己闯一闯。国外有丰富的水晶矿藏，已经有不少人在国外收集矿石，还有直接开矿的。丁老黑的话有道理，早一点出国早发财，现在是市场经济了，你不是也准备辞职吗？我出国以后，也能为你的‘水晶大观园’挑点好晶石。”

小雪和茅经理商谈水晶加工厂搬迁的事。

茅经理更倾向于把资金投向香港。他说，内地和香港相比，在香港投资更安全。

小雪觉得，要在香港投资，也更要搞好并扩大水晶加工厂。

舒曼华在街上遇到了宁一苇。

宁一苇提前出狱了，他故意在曼华家门口的小街上制造这次巧遇。

曼华看到久违的宁大诗人，问他还写诗吗？

宁一苇说自己正准备写一部长诗，一万行的长诗，诗名叫《水晶之恋》，题材就是以曼华为蓝本。

曼华说：“你还是不改诗人的臭毛病。”

宁一苇说：“没有个性还做什么诗人啊。”又说：“我也和朋友一起做水晶生意了，写诗不能当饭吃，只能算是一种高雅的行为。”

曼华笑他还知道东西南北，这几年没白改造。

宁一苇说为了把长诗写好，想采访曼华。

曼华说没时间奉陪。

宁一苇说：“我知道你的‘水晶大观园’搬到市场里了，可以到那里采访。不看老同学的面子，也要看在诗的分上啊。”接着，他厚着脸皮一直跟着曼华来到“水晶大观园”。

曼华好不容易甩了宁一苇，急匆匆赶到机场——海亮今天乘航班出国去了。

候机室里，两人依依惜别，互相说了些鼓励的话。

曼华突然有些伤感，说：“还记得你当兵时我送你的情形吗？”

海亮说：“怎么不记得？你还把那块水胆水晶送给我哩。”

2

丁小芹生了一个大胖儿子，罗家人欢天喜地。

但是，大彪和小芹经常吵吵闹闹。大彪要干事业，扩大生产规模。小芹说船小好掉头，不许他扩大生产，还把资金死死攥在手里。大彪连进原料的钱都没有，跟小芹要钱就吵架。

很多搞水晶的人都进城投资水晶商铺了，大彪也要进军水晶大市场。

小芹连阴带损地说：“还是在湖塘村好好待着吧，别拿进城做幌子了，还不知道要去和谁约会呢？是不是看曼华也在水晶大市场？莫非要重叙旧情啊？”

大彪气得要揍小芹，她就一个人钻进车间干活，把孩子扔给大彪。孩子哭闹不休，大彪只好再去求她。更让大彪难以接受的是，许多工人因为生产量不足，挣不到钱而跳槽了。

罗广山看不下去，跟小芹谈两句。

小芹说："我最了解大彪了，他以前做什么事都没有成过，不是出这个事就是出那个事，简直就是惹祸蒲包，为了家庭安定，他还是本分一点的好，干点死活，挣点小钱，过安稳日子就行了，他也就是这个料。"

大彪苦心经营的水晶加工厂，就这样变成了一间夫妻店，变成了家庭小作坊。看着空空荡荡的车间和闲置的设备，大彪没心思干活，后悔当初草率离婚。

大彪厂里的货积压很多，本来都是有人上门收购的，小芹的刁钻和蛮横，把进货商都得罪了。小芹自己不反思，反而抱怨大彪无能，没人缘。

无奈之下，小芹只好让大彪进城去卖货，临行前反复叮嘱他，让他快去快回。

大彪到了城里，跑了好几家店，他的货都没人要。一是质量一般，二是式样落后，三是要价偏高。

大彪十分苦恼，只好去找金海庆。他在村里就听说，海庆在水晶大市场这边租了个小铺面，卖些水晶杂件。大彪要把两大包货留给海庆。

海庆说他是小本买卖，混口饭吃，怎么能吃得下这么多货呢。

海庆心生感慨，一直牛哄哄的大彪怎么会混成今天这个样子？

大彪跟海庆打听他弟弟海亮在国外的情况。

海庆很是得意地把海亮寄来的信给大彪看。信里还有一张海亮在巴西乡间拍的照片。海亮晒得黢黑，但看上去心情愉快，很有精神。

大彪从信里了解到，海亮和丁老黑在巴西一起开水晶矿，已经见成效了。大彪很是羡慕，想要海庆把这封信给他，他找机会按信上的地址跟海亮及丁老黑取得联系。海庆说信不能给，是给别人留着的，地址可以抄下来送给他。大彪坐了一会儿，又去别的店铺推销他的产品了。

大彪刚走了一会儿，曼华过来找海庆。

海庆把海亮的信给了曼华，用责怪的口气说："海亮真是的，好几个月没给你写信了吧？"

曼华说："他可能太忙了。"

正在这时，大彪又回来了。他转了一圈，货没有推销出去，只好再来求海庆，还说，这批货要是卖不出去，小芹还不知怎么收拾他了。大彪愁眉苦脸，居然没有看到坐在店铺一角的曼华。

曼华在一旁听了他们的对话。在此之前，她只知道大彪的生意越做越小，却没想到他会失魂落魄到这种程度。

大彪忽然发现曼华坐在店里，觉得很没面子，恨不得找个地缝钻进去。

宁一苇突然出现在海庆的店里。他最近一直在水晶大市场转悠，有意无意地跟踪舒曼华。他看见曼华进了海庆的店铺，又看到大彪拎着满满两大化纤袋的水晶制品进了店，便跟了进来，指着大彪的化纤袋，说要看看货。

宁一苇看了大彪的货，煞有介事地说要全部收购，但他出的价钱却低得离谱。

大彪觉得这个价格不能卖，连本钱都不够。

宁一苇说："你这货已经是低档之中的低档了，做工不错，但材料太次，能有我这买主就不错了，要不是看在曼华的面子上，白给我都不要。"

大彪受了宁一苇的奚落，灰头土脸地走了。

宁一苇插这一杠子，让曼华很是气恼。

宁一苇说："我是故意损他的。我都听说了，是他当初抛弃了你，怎么你还护着他啊？"

曼华说："这事跟你无关，请你以后别再掺和！"

宁一苇知道曼华对他没有好感，仍然死缠烂打地跟着她。他讨好地对曼华说，可以在百货大楼帮她调个好工作。

曼华告诉他："你说晚了，我已经打了辞职报告。"

宁一苇又提出当曼华"水晶大观园"的艺术顾问。说你这么大的一个水晶展馆，在全市没有第二家，在全国都有影响，太需要一个诗人做艺术顾问了；还说他当这个顾问，不要曼华一分钱顾问费。

曼华轻蔑地说："你的好意用错地方了！"

大彪的货非但没有出手，还受了一肚子气，回家后跟小芹大发一通脾气。

谁知小芹的脾气更大。不过这次她发的可是无名火，而且撒泼无赖地说："本以为你进城是卖货去的，原来是去会大老婆的！你都跟曼华聊些什么？是不是还要回去跟她过啊？你复婚我一点不反对……"说罢，她抱着孩子回娘家了。

3

南美巴西某城市。丁老黑和一个叫伊莲娜的金发美女在一家咖啡店约会，两人很甜蜜的样子。金海亮也来了。三人喝着香槟酒，庆祝开矿成功。

丁老黑主动提到一块精美的钛晶，说适合放在曼华的"水晶大观园"里。接着，丁老黑抱怨海亮，出国这么长时间了，很少给曼华写信和打电话，真不像话。他夸曼华是个好女人，劝海亮跟曼华谈恋爱。

海亮跟丁老黑说了真心话，说如果放在几年前，他会考虑的，事实上他也一直在追求曼华。但是，现在，他觉得不可能了，随着时间的推移，那种爱，已经变成另一种滋味了。

丁老黑说他封建，是不是嫌人家曼华是离异女人。

海亮摇摇头，说绝对不是。

罗小雪和茅经理一起，已经陆陆续续投资到香港的珠宝行很多钱了。茅经理还告诉小雪，他的澳门店即将开业。

小雪看着澳门方面寄来的各种文件的复印件，和茅经理一起展望着事业的发展，雄心勃勃，决定要参加澳门店的开业庆典。

小雪的理由，让茅经理无法拒绝。两人决定先取道香港，先考察香港店的经营情况，再去澳门参加庆典。

因为小雪第一次去港澳，办手续比较复杂。在办理过程中，茅经理不断地和港澳方面电话、电报联系，还热心地为小雪的穿着打扮提出自己的建议。

他们终于踏上了去港澳的行程。小雪和茅经理坐飞机来到广州，然后由深圳口岸顺利进入香港。

在香港一个还算繁华的地段，小雪第一次看到她入股的珠宝行。在水晶柜台前，她看到自己企业生产出来的水晶产品，感到十分欣喜。

珠宝行的店长走了过来，请小雪和茅经理到贵宾室喝茶聊天。但是，小雪发现一个问题，店长并没有称茅经理老板，而是称呼他茅经理。更离奇的是，有人请茅经理去接一个电话，说是孟老板的。

茅经理走后，小雪问店长，茅经理不是这个店的老板吗?

店长说，不是，老板是孟先生。

小雪对茅经理顿生怀疑。

茅经理和小雪住进一家豪华宾馆。看小雪情绪不对，茅经理知道自己露了破绽。但他仍然巧舌如簧，说这个珠宝行是他和孟老板合伙开的，股份他占小头，百分之四十五，孟老板占大头，百分之五十五，这种合伙模式，在香港常有。

茅经理让小雪放心，她的投资是合法的。再说了，他和小雪就要成夫妻了，财产都是共有的。但小雪还是怀疑，要再去澳门看看。

正在这时，茅经理又接到电话，是澳门方面的代理人打来的。他告诉茅经理，澳门店因街道改造，只能推迟开业。

小雪说不参加开业典礼不要紧，只要到店里看看。茅经理一口应承。

当晚，他们就坐船来到澳门。一个精干的年轻人开车，接待了小雪和茅经理。在车上，茅经理向小雪介绍，这个年轻人就是澳门店的经理人，姓徐。

徐经理把车开到一个街区，指着对面一个建筑说，这个门面就是我们的珠宝店，但因为街道还没有修好，只好推迟到一个月后才能开业。小雪看到，这段街面确实正在修整改造。

茅经理的甜言蜜语，让小雪又相信了他。

小雪忽略了一个细节，茅经理刚才悄悄塞钱给徐经理。原来，这个精干的年轻人是他花钱雇来的托儿。

第二十二章

1

舒曼华的“水晶大观园”已经搬到水晶大市场三百多平方米的门面房里。这天，南京一家展览馆的两位领导慕名而来，到“水晶大观园”参观后，邀请曼华去南京办展览。自从在上海成功举办展览，曼华已经多次接到这样的邀请了。

曼华刚把客人送出门，金海庆过来找她。海庆在水晶大市场租的店铺，近来以经销弟弟海亮从巴西发过来的水晶为主，还帮一些加工厂代销水晶饰品和雕件。

海庆告诉曼华，最近海亮他们有一批水晶要从巴西用集装箱发过来，海亮特意打电话回来，让他收到这批货之后，第一个就要让曼华去挑选，海亮说这批货里有不少好东西，曼华是最识货的人。

曼华也很关心海亮在巴西的情况，虽然两人偶有通信和通电话，但毕竟相隔万里，所有的关心和惦念也只能放在心里。她让海庆和海亮联系时，也要叮嘱他注意保重身体。

说完海亮的事，海庆又从身上掏出一个礼品盒子，打开一看，是个雕刻精致的钛晶长命锁。

海庆说，小玲子快过十岁生日了，他很想孩子，但现在孩子在曼丽和孙良民身边，曼丽不让他和孩子接触。他特意挑选了一块钛晶，请人雕了个长命锁，算是送给孩子的生日礼物，请曼华转交。

曼华说：“我姐就是这么个人，小孩脾气，一时任性，你不要太和她计较。你是小玲子的亲生父亲，她凭什么不让你接触孩子？这事情我得要说说她。”

海庆摆摆手说：“孩子这样过得很好，我也不便去打扰他们。”

曼华收下海庆送来的长命锁，来到曼丽开的木雕工艺店。

曼丽的木雕店也开在水晶大市场的门面房里，与曼华的店面相隔百十米。但曼丽不在店里。一个女雇员告诉曼华，说小玲子生病了，曼丽带孩子上医院看病去了。

曼华的心里咯噔一下。

舒曼丽和孙良民带小玲子到朐阳市人民医院检查。

曼丽告诉医生，小玲子在学校上体育课时，突然晕倒，把腿都摔破了。

医生问：“以前出现过这种现象吗？”

曼丽说：“听孩子说过头晕和头疼，但过一会儿就好了，也就没太注意。”

医生让小玲子做系统检查。

几天后，医院的长廊里，曼丽和孙良民焦急地等待检查结果。医生将他俩招呼进办公室，告诉他们，经过检查，小玲子得的是急性骨髓增生异常综合征，也就是白血病的前期，很有可能发展成白血病。

曼丽顿时觉得天旋地转，失声叫道：“不，不可能！”只一刹那，她的眼泪就流了出来，“医生，这不可能，你们是不是搞错了，我求你了，再给孩子检查一遍。”

孙良民一边紧紧握住曼丽的手，劝她冷静，一边央求医生再仔细检查。

医生平静地对他们说：“你们家长的心情我理解，但检查结果我是实事求是地告诉你们，如果你们不放心，可以到大城市的医院再做检查。”

舒家人都已经知道小玲子的诊断结果。曼丽哭成了泪人。曼华一边劝姐姐一边流泪。

夏兴月流着泪说：“小玲子，我的乖啊，你怎么这么命苦啊！”

孙良民显得冷静些，他说：“我们市里的医院条件有限，诊断也不一定准确，我看还是把孩子带到大医院去检查。”

舒敬亭叹着气，说：“都别哭了，我看小孙说得对，再带孩子到大医院查查吧。”

一家人决定，让曼丽和孙良民带小玲子到上海的大医院检查。不管检查结果如何，暂时都不能把实情告诉孩子。

孙良民说："我已经跟上海的苗兴运老师联系过了，他的关系广，可以帮我们找上海最好的医生。"

小玲子动身去上海时，曼华给孩子戴上了水晶长命锁。她没有告诉任何人，这把长命锁是海庆送给孩子的生日礼物。突然的变故让她不知道此时提起海庆是否合乎时宜。

天真无邪的小玲子当然不知道自己的病情，妈妈带她去上海，让她很兴奋；小姨送她的水晶长命锁，让她爱不释手。

2

罗大彪和丁小芹又在家里争吵。

小芹说大彪最近经常朝城里跑，也没看他做什么生意，是不是打着谈生意的旗号，去找曼华了。

大彪哭笑不得，说："你以为曼华跟你一样呀，她才没有那么贱呢。"

小芹火冒三丈："罗大彪，你把话说清楚！你这意思是说我贱是吧！你这个没良心的东西，现在看不起我了吧，当初你是怎么追我的啊，你把我玩够了，玩腻了，你又想那个城里狐狸精了吧！"

大彪说："你这是胡搅蛮缠！你不让工厂朝城里搬，不让我在水晶市场租铺面，连我跟厂里的女工说句话，都要看你的脸色，你干脆找根绳子把我拴在裤腰上得了！"

小芹说：“你是狗改不了吃屎，我一不留神，你不定做出什么事来！”

大彪无可奈何地说：“丁小芹，我算服你了。跟你在一起，我算是倒大霉了。你看咱家这小作坊，现在是要钱没钱，要技术没技术，要工艺没工艺，要客户没客户，生产出来的货，还积压那么多……”

争吵中，他们一岁多的儿子醒了，在床上大哭，两人手忙脚乱，又去哄孩子。

另一间屋里，罗广山夫妇听到他们乱糟糟的吵闹，气得摇头叹息。

许莲花说：“这怎么得了呀，小芹把大彪管得也太严了，还让大彪干不干事情呀！”

罗广山说：“大彪他是自作自受，他俩再这样吵下去、耗下去，大彪这厂子眼看就要败了。”

许莲花叹了口气，又说起小雪的事情。她说：“小雪跟那姓茅的到底怎么回事？我看那姓茅的贼眉鼠眼的，不像个正经人。”

罗广山也百思不得其解。他说：“小雪这孩子一直蛮机灵的，这次怎么一反常态，看上这么个人？她会不会被人骗了？”

3

罗小雪跟茅经理接触多了，对他以往的神秘感消失了，发现他的一次次承诺都是空话。她跟茅经理爆发了一次争吵，吵得很激烈。

小雪责问茅经理："我的钱都投到你的香港公司了，效益怎么样？分红了没有？我怎么至今没看到一点收益，你也答应许多次了，要把我带到香港工作，还说要联系香港的大学让我读书，怎么至今没有一条兑现的？我想到你广东的老家去看一看，你也推三阻四，一直不带我去，这到底是为什么？"

茅经理的伪装是在突然间撕去的，而且撕得完全彻底。他给小雪跪下了，说："实话告诉你，我把你的钱全弄到香港炒股票了，现在亏得干干净净，一分不剩。我在香港根本就没有公司，你去香港看到的那个珠宝行是人家孟老板的，我就是给人家打工的。小雪，我对不起了，我不是人，今天跟你都坦白了，我以前说的是假的，我是个有家室的人，老婆孩子都在广东老家，我经常用家乡话跟他们打电话，你也听不懂……不过有一条是真的，我真的喜欢你，小雪，从一开始跟你接触，我就喜欢你……"

什么？这所有的一切都是假的，钱没有了，爱也没有了！小雪感觉天旋地转，天塌了……

小雪的泪水刹那间流了出来，骗子，你这个骗子！你不仅骗了我的金钱，还骗了我的感情、我的纯真！她一刻也不想待在茅经理的房间。

茅经理想拉住小雪，被小雪一把推开："滚！别拦我，我一刻也不想看到你！"

小雪痛不欲生，恍恍惚惚地走出云台宾馆，打了辆出租车回到湖塘村的家中。此时已是半夜时分，她进了自己的闺房，就把门关死了。

然而，她的父母、大彪和小芹都被她的突然归来惊醒了。

罗广山夫妇越想越不对劲，起床去敲小雪的房门。好一会儿，小雪才把房门打开。

小雪穿一身白色的衣裙，脸上明显是泪痕尚干，眼睛还红红的。她说："爸妈……对不起，把你们吵醒了。"

许莲花觉出小雪的异样，急着问："闺女，你这是怎么了？"

小雪强忍着内心的痛楚，说："我没什么，就是心情不好，想回家来过几天。"

罗广山连声说："回家好，回家就好！"

许莲花说："闺女啊，有什么委屈，就跟我们说说啊，千万别搁心里憋着。你好好歇着，妈明天给你做好吃的。"

小雪目送着父母走出房间，她再次关上房门，泪水又一次奔涌而出。这个房间，是她此生待过最多的地方，这里仿佛还留着海亮、曼华等儿时玩伴的各种气息。置身其中，她感到无比忧伤，因为这所有的一切，已经离她很远很远。她没有勇气也没有脸面去追寻这逝去的一切——爱情和友谊。她是被抛弃的女人，一个丢人现眼的失败者，一个多余的人；爱情没了，事业没了，这个世界不需要她了，她活在这个世上还有什么意思？

小雪的思绪走进了死胡同，她绝望了。她坐在桌前，一边流泪，一边给父母写遗书：爸爸妈妈，对不起，我是个不孝的女儿……

信写完了，泪水也流干了，小雪平静地躺到了床上……

第二天一大早，许莲花起床后，隐隐感到有些不安，急忙去敲小雪的房门。可是，她怎么也敲不开门。许莲花赶紧叫来罗广山……

罗广山喊了两声“小雪开门”，见还没有动静，便飞起一脚，把房门踹了开来。

大事不好！小雪割腕自杀了！她的一只臂膊耷拉在床边，鲜血从床上流淌到地上……

罗广山夫妇奔过去，把小雪抱在怀里：“小雪，你醒醒！小雪，你醒醒啊！”

许莲花号啕大哭。

这时，大彪和小芹听到动静，也赶了过来。

罗广山摸摸小雪的鼻息和脉搏，吼道：“孩子活着，赶快送医院，还有救！”

第二十三章

1

罗小雪被送到朐阳市第一人民医院抢救。由于失血过多，她气若游丝，生命垂危。

罗广山夫妇和儿子大彪坐在医院的走廊里，焦急万分，尤其是许莲花，一直以泪洗面，低声抽泣。直到医生从抢救室走出来，告诉他们，病人已经没有生命危险，三人才长吁一口气，并千恩万谢地感激医生。但医生又对他们说，病人因失血太多，可能留下后遗症，需住院观察治疗，并要进行心理治疗。

大彪从小雪“遗书”的只言片语中判断：是茅经理欺骗了她。

大彪怒火中烧，去找茅经理算账。他来到茅经理的办公室，不问三七二十一，揪住茅经理的衣领，吼道：“你这个畜生，小雪自杀了，你为什么欺负她？”

茅经理吓得面如土色：“啊，小雪自杀了？她……她……死了吗？”

大彪狠狠打了他一拳，骂道："你巴望她死吧！你这个骗子，做了坏事，想死无对证是不是？"

茅经理一边护住头，一边求饶道："不，不……我对不起小雪，我不想她死，我向她道歉，向你们全家道歉。"

大彪又捣了他几拳，说："道歉有用吗！你骗了她的感情、她的钱财，逼得她自杀，就道歉两句就想完事？我现在没工夫，你等着，过两天来收拾你！"

茅经理被大彪揍得鼻青脸肿，但他既没有声张，也没有报案，第二天就从朐阳市消失得无影无踪。

大彪鼓足勇气，到"水晶大观园"找曼华，想把小雪的事情告诉她，让她来劝慰安抚小雪。但曼华不在。店里的服务员告诉大彪，曼华到火车站接人去了。

大彪没见到曼华，便找到同在水晶大市场开店的金海庆，让海庆把情况转告曼华。

海庆得知小雪居然割腕自杀，感到非常震惊。

待大彪走后，海庆思来想去，觉得有必要把这件事告诉海亮。于是，他打了个越洋电话给海亮。

海亮听后，非常愕然，也非常揪心，他让海庆关注小雪的身体情况，问清楚小雪为什么要自杀，及时把情况反馈给他。

2

舒曼华到火车站接回曼丽母女和孙良民。此前，孙良民已经打电话回来，说小玲子的病情已经在上海的大医院确诊，舒家人都陷入忧伤之中。

小玲子从上海检查回来后，一家人又坐到一起，商量为孩子治病的事。

孙良民告诉大家，小玲子的病情发现得还算及时，医生说目前最好的治疗办法是亲人的骨髓移植，但是，经过检查，曼丽与小玲子的血液配型不符，无法进行骨髓移植，他们已经请医院向中华骨髓库求助。

听说曼丽与小玲子血液配型不符，一家人不约而同地想到了小玲子的父亲金海庆。

夏兴月说："那赶快去找海庆呀，他的血应该能跟小玲子配上。"

哪知曼丽听了这话，立即冲着母亲发火："我都烦死了，别提他好不好！"

曼华以为，姐姐与海庆的隔膜很深，此时是不愿出面去找海庆的，但事不宜迟，救孩子的命要紧呀，她决定自己出面去找海庆。

果然，海庆得知小玲子患病的消息，心疼得当场流下泪来，并着急地要跟曼华去舒家看望孩子。

曼华接着对他说："小玲子的病需要骨髓移植才能治愈，可我姐与她配型不合，你是小玲子的亲生父亲，你去医院检查一下，或许还有希望。"

海庆听说让他去做配型，突然紧张起来，含糊其词地说：

“这个……这个，你让我考虑一下……”

曼华被海庆犹犹豫豫的态度激怒了：“这要考虑什么？救人要紧！小玲子是你的亲骨肉呀，是她需要你的骨髓，你还犹豫什么！”

曼华发了一通火后，转身就走。海庆喊了她两声，曼华并不理会。海庆无奈地摇头叹息。

晚上，曼华刚回到家，就听到急促的电话铃声。她拿起话筒一听，电话居然是海亮从遥远的巴西打来的。

海亮在电话里焦急地询问：“小雪的情况怎么样？”

曼华不知所云。

海亮问她：“小雪割腕自杀，住进了医院，你难道不知道？”

曼华大吃一惊，说：“我真没听说，你是怎么知道的？”

海亮告诉她：“是我哥打电话给我的，我哥又是听大彪说的。”

曼华说：“我下午才见到你哥，他怎么没对我说这事？这么大的事情，他怎么能不告诉我呢？”说到这里，曼华停顿了一下，“不过，我下午也是因为一件重要的事情找你哥，他可能一时着急和难过，忘了告诉我小雪的事情。”

电话那头，海亮更着急起来，连忙问道：“怎么回事？到底发生了什么事，我哥怎么会这么难过？”

曼华沉默了片刻，说：“我也不瞒你了，小玲子得了白血病，需要她的亲生父亲——你哥捐献骨髓，可我找了你哥，他居然说，让他再考虑考虑。你说我听了这话能不生气？我是气得扭头就走啊。”

海亮大为震惊：“可怜的孩子，怎么得了这个病呀！这个时候，我哥咋会说出这样的话？不可能呀，别说是他的亲生闺女，就是一个素不相识的人，他也会伸出援手的呀！”

曼华说：“你不相信是吧，难道我能编排你哥？他到底怎么想的，反正我不知道，你可以打电话问他嘛。这件事我不想多说了，给他点时间，就让他考虑考虑吧。”

接下来，两人在电话里又说起小雪的事。

曼华说：“我虽然还没见到小雪，但我敢断言，小雪的心结归根到底还是因为你；你要是跟小雪好，就不会有茅经理这些事情，解铃还须系铃人，只有你才能解开小雪的心结！海亮，你回来一趟吧，没有你，小雪的心病不会好的。既然她选择得这么决绝，说明她对一切都绝望了，海亮，只有你能够给她希望，只有你能够救她呀！”

海庆接到海亮从巴西打来的电话。海亮责怪他说：“小玲子得了这样的重病，你怎么没跟我说？曼华找你，让你给小玲子捐献骨髓，你怎么支支吾吾没有痛快答应？”

海庆沉默了一阵，说：“小玲子的病情我也是刚知道，我心疼得要命，骨髓移植的事情曼华是找过我，我是说要考虑考虑，有些事情电话里跟你说不清楚。”

海亮说：“那好吧，我已经订好了回国的机票，马上就要动身，这个事等回去再说吧。”

小玲子到医院进行化疗，海庆实在放心不下，去医院探望孩子。

曼丽看到他来了，并不高兴。孙良民把海庆叫到一边，动员海庆给小玲子捐献骨髓。

海庆仍然没有表态。

孙良民说："我没想到你金海庆是这么个人，真不像个男人！难怪曼丽当初和你分手。"

舒敬亭夫妇也来到医院。夏兴月当着曼丽的面责备海庆："当初我们舒家是有做得不对的地方，可小玲子是你的亲生骨肉，现在等着你救她，你怎么还躲得远远的？"

海庆紧锁眉头，无可奈何地说："只要我的骨髓和孩子配得上，我怎么能不救她呢，可是我们的骨髓不可能配上呀！"

听了这话，夏兴月吃了一惊，刚要说什么，又突然闭口不语。

站在一边的孙良民却深感疑惑，觉得莫名其妙。

3

巴西某机场，金海亮与丁老黑告别。站在丁老黑身边的是金发女郎伊莲娜。

丁老黑对海亮说："你这次回国，一定要做好两件事，一是把小雪照顾好，最好能够和小雪结婚，那样的话，举办婚礼的时候，我一定回国，到场祝贺。二是要全面考察朐阳市的水晶市场，我们的根在朐阳市，也许用不了多久，我们就要回到朐阳，那才是我们的大本营。”

海亮调皮地行了个军礼，说：“回国后，我会全力以赴，执行丁老板的指示精神，保证完成……第二条任务，第一条任务嘛，尽最大努力……”

丁老黑笑道：“要回国了，看把你美的！”

伊莲娜也被海亮逗乐了，她用不太流利的汉语说：“金……海……亮，回去后，一定要对小雪好，有机会把她带到巴西来，我好好招待她。”

航班就要起飞，海亮和丁老黑、伊莲娜分别拥抱告别。

海亮几经辗转，乘坐航班回到朐阳市。海庆开车到机场接他。

车上，海亮又问起小玲子的病情。海亮说：“我就不明白了，小玲子是你的亲生骨肉，需要你给她捐骨髓，你怎么还犹犹豫豫？”

海庆忧心忡忡，欲言又止。

海亮见状，又问：“这到底是怎么回事？”

海庆靠边停下车，痛苦地把头埋在方向盘上，半晌才说：“海亮，这事你还是不知道真相为好，我谁也不会说的。”

海亮叹了口气，说：“既然这样，我不再问了。”

金海亮到病房看望罗小雪。他的突然出现让罗家人很是吃惊。

罗广山说："海亮，你出国一年多了，这是从国外回来的吧？"

海亮说："是呀，从巴西回国，坐了四十多个小时的飞机！"

许莲花惊叹道："这么远呀！可把你累坏了！"

坐在病床上的小雪却没有跟海亮打招呼，她别过头去，任由泪水泉涌而下。

许莲花识趣地对海亮说："你坐下来歇歇，正好跟小雪聊聊，我跟你叔出去有点事情。"

罗广山夫妇出了病房后，海亮和小雪却都沉默了。

海亮打破沉默，说："小雪，我们一年多不见了，我很想念你。"

小雪摇了摇头说："我不值得你想念，我也不希望你来可怜我。"

海亮说："我这次是专门为了你才回国的。回来之前，我想了很多，我觉得我以前对你确实有许多不妥的地方。"

小雪说："海亮，你不觉得你现在说这些已经迟了吗？一切都已经过去，我已经不是以前那个小雪了。"

海亮说："不，在我心里，你还是那个小雪，应该反思的是我，我愿意更多地了解你……"

第二十四章

1

凌晨，舒曼丽只身回到湖塘村。她避开所有人的视线，来到丁二宝家敲门。然而，等了好长一段时间，也没有人来开门。就在她失望而准备离开的时候，令人惊愕的一幕出现了：孙寡妇一边喊着救命，一边拉开院门冲了出来……

曼丽连忙拉住孙寡妇，问她怎么回事。

孙寡妇显然被惊吓过度，语无伦次地说："丁二宝挖地洞，不好了……塌方了……二宝被埋在地洞里了……"

孙寡妇凄厉的求救声惊动了全村。丁二宝家的小院里很快围满了人。

人们惊异地发现，丁二宝在自家院子的一角，挖了一个地洞，洞口不太大，很隐蔽，但洞子里还算宽敞，笔直延伸竟达好几十米。

村里几个年轻人顺着地洞找到塌方处，把丁二宝扒了出来。

丁二宝两条腿被砸断了，但因为脑袋和身子并没有埋在土里，竟然大难不死。

村里卫生所的医生将丁二宝简单包扎了一下，120救护车很快赶到，将丁二宝送往城里的医院。但此时，村民们还聚集在丁二宝家的院子内外，久久没有散去。人们议论纷纷，有的说丁二宝挖这么长的地洞，不，应该说是地道，莫非是发现了水晶“大龙”？有的说挖这地道耗费了巨大的工程量，他一个人挖的话，即使加上后期孙寡妇帮他，也需要几年时间，怪不得这几年丁二宝看似老实多了；还有人说，丁二宝这地道是朝罗广山家挖的，还有十来米就挖到罗广山家的猪圈了……

罗广山和大彪也在人群中，两人神情怪异。父子俩都看到了舒曼丽，对她一大早出现在这里甚感奇怪。

大彪走过去问曼丽：“你怎么一大早在这里？”

曼丽慌乱地说：“我一早过来看看……没想到碰到这事……”

大彪还想再问什么，曼丽跟他道了个别，便匆匆离去。

罗广山父子回到家，关上房门，就瘫坐下来。

大彪恨恨地说：“这个丁二宝，真是阴毒，看不出来呀，再有几个月，地洞就挖到咱家猪圈了。”

罗广山说：“你现在知道了吧，有多少人盯上咱家了，打大水晶的主意啊！”

大彪说：“爸，丁二宝这次出事，等于明摆着告诉大家，咱家有大宝贝。我看大水晶再放在那里，真的不安全了，你干脆还是下决心，把大水晶卖了吧！我现在做生意正缺钱，等大水晶卖了钱，我就可以东山再起了。”

罗广山瞪了儿子一眼：“我知道你也就这出息，大水晶就是卖了，钱也不能给你去折腾。你那老婆能让你安生做生意吗？你就老老实实地做点小买卖吧。”

丁二宝的突然出事让曼丽几乎崩溃，她从湖塘村失魂落魄地回到父母家，哭着对父母说：“丁二宝完了，小玲子没有救了。”

老舒夫妇诧异地盯着她，不知所云。

曼丽继续哭着说：“小玲子的父亲是丁二宝，不是金海庆！”

老舒夫妇惊呆了。

老舒颤抖着说：“这……这怎么可能？……”

夏兴月哭着说：“作孽啊，作孽，可怜的小玲子啊……”

就在一家人深陷绝望的时候，在病房服侍小玲子的孙良民赶来了。一进门，他就兴奋地告诉大家，中华骨髓库来消息了，一名志愿者与小玲子配型成功，小玲子有救了！

2

罗小雪的身体还很虚弱，但她急着想出院。医生跟金海亮建议，小雪还应该住院一段时间，进行心理治疗。海亮觉得很有必要。他从国外回来后，大部分时间都在医院陪护小雪。许莲花有意想让海亮和小雪多接触，已经回湖塘村家里了。

小雪仍然没有从被欺骗的阴影中解脱出来，她觉得自己无论身体还是灵魂都受到了玷污，已经不是以前那个纯洁的小雪了，她没有资格再接受海亮的爱。可海亮说：“我在国外的时候，经常想起我们小时候的事情，想起你对我的好；想得多了，一切都变得清晰了，我知道我需要的是什么，什么是真正的爱；我本以为已经失去了你，我后悔得夜里做梦都哭醒过。”

小雪心里很感动，泪水禁不住流了下来，但嘴上却说：“我再也回不到以前了……”

海亮说：“时间能够改变一切的。我回来这些天，也许是触景生情，回想最多的是我自己受伤住院那段经历，如果没有你去照顾我，帮我恢复记忆，我也许早就成了一个废人。”

曼华来医院看望小雪。她告诉小雪和海亮，不久要到西安去办水晶奇石展览。

海亮问曼华展品情况，说自己这次从巴西回国，运回一块珍奇的巴西大钛晶，准备送给她办展览，增添展览的分量。

曼华说：“这块钛晶价值昂贵，我不能接受这样的馈赠。但如果借给我作展览使用，我非常感谢。”曼华非常好奇，想马上就去观赏这块大钛晶。

海亮说：“看把你急的，大钛晶是通过集装箱运回的，估计这几天应该到货，我已经让我哥去接货了。货接到后，我专门送到你的‘水晶大观园’。”

小雪在一边默默地听着海亮和曼华的对话。曼华走后，小雪对海亮说：“曼华离婚后，一直是一个人，你也知道，这些年来，她心里一直有你的，我觉得你俩在一起，真的非常适合。”

海亮说：“我确实喜欢过曼华，但现在想来，那不是爱情，那时，我也根本不懂爱情。”

小雪说：“我真的搞不懂，当我鲜花正艳的时候，你不愿采摘，现在，花都残了，你非要摘一朵残花干吗？”

海亮说：“你可不能这样悲观，咱们才三十多岁，人生和事业都在起步阶段，怎么是一朵残花呢？我觉得我们以后的好日子还长着哩。”

3

“水晶大观园”自从展出金海亮送来的巴西大钛晶后，前来参观的人络绎不绝。

这块大钛晶重达四五十公斤，无论从体量、品质还是稀有性上来看，都堪称一绝。大钛晶的主体部分清澈透明，宛如一汪深邃的清泉，静静地诉说着岁月的沧桑；而内部包裹的金红石发丝，如同无数条金色的细流，在晶体中蜿蜒流淌，交织出一幅绚丽多彩的画卷。据说，巴西的钛晶矿区深处热带雨林之中，开采条件极为艰苦，而且矿石质量参差不齐，能够得到如此完整、纯净的钛晶，实属不易。

这天闭馆后，宁一苇还磨磨蹭蹭，赖在“水晶大观园”不走。

舒曼华半真半假地说：“宁大诗人，你怎么还不走呀，我的男朋友一会儿要来看我，你赖在这里算怎么回事？”

宁一苇说："你什么时候找的男朋友呀，我怎么没听说过？"

曼华说："真是笑话，难道我找男朋友还要通知你呀！"

宁一苇嬉皮笑脸地说："没关系，找男朋友是你的自由，不过只要你一天没有结婚，我就有一天追求你的权利。"

曼华说："你拉倒吧，你爱追求谁你追去，可千万别跟我沾边。"

两人正在唇枪舌剑，金海亮来了。曼华介绍说："这就是我的男朋友，金海亮，刚从巴西'淘晶'归来，曾经的热带雨林战斗英雄。"

海亮起先有些诧异，曼华朝他使了个眼色，他忽然明白过来。

曼华接着介绍："宁一苇，我的电大同学，我市著名诗人。"

海亮和宁一苇连忙握手，皆说久仰大名。

海亮来后，宁一苇仍不识趣，还在那块钛晶前转来转去。他说："这块钛晶太美了，还没有命名吧，我得帮它起个富有诗意的名字。"

曼华厌恶地说："宁大诗人，这事就不劳你大驾了。"

宁一苇说："一个富有创意的命名，可以让你的水晶身价倍增。"

曼华说："拜托拜托，你这么大的能耐，我们真的受用不起。"

宁一苇悻悻而去，曼华和海亮相视一笑。

曼华说：“这个人就像块狗皮膏药，整天黏在这不走。”

海亮笑道：“你现在是单身贵族嘛，人家当然有追求的权利。”

曼华说：“你怎么说话跟他一个口气呀！”

海亮说：“事实如此嘛。”

曼华又问起小雪的情况。

海亮说：“小雪马上要出院了，她的水晶加工厂还在运转，我想在水晶大市场帮她找个店面，这样产销结合，逐步扩大。”

曼华笑着说：“原来你到我这里是顺道而来，店面落实了吗？”

海亮说：“店面基本上选好了，可小雪好像另有想法。”

曼华说：“小雪的野心很大，能力那么强，一个小小的店面恐怕她看不上吧。”

海亮若有所思。

海亮回到医院，发现小雪不在病房。医生告诉海亮，小雪已经办了出院手续出院了。海亮望着病房外空无一人的长廊，怅然若失。

曼华筹备去西安办展览，整天都十分忙碌。

宁一苇这时偏要添乱，说要陪曼华一道去西安。

曼华当然不同意，说：“你陪我去算什么？”

宁一苇说：“你一个人去那么远多寂寞呀，我给你当免费的助理不行吗？”

曼华拒绝道：“大诗人，你还是歇歇吧，我可不想到千里之外去丢人！”

展品打好包，提前装上集装箱运走了。曼华坐火车赶赴西安。

飞驰的列车上，曼华坐在窗口，望着外面出神。

宁一苇突然出现在她对面的座位上。

曼华讨厌地皱起眉头说：“跟你怎么说的，你怎么还要跟来？”

宁一苇嬉皮赖脸地说：“我不是不放心你嘛。”

第二十五章

1

金海亮到罗小雪的厂里，在厂长办公室找到了小雪。

小雪说："曼华去西安办展览，你怎么不跟去帮帮她？"

海亮说："办展览对曼华来说，已经是轻车熟路，用不着我去添乱。"

小雪说："曼华做事稳重，你又这么欣赏她，你们俩真的是天作之合呀。"

海亮听出小雪话里的"醋"味，不想多做解释。他说："你刚出院，身体还没有完全恢复，厂里的事头绪多，我担心的是你。另外，茅经理就这样任他消失了？咱们得设法找到他，把损失降到最低……"

海亮的话还没有说完，小雪勃然大怒："你不要再提那个畜生！"

已经担任厂长助理的汪大扣来找小雪请示工作，在门外就听到小雪愤怒的声音，推门看到海亮在办公室里，连忙跟海亮点头示意了一下，又关上门退了回去。

罗大彪又跟父亲提出，把大水晶卖了，有了足够的资金，让他重整旗鼓。

罗广山还是不同意，说：“你折腾得还嫌不够吗？”

丁小芹偷听到了父子俩的对话，推门进了屋，毫不客气地对公公说：“鬼鬼祟祟做啥呀，别当我是傻子，啥都不懂，你家有块大水晶，恐怕全村人都知道了吧。”

罗广山结结巴巴地说：“什……什么大水晶呀，你知道什么？”

小芹指着公公的鼻子说：“你还装呀？丁二宝怎么出事的，他挖那么长的地道干啥呀？再有几米就挖到你老罗家的地盘了，就是傻子也知道是啥意图吧？！”

罗广山说：“知道了又怎么样？大水晶是我辛辛苦苦挖出来的，就是不能卖！”

小芹耍泼道：“你不卖，你想干啥呀，想带到棺材里呀！不卖也行，你把它挖出来，交给我和大彪保管！”

罗广山气得脸色发青，指着小芹说：“你……你给我滚出去！”

小芹索性朝地上一坐，呼天抢地哭起来，说罗家欺负她。

大彪在一旁束手无策。

许莲花抱着孙子从外面回来。小孙子看到妈妈坐在地上哭，跑过去搂着妈妈哭起来。罗家乱得一团糟。许莲花打电话给小雪，说家里出事情了，让她赶快回来一趟。

汪大扣驾车，连夜把小雪送回湖塘村。

罗广山夫妇见女儿回来，脸上露出些许欣慰表情，忙关上门，向女儿诉苦。

许莲花说："这个丁小芹，蛮不讲理，把咱家搅浑水了。"

小雪说："到底怎么回事，让我这么急着赶回来？"

许莲花说："还不是什么大水晶，又让小芹给盯上了，非要你爸把大水晶交给他们。"

小雪说："大水晶的事情，爸爸说了许多年了，反正我也没见过，我对它以前不感兴趣，现在还是不感兴趣。既然大水晶是爸爸辛辛苦苦挖出来的，他愿意怎么处理，是卖掉，还是交给谁，我都没有任何意见。"

听了女儿的话，罗广山叹息道："小雪啊，你哥你嫂要都像你这样的想法，我这心里，做梦都舒坦啊。"

丁小芹看到小雪连夜赶回家来，心里越发紧张起来。她冲着大彪发火道："两个老家伙把小雪叫回来想干啥？肯定没什么好事。你罗大彪简直不是个男子汉，你在你爹妈眼里，根本就不如那个丫头片子。"

大彪苦着脸说："这深更半夜的，你能不能声音小一点！"

小芹变本加厉，敞开嗓门喊道："我凭什么小声呀，我想啥说啥，我们是罗家的正子正孙，大水晶就应该传给我们！谁想打歪主意，我丁小芹饶不了他！"说罢，她卷起胳膊袖子，就要过去跟公公婆婆理论。

大彪一把拉住她，乞求道：“我的祖奶奶，咱们有话明天再说好不好，小雪难得回来一次，你别再跟她去吵了。”

小芹说：“不行，今天要么把话说清楚，要么现在你就去把大水晶挖出来！你不是知道大水晶埋在哪里吗，现在就给我挖去！”

大彪气得直跺脚：“丁小芹啊丁小芹，我算是服了你！我当初真是鬼迷心窍，瞎了眼了！”

小芹哭闹起来：“罗大彪你这个花心贼，你后悔了吧，你又想你前妻那个狐狸精了吧，有本事你现在就去找她……”

大彪说：“你以为我不想找她呀，她比你强一百倍！”

大彪忍无可忍，拉开房门，冲到夜幕中。

2

舒曼华从西安办展览回来。金海亮的那块大钛晶仍然摆放在“水晶大观园”的显要位置。

这天上午，曼丽家的小玲子要和中华骨髓库的志愿者进行骨髓移植手术，曼华没有心思待在店里，匆匆赶到医院去了。

舒家人和孙良民都焦急地等在无菌病房门外。医生走了出来，告诉他们，小玲子的骨髓移植手术非常成功。曼丽扑在孙良民的怀里，流下欣喜的泪水。

远处，金海庆一直在注视着这边，舒家人一扫阴霾的神态被他看在眼里，他的一颗悬着的心也终于放下。

曼华这边刚走，宁一苇穿着一件长风衣，又到“水晶大观园”转悠来了，口中还不时念念有词。这时候，陆陆续续进来一些顾客，有人在参观，有人在询价购货。

突然，丁小芹出现在“水晶大观园”的店面门口，叉着腰，怒气冲冲地叫骂道：“罗大彪，你这个不要脸的，你给我滚出来！人家好马不吃回头草，你有本事勾引别的女人去，你吃回头草算什么能耐！”

“水晶大观园”里本来就有一些顾客，再加上一些看热闹的围观者涌过来，里里外外顿时乱作一团。

罗大彪不堪丁小芹的闹腾，半夜从家里跑出来，在西大岭的坑塘里一直坐到天亮，他实在是又饥又冷，只好又垂头丧气地回到家。但他到家一看，丁小芹把儿子丢给了公婆，自己不知跑哪儿去了。

许莲花说，刚才听小芹嘴里骂骂咧咧的，好像怀疑你进城找曼华了，她会不会到曼华那儿去找你？

大彪一听这话，头皮都麻了，不好，丁小芹啥事干不出来？说不定这会儿又到曼华那闹腾去了。这个疯女人，我得去找她！

小雪在一边说：“你跟我的车子一起进城吧。”

大彪坐在小雪的轿车上，催促汪大扣加快速度。不一会儿，车子开到水晶大市场门口，果然看到一群人围在那里。

大彪跳下车，看到丁小芹还在那里唾沫星直飞地说着什么。他上去将她一把拉到边上：“你这是干什么，怎么又跑到这里丢人现眼！”

小芹一边放赖一边叫骂：“偷人养汉都不嫌丢人，我来捉奸有什么丢人的？”

大彪怒不可遏，啪啪两个耳光打下去。

丁小芹索性坐在地上号啕大哭。

直到几个市场保安赶过来，劝说加上警告，丁小芹这才哭哭啼啼地离开。

围观的人很快散去。

“水晶大观园”那个显眼的位置，那块晶莹闪亮的巴西大钛晶不见了。

年轻的女服务员发出惊恐的尖叫声：“大钛晶没有了……”

3

大钛晶被盗，又听说丁小芹跑来闹事，金海亮赶到“水晶大观园”，看到警察已经拉起了封锁线。

舒曼华跟过来，情绪低落。她对海亮说对不起，自己没有看好钛晶，损失算她的，多少钱都要赔。

海亮让她先不说这些，现在最紧要的是配合公安机关破案。海亮关切地问她丁小芹来闹事的经过，以及周围都有哪些人。

曼华说她在医院回来迟了，也不清楚。不过大钛晶被盗肯定不是丁小芹干的，她还没有那个胆。

海亮突然想起来一个人，问曼华：“宁一苇呢？”

经海亮提醒，曼华觉得宁一苇真有嫌疑，便给宁一苇家里打电话。他家里人说，宁一苇不在家。曼华立即把宁一苇的情况向公安机关做了汇报。

汪大扣告诉罗小雪，曼华的“水晶大观园”失窃了，被盗的正是海亮借给她展览的巴西大钛晶。

小雪很淡漠地表示知道了。

大扣又小心地提醒小雪：“你不去看看？”

小雪说：“有海亮帮她，我去了不合适。”

大扣知道小雪是想躲着海亮，同时也是把时间留给他和曼华。但大扣觉得，海亮对小雪的情感是真诚的。小雪听了大扣的话，若有所思。

小雪已经从情感沼泽里挣扎出来，全身心地投入事业中。她成立了朐阳市水晶城有限公司，跟市里的有关部门协商，再建一个“水晶城”，完全由民间投资。市里正在规划蓝图，打造“世界水晶集散中心”，小雪的方案与市里的意图一拍即合，得到有关部门的大力支持。

在罗小雪的奔波和争取之下，市里决定以最优惠的政策支持“水晶城”建设。

第二十六章

1

大钛晶的失窃，让舒曼华心情糟糕透了。现在，公安机关已经把重大嫌疑人锁定在宁一苇身上——他已经失踪好几天了。但曼华对能不能找回大钛晶没有把握。晚上，在曼华家，亲戚朋友都在，她说要赔偿海亮的损失。

曼丽说："你赔得起吗？这要值上百万吧？"

曼华说："赔不起也要赔，这块钛晶可是稀世珍品啊。"

孙良民说："巴西钛晶是水晶中最贵重的品种，这块大钛晶是钛晶中的极品，起码价值一百万元以上。"

舒敬亭认同孙良民的估价。夏兴月倒抽一口凉气，对于把海亮扯进来也深感不安。但是她有个主意，虽然不太光彩，却也不失为一招"妙棋"。

曼华知道母亲打的是什么主意，她坚决不让母亲说破此事。她说自己跟海亮越来越像兄妹了，绝无可能走到一起的。

金海亮多次去找罗小雪，不是没遇到，就是小雪太忙。

这天，海亮又来到小雪的公司，看到小雪在办公室里忙得不可开交。她不是在接听电话，就是在跟客户谈合同，根本没时间理会海亮。

海亮在公司接待室坐了下来。汪大扣给他端来一杯水，抱歉地说："董事长太忙了，请你理解。"

海亮几次想去跟小雪打招呼，又都忍住了——其实他感觉到，小雪是故意不理他。

小雪始终没有招呼海亮。她送走了客户，又让大扣开车，送她到市国土局办事去了。

海亮闷闷不乐地回到哥哥海庆的店里。

正好曼华过来，看到海亮落寞的神情，以为他还在为大钛晶失窃的事闹心。

曼华说，她要尽快变卖处理"水晶大观园"的一批藏品，将所得款项赔付给海亮。

海亮说："绝对不可以！大钛晶就是永远找不到了，也不可能要你的什么赔偿！"

曼华问："那你为什么闷闷不乐？难道是因为小雪……"

"是的，是因为她。"海亮没有否认，"你不觉得，小雪这阵子简直就是在拼命！为了水晶城，她真是拼了……我担心她的身体会吃不消的，她太柔弱了。"

曼华说："海亮，你变了，变得心细了，变得会心疼人了。

我为小雪高兴，我一定会跟小雪说的……小雪的心事重，你对她一定要有耐心啊！”

一个月之后，南方某省会城市博物馆邀请舒曼华办水晶奇石展览，点名要的几件作品中，就有巴西大钛晶等精品。但是失窃案还没有破，这让舒曼华十分犯难。她想请海亮帮忙，再另找一块巴西钛晶，又不好意思开口。

就在这时，公安局打来电话，说案子破了，作案人正是宁一苇。原来，宁一苇对大钛晶早就垂涎欲滴。那天，趁丁小芹上门无理取闹，“水晶大观园”里里外外一片混乱之际，他下手盗走了大钛晶。他在朐阳城南的白虎山上挖了个坑，把大钛晶埋藏起来，自己只身逃往广东。公安机关通过现场痕迹侦查，锁定了宁一苇的犯罪嫌疑，又在深圳某旅馆内将其抓获归案，并在白虎山上起获了失窃的大钛晶。

大钛晶的失而复得，让曼华和老舒夫妇特别高兴。金海亮的喜悦心情自然也是不言而喻。曼华在饭店专门请了一桌酒，设宴祝贺。只是她请的客人中，罗小雪没有到场。

此刻，小雪在办公室里坐立不安。

汪大扣已经是小雪公司的副总，他跟随小雪打拼多年，对小雪的情感遭际十分了解。他似乎看透了小雪此时的心境，对她说：“车准备好了，我送你去。”

小雪犹豫不决：“我去合适吗？曼华和海亮都在的，他俩是主角……”

大扣说：“太合适了。你去了，他们会开心的。”

小雪思忖良久，最终还是没去参加。

2

“水晶城”已经盖到第四层了，主体工程眼看就要竣工。然而，看起来颇为顺利的“水晶城”建设突然遭遇银行的银根紧缩，资金链断了。建设工程勉强坚持了一段时间后，因各种施工材料供应不上被迫停工。

罗小雪跑遍了市里的有关部门，都无法解决；找市里有关领导，他们也只有同情，原来政策上的支持，现在也都含糊不清了。

小雪遇到了前所未有的困难，情绪低到了极点——如果工程不能继续下去，“水晶城”很可能成为烂尾工程，关键是，她先前筹集的数千万元投入，就成为竹篮打水一场空。现在唯一的出路，就是把工程继续下去。但是，外边又传来风声，说“水晶城”的停工，是市里的授意；还有的说，这个项目的施工中出现严重违规；更有甚者，说当下又要整顿水晶市场秩序，枪打出头鸟，罗小雪正好碰上了，她要倒霉了……这些风言风语通过各种渠道传到了罗小雪的耳朵里。

汪大扣给罗小雪出主意，让她找找工商局局长李志刚，就是得不到支持，了解一下情况也是好的。

小雪有顾虑，认为李志刚是舒曼华的表哥，自己的哥哥坑害了人家的表妹，这个忙他不一定肯帮。但汪大扣还是自作主张，悄悄地找了李志刚。

李志刚找到市有关领导，领导明确地说，没有人要整小雪，也没有整顿水晶市场的意思，确实就是银行贷不出款了。如果她能自筹到资金，政策上，市里还是支持她的，允许她预售商铺。

李志刚亲自把市领导的意见告诉了小雪。但是，自筹资金谈何容易；现在的情况，预售商铺也是无人问津。

这期间，金海亮也多次来找小雪。小雪还是好强地说，她的事，自己能解决；她不需要别人的怜悯，不需要别人的同情，更不需要别人的施舍。

海亮告诉小雪："这不是施舍，别人能帮你，我为什么不能帮你？我可以把国外赚的钱都投上，还可处理一批水晶；我的朋友也很有钱，由我出面，让他们投资。"但还是被小雪拒绝了。

曼华也来关心小雪。两个儿时的好朋友都避免提起敏感话题，但小雪的心理负担明显让曼华感受到了。

情况越来越严重，先前那些找上门推销材料的单位，都上门要债来了，施工单位来讨要工程款，发不出工资的工人也来闹事了。资金短缺，也波及水晶加工企业，连进原料的钱都没有了，工厂也面临着停工的危险。经过连续折腾，小雪心力交瘁，看上去更消瘦了。

罗广山夫妇知道女儿的情况，也只是干着急，帮不上一点忙。罗广山要去找大彪商量商量。许莲花让他别去，说大彪的日子也不好过，弄不好，他媳妇又来跟你要大水晶了。

罗大彪正在家里磨项链。丁小芹进来了，一进屋就破口大骂，说你还有心干活，出大事了。

大彪说：“我们家能出什么大事，只要不死人，什么事我也管不了。”

小芹拧住大彪的耳朵，说：“这事比死了亲爹都重要，你知道吗？你那能干妹妹出大事了，她建的水晶城被市里查封了，欠了上千万的债。”

大彪说：“我也没有钱替她还债，你操什么心？”

小芹说：“你是死人啊？猪脑壳子啊？小雪要是没钱，她不能偷也不能抢的，还不动咱家大水晶的主意啊？赶快让老不死的把水晶弄出来，让我们保管。”

大彪再也不想提这些事情，早就身心俱疲了。他心烦气燥地说：“我管不了，要说你去说吧。”

小芹不依不饶，哭喊着又打又闹，把东西摔了一院子。

罗广山夫妇听到了，只好出来看看。这正中小芹下怀，她扑上去，指着罗广山的鼻子，一定要他交出大水晶。

罗广山不敢跟儿媳妇纠缠，一气之下，带着许莲花离家出走，却被小芹追着一直骂到村口。

夜里，小芹还是逼着大彪去挖大水晶。大彪一直装死不说话，任由小芹打骂。小芹最担心的就是公公把大水晶拿去帮助小雪。

再说罗广山夫妇来到亲戚家“避灾”，却不放心大水晶，饭都吃不下，连夜又悄悄回来了。

罗广山躲在屋里，从窗户向外望。

许莲花说："你还真怕小芹去挖啊？"

罗广山说："不是，我刚才看到它发晶光了。"

许莲花说："你看到鬼了吧？"

罗广山说："不是，我真的看到像雾非雾一样的白光，冷幽幽的。"

许莲花说："那是月光。"

罗广山说："不是，是晶光。"

这时候，又传来丁小芹的吵闹声，夫妇俩再也没心情说话了。

3

就在罗小雪身心疲惫、一筹莫展之时，她的水晶加工厂突然热闹起来，客商云集，产品热销异常，大批的水晶制品在短短几天之内销售一空，几十万的大订单就接了好几单，一下子有了一百多万的进款。

小雪感到纳闷，但她马上就想到这是金海亮在暗中帮她。她便去找海亮。

海亮的公司开在水晶大市场二楼，他和曼华正在和一个外地客户会谈。他们面前的会议桌上，摆着莹光闪闪的大钛晶。

看到小雪来了。海亮把她带到另一间会客室。

小雪问海亮，这些订单是怎么回事？

海亮没有否认自己暗中帮她。

小雪跟海亮说，没必要这样帮她，但她一定会领情的，一旦有转机，立即还他的钱。

海亮说这不光是他一个人的意思，还有曼华等人。他动情地说：“‘水晶城’建设到今天的规模，实在不容易；大彪已经在这个行业中被淘汰了，我们不能眼看着你也倒下去啊！”

小雪只是表示感谢，坚定地离开了。

湖塘村罗家，小芹又开始骂街了。她咒骂罗广山夫妇，嘴一撇就出来了。

小芹拐腔拐调地骂道，有人不是离家出走的吗？怎么连夜又回来啦？肯定是心里有鬼！心怀鬼胎才怕人惦记吧！

许莲花抱怨罗广山，都怨这块大水晶，干脆给他们得了，省得天天挨骂，省得让大彪遭罪。

第二十七章

1

又有几个供应商来要债。汪大扣准备请示罗小雪，银行里刚刚入账的几百万，要不要付一部分给他们。但大扣发现小雪已经靠在沙发上睡着了。

大扣出来跟那些供应商周旋，进而吵了起来。吵闹声惊醒了小雪。小雪出来了，一份一份地收了他们的单据，回办公室签字。

大扣提醒她，应该留些资金，维持企业的正常生产。

小雪没有听大扣的建议，坚定地把账上的钱都付给了他们。

丁小芹突然闯了进来，她进来就骂小雪是败家子，还警告小雪，你就是赔光了，也休想动家里的大水晶，那大水晶永远是罗家的。

小雪说她根本就没有动大水晶的想法，让小芹放心。

小芹逼小雪写下字据。

正在这时，罗大彪追来了，强行把小芹拽走了。小芹又打又抓，把大彪的脸都抓破了。

小雪身心疲惫，患了严重的低血糖，加上操劳过度，感到一阵眩晕。

大扣把她送进了医院。

2

金海亮准备把大钛晶出售给一位国外客商。舒曼华来劝海亮，觉得卖了太可惜了，这可是稀世珍品，想找到第二块这样的钛晶恐怕太难了。

海亮说：“你也不是去订了小雪的好多货嘛。要尽快帮小雪走出困境，‘水晶城’重新开工，也只有这个办法了。”

孙良民和曼丽也来了，他们也要帮小雪。众人拾柴火焰高，他们虽然钱不多，却愿意把仅有的十几万借出来。

海亮说：“小玲子治病花了不少钱，你们这些钱既要生活又要做生意，还是留着吧。”孙良民夫妇却执意把钱留下来。

就连海庆，也凑了几万块钱交给了海亮。

但是，舒敬亭知道海亮要卖钛晶，准备出面制止。他说如此珍稀的钛晶，出售真是可惜了。

曼华不允许父亲这么做，说小雪更需要钱。

此时，曼华接到南方那家博物馆的信，由于缺少大钛晶这一重要展品，展览暂时取消了。这对曼华来说，是个大损失，因为在展览期间，她的团队可以利用展出这个平台，销售数额可观的水晶产品。

曼丽问她是什么信。曼华撒谎说，收到外地的办展邀请信。

海亮还和丁老黑联系。丁老黑也愿意帮助海亮，说帮助海亮就是帮助小雪，但他提出一个条件，钱不是拆借，而是作为投资入股，他愿意投入“水晶城”整个投资的百分之三十。

海亮和曼华商量，觉得这个方案可行，有了丁老黑的百分之三十，“水晶城”的资金问题基本就解决了。

海亮来到小雪的公司。可小雪不在，接待他的仍是汪大扣。大扣没有告诉海亮小雪住院的实情，谎称她出差了。

海亮说有重要的事情跟小雪商量，是关于资金方面的。他让大扣只要和小雪联系上，让她立即和他联系。

海亮在小雪公司门口碰到许多讨债的人，有人以为海亮也是来讨债的，将他当成了自己的同道，把海亮拉到一边，问小雪欠了他多少钱。

海亮正想多了解点情况，便打着哈哈说：“不多不多，我当时投的不多。”

那人正色道：“一分钱都是血汗钱，不能让这样的黑心老板骗了！”

海亮还听到许多议论，说小雪是为了躲债藏起来了。

罗小雪因严重的低血糖入院后，医生建议她做心血管方面的住院检查。汪大扣来到医院，把金海亮的话汇报给小雪。正在养病的小雪感激海亮和曼华他们帮助了几百万资金，她不想再麻烦他们。

小雪说：“他们也有自己的事业，不能因为我的拖累，把大家都搞垮。”

大扣说：“听海亮的口气，好像是有人愿意入股‘水晶城’，也或许就是海亮自己想入股吧。”大扣提出，他可以去先和海亮谈谈，看看究竟什么情况。

小雪对于海亮能够入股感到吃惊，虽然他的能力还不足以改变现状，但至少可以缓解危机，甚至工程建设能够继续推进了。小雪同意大扣去和海亮谈谈，不过叫他不要提她住院的事。

大扣从海亮那里了解到，投资人是丁老黑，又得知海亮要卖了大钛晶，准备把钱款注入小雪的公司账户。他觉得事情出现了重大转机，又立即向小雪作了汇报。

小雪一听海亮要卖稀世珍宝，坚决表示不同意。她让大扣告诉海亮，千万别卖了大钛晶，如果他要卖大钛晶，她就宁愿等待银行贷款松动。

大扣不理解，认为海亮作为战略合作伙伴，投入一定资金是正常的，至于他的资金是哪里来的，并不重要；重要的是，“水晶城”可以继续复工建设了。

小雪告诉大扣，那块大钛晶不仅是稀世珍品，还有其他用场。比如曼华的“水晶大观园”，如果缺少这个珍品钛晶，展品层次就会大打折扣，对于到外地展出极为不利。所以，大钛晶的意义并不只是多少钱的问题。

大扣劝小雪要务实，眼前“水晶城”的复工才是重中之重。两人因意见不统一而产生激烈的争执。

情急之下，大扣说小雪是不敢面对自己的内心，因为钛晶是和海亮、曼华相联系的，她这样做，是对自己的情感不负责任。

大扣说：“你以为这样，海亮就会和曼华结合了吗？海亮现在爱的是你！”

小雪被大扣说中了要害，愤怒地斥责他，把大扣赶出了病房。

3

罗大彪和丁小芹天天为大水晶的事争吵不休，让罗广山夫妇实在受不了。

丁小芹的哥哥放出话来：“等哪天有时间，到罗家的地里挖，挖地三尺，不怕找不到大水晶。老子也是为他罗家好，火越烧越旺，理越辩越明，宝贝都是要传给儿孙的，这个理到哪里也讲得通。”

小芹也放出了狠话，说罗家的大水晶要是传给旁门外姓，她就抱着罗家的孙子一起跳河，让罗家断子绝孙。

许莲花听到这些风声，更是心疼儿子。她说因为一块无影无踪、无中生有的大水晶，儿子迟早要被小芹逼死，就算逼不死儿子也没了孙子。她骂丁小芹简直就是个煞星，是罗家前世作恶太多，才派丁小芹来报复的。

罗广山烦许莲花的唠叨，说家里够乱的了，你还在这里添乱。

许莲花说：“要是真有一块大水晶，留给孙子也不是坏事。小雪毕竟是女儿，虽然还没有嫁人，但将来终究是要嫁到别人家的。”

罗广山说：“你这是女人见识！就她小芹那德性，大彪一个窝囊废，你相信他们能守得住大水晶？”

许莲花担心地说：“你不会真的把大水晶给了小雪吧？”

罗广山说：“你不知道小雪现在急需要用钱吗？”

许莲花说：“要是真的给了小雪，家里这团火就包不住了，小芹那妖精还不知要干出什么事来。”

罗广山一时也没了主意。

罗广山放心不下小雪，和许莲花一起进城去看女儿。路上，发现小芹的大哥骑着摩托车一直跟着他们。

但是，他们在小雪的公司并没有见到小雪。问汪大扣，大扣说小雪出差了。

罗广山让大扣说真话，小雪能挺过这一关吗？

大扣让罗广山放心。

罗广山仍然放心不下，心里越发沉重。

他和许莲花离开小雪的公司，路过金海庆的店面。他们看见海庆正在店里迎来送往，这样一个老实巴交的人如今完全变了样，他的身边还有一位长相俊俏的姑娘帮着他应酬。夫妇俩心生感叹：自家的儿子大彪就是没有找个贤惠媳妇，如今才落得这样的下场！

许莲花悄悄地说："你看人家海庆，也是二婚，那个女的一看就是贤良人，哪像小芹那样刻薄尖酸啊。"

海庆店里的员工发现罗广山夫妇在店外指指点点，形迹可疑，连忙告诉海庆。海庆一看，原来是乡里乡亲，跑过来拉他们进店喝茶。

两人在海庆的店里坐下后，海庆问他俩进城有什么急事要办，需不需要帮忙。

罗广山吞吞吐吐，说不出口。

许莲花说："还不是因为小雪的事啊，家里那一摊子也愁死人了。"

罗广山说："对了海庆，是这样，这不正好看见你了嘛，叔就卖个老脸问问，能不能帮帮大彪？你帮他的货销一销？"

海庆失望地说："大彪之前来过，他加工的产品，工艺既落后又粗糙，原料又不好，但是，看在乡里乡亲的分上，可以帮他一把，不过售价可能会很低。"

海庆要留罗广山夫妇吃饭，他们客气说不在这里吃饭。

罗广山又坐了一阵，犹豫了半晌，还是试探地说起了海庆的父亲金传贵，也提到了他家失踪的大水晶事情。

海庆听了，心情沉重起来。他说，家里确实挖到过大水晶，他都亲眼见到了，就跟一个小牯牛似的。但是，转眼就没有了……现在说这些有什么用呢？父亲不在了，大水晶也早就没了。

罗广山听了，神情慌乱起来。

海庆又说：“湖塘村真是福地啊……听说你家也挖到一块大水晶？小雪现在缺钱，应该拿出来卖了，给她救救急啊。”

许莲花说：“哪敢啊，真要卖了大水晶救小雪，小芹那个小冤家还不要捅破天啊。”

罗广山不让许莲花多说，借故说自己有点头疼，拉着许莲花赶紧走了。

4

金海亮又到罗小雪的公司，还是没有遇到小雪。海亮问江大扣，小雪出差什么时候回来。

大扣说应该快了。他告诉海亮，小雪不愿意合作了，原因是她不愿他卖掉大钛晶。

海亮觉得，这不能成为不合作的理由。他问小雪如何联系，要亲自和小雪谈。

大扣说他就能代表小雪，小雪就是这个意思，而且她还说，和丁老黑的合作，前提也是不能卖掉大钛晶。

海亮听了，真有点哭笑不得。

大扣告诉海亮，小雪心里想的，都是为他好。

金海亮给丁老黑打越洋电话，继续和他商谈与罗小雪合作建设“水晶城”的事宜。

海亮说现在有些事还没有协调好。

丁老黑问是什么事。

海亮不愿意说小雪反对他卖大钛晶。

丁老黑是个聪明人，说："是不是你和小雪感情上出问题了？"

海亮承认是这回事。

丁老黑信任海亮。他说，和小雪合作的事，交给海亮全权代理；如果谈不拢，他过几天就回国，亲自和小雪谈。他还建议，为了尊重小雪，同时也为了风险共担，海亮也应该有相应的股份，至少占百分之十到百分之十五。

海亮完全同意丁老黑的建议。

那些讨债的人不知怎么探听到罗小雪在市第一人民医院住院，很快就找到医院，堵住了病房的门。这些人手里拿着票据，说一定要让黑心老板签字。不过，这些人在医院扑了个空，小雪并不在病房里。

这时，有个讨债人高喊："罗小雪并没有办理出院手续，我们就在这里等她！"

第二十八章

1

罗小雪突然出现在金海亮的公司。

海亮感到吃惊，随即又热情地给她倒茶，说："出差回来啦，也不说一声，我好为你接风啊。"

小雪开门见山地告诉海亮，她不允许海亮出售大钛晶。她说："如果要通过变卖大钛晶来合作，就没有什么意义了。"

海亮想稳住小雪，跟她仔细解释。但是他看小雪脸色苍白，关切地询问她的健康状况。

小雪说："没什么，这几天有些累。"她显然不想和他多谈，直言不讳地说，"你知道大钛晶对曼华有多重要吗？对'水晶大观园'有多重要吗？我说过了，不接受你的同情和怜悯。"

她又说："我真的希望，你和曼华能白头偕老……"

小雪话还没有说完，就转身走了。

小雪的话让曼华听到了。曼华是听说小雪住院的事，准备来告诉海亮的，没想到在海亮公司门口，听到小雪这样的话。

小雪跟曼华迎了个对面。

曼华想跟小雪解释，但是小雪什么话也不说，匆忙离开了。

海亮追出来，一直追到楼下，直到小雪上车，也没有听到小雪再说什么。

等海亮回到公司，发现曼华也离开了。

汪大扣开着车，在海亮公司楼下等小雪。

小雪上车后，问大扣怎么知道她在这里。

大扣说，医院回不去了，讨债人堵住了病房。

在曼华的“水晶大观园”，海亮找到了曼华。

曼华对海亮说：“你知道吗？小雪生病了，这些天一直住院。”

海亮说：“小雪的病是急出来的，好像她对我俩误解还很深啊。”

曼华表示认同，她说：“不消除误解，小雪心里永远有个疙瘩，你俩即使结合在一起，小雪也不会幸福的。”

海亮觉得当务之急，是要解决小雪的顾虑，让她接受他和丁老黑的投资。他当机立断，给丁老黑打电话，向他实话实说。

丁老黑问海亮对小雪的情感到底是真情还是出于别的什么目的。

海亮说：“我也多次问过自己，以前可以说只是友情。现在回头想想，我对小雪的爱是真心实意的，绝没有同情怜悯的成分。”

丁老黑说：“我相信你，我这边还有一些事情，马上就处理好，我回国和小雪亲自谈。”

海亮说：“你越快越好。”

汪大扣把罗小雪送到预订好的宾馆房间。小雪觉得，这样躲着也不是长久之计。她询问银行那边的情况，依然没有任何进展；市有关部门的电话打了一圈，得到的答复差不多都是让她耐心等待。

大扣给她出主意，为什么不和丁老黑联系一下？可以直接和丁老黑谈合作的事嘛。

小雪摇摇头，她不是怕“水晶城”的股份被丁老黑分去百分之三十，她担心的是，丁老黑这百分之三十里面肯定有海亮一部分。她不想与海亮再有什么牵扯。

但是，大扣还是悄悄地和丁老黑取得了联系。丁老黑听了大扣的陈述，决定立即回国。

2

舒曼华接到上海奇石收藏家苗兴运的长信，邀请她到上海开办水晶博物馆，把上海当作基地，前景会更为广阔。

曼华看着信，陷入沉思。

与此同时，苗兴运又打电话把自己的想法告诉了孙良民和舒曼丽。

孙良民和曼丽觉得，苗兴运的方案虽然有道理，但缺了朐阳市庞大的水晶市场这个背景，“水晶大观园”的生存也许就是另一种模式，即成为纯粹的博物馆，而不是现在这样以展促销、以销养馆，如果那样，生存会很困难。

曼丽两口子正担心曼华会草率决定时，曼华来了。曼华也是拿不定主意，来请姐姐姐夫参谋一下，没想到两人都反对她把全部家业搬到上海。

曼华虽然没有表态，但曼丽从她的表情中能看得出，妹妹是倾向于去上海的。

曼丽警告妹妹，这是个危险的想法。她也猜想到，这里面可能有海亮和小雪的因素。

曼丽说，你们几个人从小就在一起磨磨唧唧，到现在还没有理得清，真是被你们愁死了！

这时，小玲子下午放学回到家。孩子病后恢复得很好，每天上学放学都是自己走。今天一到家就说，明天是星期天，要到爸爸那里玩。孩子说着拿出一个玩具，说是放学时，爸爸和一个阿姨去看她了。

曼华知道那个阿姨就是金海庆新谈不久的女朋友。她跟姐姐说，她见过海庆新处的女朋友，是个既能干又善良的女孩。

听了曼华的介绍，曼丽脸上露出欣慰的笑容。她当即同意，明天让小玲子到海庆那里玩一天。

3

丁老黑即将回国。在巴西某机场，他和金发美女伊莲娜告别，两人依依不舍。丁老黑告诉她，他很快回来。

在朐阳机场，罗小雪和金海亮各自带车来接丁老黑。结果，丁老黑上了小雪的车。

海亮没有跟小雪去她的公司，他和丁老黑约好，晚上宴请丁老黑。

在小雪公司的会客室，丁老黑并没有急于和小雪谈合作的事，而是介绍了他多年在国外的见闻。

小雪没想到，丁老黑出国这几年，不仅去了南美，还去了非洲一些国家，考察了多个国家的水晶原产地，对各国水晶的分布、产量、品质及水晶制品的生产销售行情了如指掌。

谈话过程中，丁老黑不失时机地赞扬海亮对水晶生意的敏感和独到见解，对于和海亮合作的那段时间，他特别难忘。

谈到小雪投资建设的“水晶城”，他认为，目前朐阳市已经成为全国最大的水晶产、供、销中心，建设大型水晶市场已经成为一种趋势，他早就有心回来投资，抢占这一先机。但是，国外的生意需要打理，他实在脱不开身，所以非常愿意和小雪这样知根知底的伙伴合作。如果所占百分之三十比例嫌多的话，他可以减少比例，但资金上，他除了应该出资的部分，可以拆借一笔资金给小雪。至于以后的市场管理，他不打算过多参与，肯定以小雪为主。

最后，丁老黑话锋一转，说到了小雪和海亮的个人问题。为了打消小雪的顾虑，丁老黑说，海亮卖不卖大钛晶，那是他个人的事，但现在资金有了保障，可以劝说他不要卖，这块钛晶确实罕见，海亮应该把它留下来，留在朐阳。丁老黑建议，海亮也应该有“水晶城”的股份，情感归情感，生意归生意，海亮的股份可以占百分之十或百分之十五，这也是海亮的意思。

听了丁老黑一番话之后，小雪的心结仿佛被打开，心情豁然开朗。她觉得自己的命运已经不知不觉地和海亮联系在一起，当即决定和丁老黑及海亮合作，并且同意海亮的股份占百分之十五。她叫大扣起草了合作文件。

晚上海亮预定的宴席，小雪觉得自己没有准备好，先是推辞不去，但禁不住丁老黑的劝说，最后还是去了。

丁老黑想在晚宴上撮合小雪和海亮走到一起。为了活跃气氛，庆祝合作成功，他把孙良民、曼丽夫妇也叫上了，海庆和女朋友也来了，他还出人意料地派人去找来了大彪。

只有曼华没有出现。

宴席上的气氛十分热烈，大家把酒畅谈。丁老黑别有用心地敬酒，他先敬孙良民、曼丽夫妇，祝他们事业兴旺；又敬海庆和他女朋友，预祝他们美满幸福；最后，他祝海亮和小雪不光要做事业上的伙伴，还要在情感上互相依靠。

大家都鼓起掌来，敬到最后，就直接敬他们“三对夫妻”了。

小雪一直以茶代酒，她的脸上现出了难得的笑容。

“水晶城”在一阵鞭炮声中恢复建设，各种建筑材料源源不断地进来，预租商铺的客商也纷纷涌来。罗小雪和金海亮常常一起去工地上察看进度，也一起研究、协商工作，两个人的合作十分默契。

丁老黑要返回巴西了。这次送丁老黑的，也是海亮和小雪两人，但他们只开了一辆车。在机场，丁老黑说：“等我下次回来，不光要看到我们的事业瓜熟蒂落，结出成果，你们两位，也要有爱情的结晶哟。”

小雪笑而不答。海亮则和丁老黑紧紧地拥抱了一下，在他的耳边悄悄地说：“和金发美女要适可而止，别忘了家里的结发老妻哦。”

丁老黑说：“伊莲娜只是我的助手，你知道的。”

海亮和丁老黑相视而笑。

4

金海庆的水晶店面走的是低价路线，罗大彪的货在他的店铺里批发零售，居然销路不错。这样，大彪就常和海庆来往了。大彪送货进城时，看到别人欣欣向荣的店铺，看到小雪拔地而起的“水晶城”，常常发呆。

舒曼华约金海亮见面。她跟海亮索要水胆水晶。海亮预感到要发生什么事，并没有马上给她。

曼华笑着说，什么事都没有，她只是觉得，该是这块水晶回到她身边的时候了。

其实，海亮已经听说了，曼华准备把“水晶大观园”搬到上海。

海亮问：“一定要走吗？”

曼华说：“必须的。”

海亮说：“这里还有你的事业啊。”

曼华说：“店铺我已经请人打理了。”

最后，曼华要把一直在“水晶大观园”展出的巴西大钛晶还给海亮。

海亮说：“‘水晶大观园’更需要大钛晶。”又说，“我还和以前一样，一直为你留心，只要有适合收藏的水晶石，我给你留着。”

5

“水晶城”快要正式竣工开业了。竣工开业庆典的日期定在朐阳市首届水晶节的前一天。

金海亮和罗小雪等人都在紧锣密鼓地忙碌着。

这天夜里，远在湖塘村的罗广山，坐卧不宁，睡不着觉。

许莲花说：“高兴了吧？我也大半宿没睡着。小雪这孩子，就是比大彪有出息，再过几天，‘水晶城’就要开业了，这回我要好好跟大彪和小芹说说，让他们两口子也去小雪的‘水晶城’里开店。”

她看罗广山披衣起床，又说：“跟你说话你是聋了还是哑了？唉，听说小雪和海亮也越处越近乎了，不知他们啥时候办婚礼。”

罗广山没有搭理她，推门出去，蹲在猪圈上一根接一根地抽烟。

“水晶城”竣工开业这天，罗小雪、金海亮、丁老黑等人披红戴花，在大门口迎接各路来宾。

正当他们忙得不可开交的时候，令人惊异的一幕出现了：罗广山站在一辆轻卡货车上，在他身边，是一块半人高的奔牛状紫色大水晶；“水晶牛”的脖子上系着红绸，迎风飘荡。货车的后边，还跟着一辆轻型吊车。

在“水晶城”门前广场上，小雪、海亮、丁老黑和许许多多的人朝装着“水晶牛”的货车围了上去，人们或大声惊叹，或窃窃私语。

小雪激动地说：“爸，咱家真有这么个大宝贝啊！”

丁老黑调侃地说：“老罗，你这是送给女儿的，还是送给女婿的？”

罗广山说：“我这是送给女儿女婿的，也是送给咱们朐阳‘水晶城’的！”说罢，他指挥吊车把大水晶吊下来，安放在“水晶城”的大厅里。

与此同时，在飞速行驶的列车上，舒曼华望着窗外，陷入了沉思。

她的手里，紧紧地握着一块水胆水晶；她的眼前，交替出现着少年时代和金海亮、罗大彪、罗小雪等人玩耍的影像，也出现了姐姐舒曼丽、金海庆等人的身影。各种影像慢慢重叠，渐渐模糊……

舒曼华眼含泪花，遥望远方……

2024 年 10 月于上海

遍地水晶（代跋）

陈 武

某一届东海水晶节期间，主办方从中国地质博物馆借来了“水晶大王”，陈列在水晶博物馆门前广场上，供游人参观，我专门去看过。这块“水晶大王”，就是出自家乡东海县房山镇柘塘村的房山水库边上。我儿时与青春岁月，常在那一带玩耍和活动，也常听村里上年岁的人讲他们发现、拖运这块“水晶大王”的故事。如今一见其风采，还是被它震住了——这块水晶足够大，纯度足够高，晶体也非常漂亮，我怀着崇敬之情，和它合了影。于是，记忆的河水开始泛滥，许多关于水晶的往事一幕幕呈现在眼前……

在东海县房山、牛山、石湖、曲阳、驼峰等部分乡镇，可以说是遍地水晶，在田野、河畔、岗岭或大小河滩上，到处都零散地分布着大大小小的火石（纯度不高的晶体，学名石英，我们也会叫它花石），它们掺杂在泥土里，躲在草窠下，混在碎石里，在一场雨后，太阳高照的时候，裸露在外的晶体会发出闪烁而耀眼的光芒。它们大的如拳头，小的像玉米粒，而像鸡蛋大、鹌鹑蛋大的晶体最多。体块大的，会有人捡回家砌墙，小的就毫无用处了，它们会被从田里捡出来，堆砌在田头或地垄上（不妨碍种庄稼）。公社驻地有几家石英砂厂，长期收购石英；许多大队、生产队也会有副业队，天天挖水晶。无论是石英砂厂，还是各级副业队，都瞧不上这些零散分布在田头、地垄上的品质不高的火石。那些藏在地下数米，数十米深处的、神秘的"水晶龙"，才是他们要寻找的目标，因为只有在呈脉络状分布的一条条"水晶龙"上才会产出单体达数百斤、上千斤的优质大水晶，最起码也会聚集许多的石英石矿。于是，在这些不起眼的火石里，寻找质地稍好的水晶，就成为孩子们的一大乐趣了。

我人生最初的记忆就是玩火石（水晶）——在没有月亮的漆黑的夜晚，几个五六岁的玩伴会每人拿两块小的晶体，互相碰撞，溅出的火花，在暗夜里四下飞散。有趣的是，火花的颜色也和水晶的质地有关，最普通的火石（不透明），喷溅出的火星是黄红色的，乌晶喷出的火星是淡蓝色的，而纯度特别高的白水晶（透明如玻璃）喷出的火星是黄白色的。一群孩子，行走在暗夜的村庄里，"咔咔咔"地碰撞出各种颜色的火花，这几乎成为我们整个童年最好玩的游戏了。在夜晚来临之前，小伙伴们就开始相约，"玩打火啊？"没错，我们称这种游戏叫打火。如果一时不知道打火的孩子们去哪里玩儿了，只需爬到高处（墙头或树上）一望，就能看到那一团团闪烁在夜空里的五彩斑斓的火花了。玩打火是不分男孩女孩的，但掂弹子，就是女孩们的专属游戏了。弹子是五颗，材质多为石块或砖块，如果是水晶，那品质会高出几个等级，如果再大小均等、颜色一样，圆如乒乓球，那么这一副水晶弹子就是佳品了。一副水晶弹子，简直是那个时代乡村女童们的奢侈品。比我小两岁的妹妹就想要那样的一副水晶弹子，曾经拿一毛钱和一本连环画让我给她搞一副。我当然办到了，虽然挺费一番时间，我也配齐了一副五颗的乌晶弹子，看着她们一帮小女生盘腿打坐在屋山头的阴凉里，一边有节奏地唱着弹子歌，一边让乌晶闪亮的弹子抛起、掂住、再抛起，让弹子上下翻飞，我也有一种自豪感。

更自豪的当然是能寻找到一块纯度高、体量足够大的水晶，这样，这块水晶就可以拿到水晶收购站去卖钱了。那时候的水晶收购站实在挑剔，晶体没有拳头大、纯度不高的水晶，他们根本不收，而地表层的水晶已经日渐枯竭。所以，村民们会利用农闲时间，去路边、田野挖水晶。在我们村后、水园庄前向西北，有一条通往房山的路，越过一个山头，山那边就是同名集镇了。这条路约有两三公里长，这条路的两侧，有大片的土地属于砂质土壤，或许是高低不平吧，总之是没有耕种价值了，就被挖水晶人挖了一个个大小不一的坑塘，这些坑塘直径大约在一米至三米，塘壁呈九十度，有的甚至上口小、下端大。我小时候随祖母到房山的集市上赶集，走到这段路上时，都会有种莫名其妙的亢奋，不愿意沿着一个个塘口小心地躲着坑塘和塘口高高堆起的泥沙走着“S”形的路，总喜欢奔跑着，从一个个坑塘上一跃而过。这当然属于危险动作了，不小心会跌进坑塘里。有的坑塘很深，两三米，掉进去就爬不上来了。有的坑塘里还有水。我祖母就再三关照我，不要跳，小心掉进去。但我哪里听得进祖母的话，从一个个坑塘上跳跃和迈过去，实在是刺激又惊险。有时候，会发现坑塘里还有人在挖土——就是挖水晶了，便会惊喜地停下来看看。除了塘沿会有刚挖出的新鲜的沙土、黄泥土，也会有几块“石头”，大都是质地一般的水晶（花石），质地上等的水晶，是不轻易拿出来放在塘口的，都会留在塘底，被悄悄带回家。因为我们那儿有一个风俗，叫“见眼有一份”，挖到值钱的大水晶，最怕被别人看见。所以正在塘子里干活的人，看到我，都会呵斥我走开。其实不久后我就知道了，“见眼有一份”，也是不怕我们这些小孩子的，主要是怕我们的踩踏，把坑塘给踩塌方了，造成事故。我有一个远房叔叔，村里人叫他小向，我叫他向大叔，曾带我来挖过水晶，他就叮嘱过我，不要在塘口玩，塌方会把他给活埋了。他比我大十岁左右，在他十七八岁的时候，我至少跟他一起挖过三次水晶，前两次都没挖到正经水晶，第三次也没挖到，天也快黑了，在回家时，看到有紧挨在一起的两个塘子，中间只隔着不到半米的墙，他就跳下去，要在这墙上捣个洞，一来是好玩，二来是碰碰运气，未承想，就在这个洞里，他挖到了一块水晶，水晶不大，只比鹅蛋要大一点，但纯度非常高，皮薄，对着残阳一望，纯得像一汪水，真是踏破铁鞋无觅处，得来全不费功夫。第二天房山大集，向大叔便拿水晶去收购站碰碰运气，居然卖了好几块钱，当场打了二斤猪肉，回家解馋，也给我买了几块花生牛轧糖，算是奖赏。也是这位向大叔，有一年冬天搞农田水利，在田间挖排水渠——我们村的地形实在有意思，村南和村东没有水晶，村北和村西北的“山前荡”里，却出水晶。排水沟就在“山前荡”里，两人一组，向大叔用铁叉翻土，另有人用铁锨铲泥。毫无预兆的，向大叔翻了一铁叉土时，只见一块晶莹剔透的水晶躺在土里，用向大叔后来的话说，晃悠悠的像一只要跑的小兔子。

东海水晶的分布情状，直到上学读书的时候，老师才给我们讲解，说东海水晶属于“鸡窝矿”，水晶的分布像鸡丢蛋一样，这里一个蛋，那里一个蛋，太分散，人们无法探明具体地点，也无法集中开采。省里还专门派一个地质队进驻东海县，进行勘探和收购，105 矿就是地质队的下属单位，实际上只负责水晶收购。在前边我列数的几个乡镇的一些村庄的地下，都出土过大水晶。“水晶大王”就出土在离我们村几里外的柘塘村。据说这块特大水晶在出土时，还出现了异象——副业队沿此水晶龙矿脉向下追索，深度已达十余米，也挖了不少大小水晶和石英石，塘口也越挖越大，正欲继续往下挖时，被一巨大的石英岩所阻挡。副业队就在石英岩上并排打了三个炮眼，安上炸药爆破，未曾想，两边的炮都炸了，只有中间的炮是一眼“瞎炮”。副业队人员在清理瞎炮时，发现由于两侧爆破的震动，在瞎炮上出现了一条宽宽的裂痕，透过裂痕，看到里面是一汪水，再一看，哪是水啊，是一块大水晶。他们欣喜若狂，奋力清理周边的碎石，水晶大王漏出了尊容。这个故事被演绎成神话，说那眼炮之所以没响，就是水晶大神在保护。

水晶真正成为东海县的支柱产业，已经是20世纪90年代初期了，整个东海县，以二氧化硅为产业链的产值占整个县域经济的比例很大。而在此之前，除了少数几个乡镇有几家粗犷型的石英砂厂，水晶产业几乎是零，除了派驻机构105矿在几个乡镇和县城设有收购点，水晶交易几乎都是在黑市交易的。我对于水晶黑市的交易，最初的记忆是在我十四五岁的时候，家里不知何时藏有一块水晶，有榔头那么大，乌洞洞的，至少有五六斤，我是无意间发现的，感觉是个好东西。征得母亲同意后，我拿到房山的水晶收购站出售。收购员看了一通后，拒绝收购。当时我并不太失落，趴在水泥柜台上，看里面堆成小山一样的一块块水晶石，非常震撼，特别是那块有笆斗大的大水晶，洁白无瑕，通体透明，混在一大堆水晶山上，特别显眼，让人很想去摸摸它。还有一个小桶粗的六棱形乌晶，足有半米高，直立在水泥地上，像待发的火箭。我看了会儿之后，感觉有人碰了碰我的胳膊。这是一个六十岁左右的老汉，他用眼神示意我出去。我估计他是黑市收水晶的，就跟他出来了。他带我到一座石桥下，盯着我身上背着的黄书包，让我拿出来让他看看。我知道他是指水晶，就掏了出来。他接在手里，对着太阳望望，又拿出手电筒照照，还放在水里洗洗，再看一通，说："死石头。不值钱。"其实我当时已经估计到这不是这晶体了，否则，水晶收购站不会拒绝。我也没吭声，伸手要接过来。他又说："卖不卖？"我说："卖。"他说：

“三十块钱。”我一听，心里立即嗵嗵嗵嗵地跳了，这么多钱啊。我父亲那时候在供销社工作，每个月工资也就四十六块钱。但我知道做生意都是要谈价的，就说：“少了，添点。”他立即板着脸说：“你小孩懂什么？三十块出冒了，根本不值。不卖拉倒。”我又要伸手去接水晶，他还是往后缩，说：“好好好，再给你五毛钱，去买两根油条吃吧。”就这样，我第一次做成了黑市交易。其实这不是真正的黑市。真正的黑市我在20世纪80年代去过一次，那时候我二十岁左右，跟随一个做水晶眼镜生意的亲戚去的，地点在牛山果园边上的一条干沟里，大约是在凌晨两三点。干沟里聚满了买卖水晶的人，除了水晶原石，也交易切成毛片的眼镜片。在不大的空间里，到处都是手电筒闪闪烁烁的光线，红红白白的，气氛既紧张又刺激。这种规模不大的水晶黑市当时还有多少，我不太知道。但是，那时候水晶还是国家管控物资，不允许私人买卖。

到了90年代初期，水晶市场甫一开放，就如汹涌的海潮，冲击、荡涤着人们的思想观念，一时间，在东海的土地上，关于水晶的种种生意如雨后春笋，蓬勃而出。水晶市场也由地下转入地上，在县城牛山镇，还有专门的水晶大集，吸引着四乡八镇的农民进行交易。除了上规模的县乡企业，在各村各户，水晶制品加工厂也纷纷办了起来。我父亲此时已经退休多年，看到别人家都开了小工厂，也购买了机器设备，开了一家水晶首饰加工厂，请了十几个工人，制作各种水晶首饰。我此时已经离开东海，到市里从事报纸副刊的编辑工作，也兼搞文学创作，写作了大量的小说，其中就有以我的童年、少年记忆而创作的中短篇小说《水胆水晶》《地形》《石英砂厂的爱情》《火石》等，后来，这些小说在《青年文学》《清明》等杂志陆续发表，至于又写作《蓝水晶》《地下工厂》《升沉》《水晶劫》等四部关于水晶的长篇小说，在《中国作家》《钟山》《芳草》等文学杂志发表并由多家出版社出版单行本，那已经是后来的事了。早期，我和同样写小说的东海县文化馆专业创作员苗运琴成为好友，曾一起共同探讨过小说写作，他的第一本小说集《敲门》还是我和他一起确定的书名。但是，在水晶市场开放不久，苗运琴摇身一变，成为东海水晶奇石的收藏家，他得风气之先，是最早从事搜集水晶奇石者之一。彼时的东海城乡，人们对于水晶的认知，还停留在纯度和体量上，正是苗运琴等早期的收藏者，才打破了这一误区，从水晶的外部造型、内部构造和晶体品质等方面入手，以艺术的眼光，提高了水晶的鉴赏水平。我曾经在90年代中期，到苗运琴家参观过，他居住在文化馆后边的一个小院子里，三间正屋已经成为水晶奇石博物馆，收藏的水晶，大致有三种类型，一是外部造型奇特者，二是内部结构奇特者，三是水晶雕件。那真是一次大开眼界的参观，完全震住了我这个土生土长的本地人，外部造型，当然以象形石为主体了，有的像蟾蜍，有的像乌龟，有的像猪仔，有的像葫芦，有的像菱角等等，配上晶莹剔透的晶体，完全可以用鬼斧神工来形容。内部构造就更是五花八门了——早先，对于水晶内部的杂质（包裹体），人们多认为是劣品，现在，在作家、画家、工艺美术家们的参与下，水晶原石经过外部的打磨，其内部包裹体得以以原生态形态呈现，当从中发现象形物体时，其观赏价值便得以飞跃。而水晶雕件，更是取其质地上等的水晶，经过工艺美术师的精心雕刻、打磨，立体地呈现在众人面前，其精美的造型，加上优质的晶体，使整个雕件透露出不凡而高贵的品质。

东海水晶由于属于不可再生资源，其储藏量虽然占全国的一半以上，但受开采所限，只能从外地采购。从 20 世纪 90 年代初开始，就有第一批吃螃蟹者，勇敢地走出国门，全世界采购水晶，南美的巴西、非洲的马达加斯加等地是他们最先到达的地方，各种水晶原石，通过海运或空运，来到东海，经过加工，再走向全世界。东海迅速成为全世界最大的水晶集散地和加工中心，世界“水晶之都”的美誉迅速响遍全球。

其实，不仅是非洲和南美洲，地处东南亚的越南，也出产水晶。我父亲和哥哥就曾在 90 年代初，和他们的朋友一起，在中越边境地区靠越南一方，采购数十吨水晶。我曾见过这批水晶，大多是卵形石，是从山涧沟里捡拾的。这批水晶的质地普遍不高，按照奇石收藏的标准，也很难淘到“景石”“巧石”，我只是从中找到几块晶体透明的卵形水晶原石，分送给我的几个作家朋友。2008 年中国青年出版社出版一套“英雄中国”系列图书，其中有一本连云港卷，我去东海县采访有关水晶的故事时，遇到几个出国淘过水晶的能人，听他们讲述在国外淘水晶的奇异经历，颇有意思。最初出国者都是胆大的农民，不懂外语，不懂当地风俗，只凭一腔热血和胆气。就算是花大价钱请当地华人做翻译，各种意想不到的事件也频频发生，有的甚至有生命危险。但就是在这样险恶的条件中，他们在当地钻山洞、开矿场，发现并挖掘出了紫晶、发晶、黄水晶、蓝水晶等稀有晶体，想方设法运回东海，极大地丰富了东海水晶的品种，完善了世界水晶之都的美誉。在采访过程中，还发生了一件巧事，在东海水晶大市场的一家门店里，我被橱架上一个个大大小小的紫金洞所吸引，花费较长时间来查看、欣赏，并了解这些紫晶的来处、结构、硬度和形成过程。老板是个中年人，也兼服务员，貌不起眼，他细心地给我讲解，态度认真，语感从容，一听就是个行家。从话语中我还得知，他也曾去过南美和非洲，更是参与过三四次从国外运水晶的过程，报关、出境固然不易，最惊险的，还是这些水晶在当地的挖掘和运输过程，由于水晶都藏在深山或十分偏僻的地方，在挖掘和运输中，会遇到当地人的哄抢或敲诈，甚至花钱雇来的工人就是卧底，他们给地方势力通风报信，俗称“两头吃”。所以，这些稀有的水晶能抵达东海，真是经历了千难万险。听了老板的讲述，我也感慨万千。在我要离开的时候，老板执意要送我一个碗状的紫水晶洞。我看到这块紫晶碗的标价，可不是小钱。我当然不能要了，他也只好说出了送我紫水晶的缘由，原来，他是房山山后人，他姐姐和我是同学。

目前，东海不仅有世界最大的水晶博物馆，以水晶为主业的市场有多家，还有水晶工业园、产业园，其相关产业更是遍布城乡。我小时候的玩伴、同学和老乡，有许多人都从事水晶行业，比如一个同乡经营的石英制品公司，一年有数亿元的产值，产品出口多个国家。如今，在我书房的橱柜里，摆放着好几块水晶，有水晶原石，有雕件，有把玩件，也有一些水晶工艺品、纪念品和装饰品，还有水晶制作的奖牌和奖杯。我非常珍视它们，它们不仅是我家乡的物产，还和我有过许多交集和难忘的往事。当我在夜深人静的时候读书或写作，一抬头、一回眸，无意间看到它们闪烁着的奇异之光时，总会情不自禁地停下阅读或中止写作，伸手摸摸它们，沉浸在水晶散发的灵气之中。

在李建军的长篇小说《大水晶》出版之际，借用上述文字，说一说我对东海水晶的了解和感悟。说到这部长篇小说，让我想起一段往事，大约在十五年前吧，我和建军雄心勃勃地准备搞一部长篇电视连续剧，名字就叫《大水晶》。我们每天相约固定时间，去我朋友开的茶社聊大纲。我主聊，建军录音整理，建军也适时提出修正意见，并于晚上整理出文字，历时一个月左右，8 万余字的《大水晶》的大纲完成了。后来影视公司未能通过，这便成了无效劳动。又过若干年，建军说要写成小说，我是鼓励的。如今，这部长篇终于要出版问世了，既是建军的创作成果，也是对这段记忆的美好怀念。

2025 年 5 月 20 日

（陈武，江苏东海人。中国作家协会会员，文学创作一级。）